Karoline Antoni

Mich führen,
wohin ich nicht will

Roman

Bibliographische Information der Deutschen Nationalbibliothek: Die Deutsche Nationalbibliothek verzeichnet diese Publikation in der Deutschen Nationalbibliographie; detaillierte Daten sind im Internet über dnb.de abrufbar.
© Karoline Antoni, 2023, 3. korrigierte Auflage
Herstellung und Verlag: BoD – Books on Demand, Norderstedt
ISBN: 9783756207398

Für meinen Vater
Herbert Bürkle

1 - Ruth

Ob ich freiwillig hingegangen bin?
Nein.
Ob es meine Idee war, hinzugehen?
Nein.
Ob es eine andere Möglichkeit gegeben hätte?
Nein.
Ob es mir leichtgefallen ist, hinzugehen?
Nein.
Warum ich es dann getan habe?
Weil ich es musste!
Ich musste es einfach.
Sonst hätte ich alles verloren.
Vor allem hätte ich mich selber verloren.
Endgültig.

Nachdem ich den Termin ausgemacht hatte, war es mir leichter geworden. Dreimal ging ich vor der eigentlichen Behandlung hin. Zweimal vor dem verabredeten Zeitpunkt. Um den Weg zu kennen. Um das Haus zu sehen. Um zu wissen, wohin ich gehen musste. Ich wollte mich sicher fühlen beim ersten Mal, wollte vorbereitet sein. Wollte nicht davonlaufen. Wollte sprechen können. Als ich dann den Termin hatte, stand ich vor der großen, dunkelroten Holztür mit zwei langen Scheiben, durch die ich in den Hausflur schauen konnte. Dann läutete ich an dem Klingelschild, worauf ihr Name stand. Der Summer lud mich ein, gegen die Tür zu drücken. Sie fiel hinter mir leise ins Schloss. Wenige Sekunden später öffnete sich die Praxistür und da sah ich sie das erste Mal, lächelnd - mich freundlich erwartend.

"Frau Ruth Beck?"

Ich nickte, mein Mund war trocken, ich hatte einen Kloß im Hals und konnte kein Wort herausbringen. Sie stellte sich vor und sprach weiter:

"Ich grüße Sie. Schön, dass Sie da sind, haben Sie gut hierher gefunden?"

Wieder nickte ich.

Sie fuhr fort: "Wir haben noch ein wenig Zeit. Wenn Sie sich noch bitte setzen wollen? Wenn Sie noch zur Toilette müssen?" Nun zeigte sie auf eine Tür, worauf "WC" stand. "Ich hole Sie dann rein".

Ich setzte mich. Der Anfang war gemacht.

Sie musste gemerkt haben, wie aufgeregt ich war, denn sie brachte ein Glas Wasser mit, stellte es vor mich, als ich mich in den dunkelroten Ledersessel setzte. Und als ich dann unvermittelt begann, nach Luft zu schnappen und zu hyperventilieren, schien sie nicht erstaunt, sondern sagte nur ganz ruhig: "Ist o.k., ruhig einatmen, ruhig ausatmen." Dabei machte sie es mir vor, bis ich wieder einen regelmäßigen Atemrhythmus hatte. Dann schaute sie mich an, lächelte und sagte: "Gell, Sie haben arg Angst? Das ist nichts Ungewöhnliches. Was führt Sie zu mir?"

Und dann sprudelte es aus mir heraus. Ich weiß nicht mehr, was alles ich sagte, aber es musste wie ein chaotisches Kauderwelsch geklungen haben, etwa so:

"Weil ich endlich nicht mehr alles Gute in meinem Leben kaputtmachen möchte. Weil ich meinen Partner, der wirklich ein Guter ist, nicht länger von mir stoßen möchte. Weil ich die ständige Traurigkeit loswerden will. Und weil ich keine Angst mehr haben möchte."

Sie hörte mir aufmerksam zu, nickte und sagte nur: "Da haben wir zu tun. Sind sie bereit?"

Und ich spürte nur, wie ich nickte.

2 - Keine Schande machen

Ruth Beck kam aus einem kleinen Dorf mit einer wunderbaren Barockkirche. Sie stand, wie es sein sollte, mitten im Ort auf einer Anhöhe, weithin sichtbar für alle, die auf der dörflichen Hauptstraße direkt darauf hin geführt wurden, mehr noch für diejenigen, die von der Rheinebene kommend, darauf zu fuhren. Erreichbar über zwei große Treppen, wurde das Hauptportal von zwei mächtigen, uralten Linden eingerahmt. Fast jeder, den Ruth kannte oder von dem sie wusste, war darin getauft worden.

Ruths Erinnerungen an ihre Familie und das Wissen, das sie aus Erzählungen hatte, verschwammen zunehmend, so dass sie oft nicht mehr wusste, was sie erlebt oder was sie gehört hatte. Die Geschichten gingen bis zu den Urgroßeltern, den Baslers. Ruth erinnerte sich kaum an sie. Wenn sie ihre Mutter, die als Kind oft bei ihnen gewesen war, nach ihnen fragte, erklärte diese achselzuckend: "Ach Ruth, was soll ich Dir über die beiden sagen. Sie saßen im ersten Stock von Tante Gundels Haus in ihrem Zimmerchen und waren alt. Weißt Du, richtig alt. Der Uropa Gust hat noch ein wenig proletet, aber die Uroma Zilli war einfach fertig. Still, abgeschafft, stumpf. An uns Kindern hatten beide kein Interesse. Ich glaube, an Kindern hatten die auch keine Freude. Kinder waren halt da und mussten versorgt werden. Sie hatten beide genug vom Leben. Gut, der Gust trank bis zum Schluss seinen Wein und Glut in den Augen hatte er bis zu seinem Lebensende. Als junger Mann soll er gähwütig und jähzornig gewesen sein. Na ja, ich denke er hatte ein hartes Leben. Mit 24 haben sie ihn in den Ersten Weltkrieg geschickt. Immerhin hat er ihn überlebt. Und immer schuften, schuften, schuften. Landwirtschaft, Weinberge, Kühe. Und dann nach dem Krieg hat er die Oma Zilli geheiratet und dann kamen vier Töchter und die mussten ja auch durchgebracht werden. Ach Gott, die Oma Zilli, die hat halt auch nur geschafft, und später haben sie noch die Wirtschaft gehabt... Und sie hat gelernt den Mund zu halten. Sie hatte eigentlich nie was zu sagen. Und die Töchter, besonders die beiden Älteren hatten sein Temperament, die haben es ihm auch mal zurückgegeben. Bis sie verheiratet waren, soll er sie verdroschen haben. Vielleicht sind sie deshalb so hart geworden. Außer der Jüngsten. Die Franka, die ist schon mit 41 gestorben. Sie soll nicht so richtig im Kopf gewesen sein. Heute würde man sagen, "etwas lernbehindert". Sie saß halt dabei, wurde aber nicht ernst genommen und die eigenen Eltern, auch die Schwestern haben sie nicht leiden können. In der Familie Basler war jemand, der nicht viel leisten konnte, nichts wert. Dann hieß es, sie sei krank geworden, gestürzt und dann sei sie gestorben. Du, Ruth, warst gerade vier Jahre alt damals. Natürlich hat euch Kindern niemand gesagt, was wirklich los war. Auch nach außen wurde dicht gehalten. Immer einen guten Eindruck machen und schaffig sein, darum ging es in der Familie Basler. Na ja, die Franka hat sich wohl vom Heustock gestürzt und ist an den Verletzungen im Krankenhaus gestorben. Und als sie ihre älteste Schwester, deine Oma

Elise gebeten hat, bei ihr in der Klinik zu bleiben, weil sie gewusst hat, dass es zu Ende geht, da hat die gesagt, sie könne nicht, sie habe zuhause zu schaffen. Dass die Franka Selbstmord begangen hat, hat im Dorf und von der Kirche niemand wissen dürfen. Die Baslers waren doch so gute Katholiken und sie wollten, dass die Franka eine ordentliche Beerdigung bekommen sollte. Na ja, dass sich das eigene Kind und die Schwester umbringt, das hätte ja auch keinen guten Eindruck gemacht. Warum sie es gemacht hat, darüber ist viel hin und her geschwätzt worden. Ob die Tante Franka vielleicht schwanger vom Nachbar war, der sich als Einziger immer wieder mal freundlich um sie gekümmert hat und sie sich umbringen wollte, um der Familie mit einer unehelichen Schwangerschaft keine Schande zu machen und um ihr nicht noch mehr zur Last zu fallen. So wurde geredet und dass es vielleicht für etwas gut war. Also freundlich in ihrem Herzen waren die Baslers nicht. Dafür immer tipptopp im Sonntagsstaat, wenn sie zur Kirche sind."

3 - Steine loswerden wollen

Die erste Therapiestunde war für Ruth Beck so, als wäre sie endlich an einen Ort gekommen, an dem sie den Rucksack, der ihr auf dem Rücken festgewachsen war und in den jedes Jahr ein paar Wackersteine mehr gekommen waren, abstellen durfte. Und es kam ihr vor, als ob sie mit Frau Leitgeb jemanden gefunden hatte, die sich für ihren schweren Rucksack interessierte. Mehr noch, bereit und geduldig darauf wartete, ihn mit ihr zusammen auszupacken und Stück für Stück zu sortieren. Anschauen und überlegen, wann das jeweilige Teil dazu gekommen war, wozu es mal von Nutzen gewesen sein mochte und ob es noch gebraucht wurde oder ob es nicht sinnvoll sein könnte, auf den einen oder anderen schweren Ballast zu verzichten. So jedenfalls stellte es sich Ruth vor, könnte es in einer Therapie ablaufen. Oft hatte sie selbst schon versucht, die schweren Dinge, die seit vielen Jahren auf ihr lasteten, anzupacken. Immer wieder hatte sie ohne dies alte Zeug, von dem sie oft gar nicht mehr wusste, wo sie es aufgegabelt hatte, in ihrem Leben klarkommen wollen. Aber sobald sie damit begonnen hatte, Altes abzustreifen, war in ihr Panik ausgebrochen. Sie wusste gar nicht, wo sie anfangen sollte. Sollte sie mit der Zeit beginnen, als sie noch in ihrem Dorf wohnte? Inmitten der großen Familie, inmitten der Menschen, die sich alle kannten oder zu kennen glaubten? In jedem Fall etwas übereinander sagen konnten? Oder sollte sie mehr in die Zeit schauen, nach ihrem Wegzug aus Mahl, dem kleinen Ort mit den Fachwerkhäusern, dem Dorfbrunnen an der Linde und dem prächtigen Pfarrhaus? Oder waren die Jahre wichtig, als sie durch die vielen Dörfer und Städte gezogen war? Oder sollte sie mit dem Geröll der letzten Jahre anfangen? Vielleicht, weil es nicht so schwer war und oben liegen blieb, sie aber mit spitzen Kanten immer wieder in den Rücken piekste? Ruth wusste es nicht. Sie spürte nur, welch große Angst sie überfiel, wenn sie sich vorstellte, dabei einen Fehler zu machen. Denn, wenn sie beginnen würde, Überkommenes und wertlos Gewordenes auszuräumen, und dann vielleicht nichts mehr übrig bleiben würde an Gutem, was wäre dann? Wenn nichts mehr von ihr übrig bliebe? Was von Wert wäre, was ihr Kraft geben könnte zum Weitermachen, was helfen könnte, ihrem Leben eine Wende zu geben? Wenn sie erkennen müsste, dass ihr ganzes bisheriges Leben nur eine Ansammlung nutzloser, schwerer Wackersteine wäre? Es gab nämlich noch einen Grund, weshalb Ruth dringend jemand brauchte, der ihr mit dem Inhalt des Rucksacks half. Dies war der quälende Wunsch, dass sich das eine oder andere Stück, was sie bisher gesammelt hatte, als nützlich und brauchbar erweisen sollte, wenn es gelang, es von einer anderen Seite zu sehen. Sich selber traute sie dies nicht alleine zu. Als Ruth in der zweiten Therapiestunde von der unglücklichen Franka erzählt, fragte die Therapeutin, wie es ihr denn ginge, während sie über diese Frau sprechen würde. Ruth musste lange überlegen. Dann sagte sie, kopfschüttelnd, wie über sich selber erstaunt: "Es geht mir "gar nicht". Ich spüre nichts. Und ich glaube, ich habe auch als Kind nichts gespürt. Sie saß ja da und hat nichts gemacht, im Gegensatz zu allen anderen, die immer etwas zu tun hatten. Wenn wir sie angesprochen haben, hat sie gelächelt, aber gleichzeitig dumpf geschaut. Sie war still und in sich gekehrt. Sie sei einfältig gewesen, wurde über sie gesagt. Besonders meine Oma, die Mutter meiner Mutter hat das Wort häufig benutzt. Und es schien nichts Gutes zu bedeuten. Einfältig war in etwa "zu nichts zu gebrauchen". Ich glaube, so hat sie über ihre jüngere Schwester gedacht und war sauer auf sie, weil sie für sie mitarbeiten musste. Vielleicht hat sie sie auch deshalb im Krankenhaus alleine gelassen. Jetzt empfinde ich Wut. Wut auf meine Oma, weil sie so hart zu Franka war."

Dann begann Ruth Beck, 34 Jahre alt, mit ihrer sehnigen, schlanken Figur und ihren tiefen Furchen in der Stirn älter wirkend, zu schluchzen wie ein kleines Kind und stieß hervor: "Die arme Franka, gerade wenn sie nicht alles verstanden hat, was mit ihr passiert, hat sie doch gespürt, dass sie sterben muss - wie arg muss sie da Angst bekommen haben. Und damit ist sie allein gelassen worden. Ist das nicht schrecklich?" Dabei sah Ruth ihre Therapeutin durch die laufenden Tränen hindurch mit aufgerissenen Augen an.

Frau Leitgeb nickte. "Hat ihre Großmutter jemals darüber gesprochen?"

"Ja, berichtete Ruth, "sie hat meinem Vater mehrmals gesagt, dass sie deswegen Schuldgefühle habe und dass sie deshalb auf Wallfahrten gegangen sei, um vor Gott zu büßen." Nun klang ihre Stimme streng und verachtend.

"Frau Beck, haben Sie eine Idee, warum es ihrer Großmutter nicht möglich war, bei der Schwester zu bleiben,
als diese Angst vor dem Sterben hatte?" Die Stimme der
Therapeutin war ruhig, geradezu sanft. In ihren Augen
war neben Trauer auch viel Verständnis.

"Ich glaube", presste Ruth heraus, "sie konnte es nicht.
Gefühle zu zeigen und auf die Not ihrer verzweifelten
Schwester eingehen? Nein, sie konnte es nicht." Als sie
das sagte, veränderten sich ihre Gefühle. Die Strenge und
Verachtung wichen und sie spürte Mitleid für die beiden
Schwestern und Trauer. Tiefe Trauer für Franka, dass
sie in ihrer schwersten Stunde alleine sein musste. Trauer
auch für ihre Großmutter, die dieses Versäumnis nie wieder hatte gut machen können.

4 - Für einander da sein

Familie Eber aus Mahl war ebenso alteingesessen, wie die Familie Basler, aus der Ruths Mutter stammte. Alteingesessen bedeutete, dass die Familien in den Kirchenbüchern bis zum Dreißigjährigen Krieg zurückverfolgt werden konnten. Die Einträge vorher waren in den Kriegswirren zwischen 1618 und 1648 verbrannt. Das Dorf Mahl blickte auf eine über 1200jährige Geschichte zurück und mit seiner Lage in der oberrheinischen Tiefebene am Rande der Vorbergzone, die sich hügelig an den Schwarzwald schmiegte, hatte das Dorf keltische und römische Relikte und hatte seit Urgedenken alles an Durchreisenden erlebt, womit die Geschichtsschreibung des süddeutschen Raumes aufwarten konnte: Kelten, Sueben, Alemannen, römische Legionen mit Soldaten aller Hautfarben, irische Mönche, die die Gegend christianisierten, Hunnen und Goten auf dem Weg nach Rom, kaiserliche Heere römischer Nation, Juden, Hugenotten, marodierende Söldnertruppen im Dreißigjährigen Krieg, versprengte Teile des Napoleonheeres, Freiheitstruppen der revolutionären Verbände, preußische und badische Soldaten, Zwangsarbeiter aus Polen, Russland und Frankreich, französische Soldaten der Besatzung nach dem 2. Weltkrieg, Flüchtlinge aus den deutschen Ostgebieten, italienische, jugoslawische, türkische Gastarbeiter, kanadische Soldaten, russische und polnische Spätaussiedler, um nur einige zu nennen. Viele kamen, viele zogen weiter, manche blieben. So war das Dorf

Mahl ein Gemisch, ein Völkergemisch mit ganz hellhäutigen, blonden, blauäugigen Leuten bis zu kraushaarigen, fast dunkelhäutigen Menschen, deren Augen tiefbraun, fast schwarz waren.

Ruths großväterliche Familie bot eine solche Vielfalt. Der älteste Sohn von Paul und Karoline Eber hieß Karl. Bei seiner Geburt waren die beiden 25 und 20 Jahre alt. Mit 25 war Paul bereits seit 10 Jahren im Arbeitsleben. Das kleine Bauernhäuschen, worin die Familie lebte, hatten seine Eltern gebaut. Es bestand aus einem kleinen Wohnhaus mit Küche und Stube auf der gleichen Ebene wie der Stall und 2 Zimmerchen im ersten Stock unter dem mit Biberschwänzen gedeckten Dach. Mit 15 machte Paul eine Schlosserlehre. Wenn er am frühen Abend nachhause kam, hatte er zu helfen. Es waren 4 Äcker, 2 Weinberge, 1 Gemüse- und Obstgarten, 2 Kühe, 4 Schweine, 10-15 Stallhasen und 20 Hühner zu versorgen. Nach der Lehre begann er als Gleisbauer am nahe gelegenen Bahnhof zu arbeiten und es wurde aus ihm der erste Bahnbeamte der Familie. Seine Tätigkeit sollte ihn davor bewahren, in den ersten Weltkrieg zu müssen. Paul war eine gute Partie, auf den nicht wenige Mädchen aus dem Ort ein Auge geworfen hatten. Aber er entschied sich für die 5 Jahre jüngere Karoline, die 2 Äcker und einen Weinberg mitbrachte, aber auch großes Geschick im Nähen, Sticken und Stricken hatte. Und sie war schön. Hochgewachsen hatte sie große dunkle Augen und glänzendes, lockiges, kastanienbraunes Haar. Ihre

Bewegungen waren voller Lebendigkeit, Kraft und Anmut und sie wirkte bestimmt und zielstrebig. Keinem, der Paul und Karoline sah, konnte entgehen, wie Pauls Augen an ihr hingen, wie er ihr jeden Wunsch erfüllen wollte. Das ganze Jahr über übte er mit seinem Luftgewehr, um ihr - wenn Sportfest oder Feuerwehrtreffen war - beim Schießstand Rosen zu schießen. Da musste jeder Schuss zu 5 Pfennigen sitzen. Allenfalls durfte einer daneben gehen. Er nahm die roten Plastikrosen dann als Strauß in die rechte Hand, verbeugte sich knapp vor seiner Lina und überreichte ihn ihr mit einem Lächeln. Dabei wirkte der untersetzte, kräftige Paul wie ein vollendeter Kavalier, und Karoline, fast einen halben Kopf größer, lächelte zurück und nahm den Strauß huldvoll entgegen. Die jungen Männer, die Paul um sie beneideten, stießen sich verstohlen an und tuschelten mit hämisch gezogenen Backen: "Schau, wie er wieder großtut, als ob er etwas Besseres wäre". Und die jungen Frauen, die Paul gerne gehabt hätten, zischelten mit gekräuselten Lippen: "Na, man wird ja sehen, was aus dem Geturtel noch wird. Sicher nichts Gutes!"

Wenn die beiden allein waren, konnte Paul nicht die Finger von Lina lassen, auch sie genoss die Zärtlichkeiten und ihre langen Gespräche. Zueinander passende Meinungen hatten die beiden auch, so dass sie es sich kaum noch vorstellen konnten, ohne den anderen zu sein. Auch ihre Familien waren mit der Wahl, die die beiden jungen Leute getroffen hatten, einverstanden, so dass im Mai 1909 die Trauung mit einer großen Messe stattfand. Für die Hochzeitsfeier im Gasthaus Adler war geschlachtet worden, es gab Unmengen Kartoffelsalat, auch mit dem Wein wurde nicht gegeizt. Ein Handorgler, ein Gitarrenspieler, ein Geiger und ein Trommler spielten zum Tanz auf, die Familie Eder und Karolines Familie Schaudt waren bekannt dafür, dass sie sich beim Feiern nicht lumpen ließen. Einen traurigen Moment gab es jedoch für Karoline: ihre Mutter war gestorben, als sie 10 Jahre alt gewesen war. Wie gern hätte sie sie bei ihrer Hochzeit dabei gehabt.

Ein Jahr später wurde Karl geboren. Ein kurzgestumpter, kräftiger Bub mit graugrünen Augen, braunen Haaren und einem ausgeglichenen freundlichen Wesen, der bald eine Stütze der täglichen Arbeit wurde. Anfangs schlief er bei den Eltern, als der zweite Bub zwei Jahre später auf die Welt kam, durfte er zu den Großeltern ins Gräbele, die das zweite Schlafzimmer hatten. Der kleine Fritz hatte wache hellblaue Augen, sein Körperbau war schlank, groß, athletisch. Mit den blonden Haaren, die er stets sorgfältig kämmte bevor er in die Schule ging, war er ein gescheiter, hübscher Junge. Die Eltern sahen bald, dass er auf Dauer nicht mit Stallarbeit und Handwerk zufrieden sein würde. Bevor der Erste Weltkrieg losbrach, in den 25 junge Männer aus Mahl mit meist großer Begeisterung zogen, Paul jedoch Heimatdienst machen durfte, wurde im Sommer 1914 die kleine Alma geboren. Sie kam 4 Wochen zu früh, legte sich in Karolines Bauch quer, so dass die Hebamme alle Mühe hatte, das Kind in seiner Mutter zu drehen. Karoline riss dabei und es dauerte Stunden, bis sie das kleine Mädchen auf die Welt bringen konnte, denn die Wehen blieben immer wieder aus, so dass sich die Hebamme schließlich auf Karoline legte und das Kind mit ihrem ganzen Körpergewicht herausdrückte. Paul, der Karoline schreien und die Hebamme schimpfen hörte, ging vor der Tür in großer Angst auf und ab. Als schließlich das Kind schrie, riss er die Türe auf, um seine Frau zu sehen, wurde von der Hebamme aber sofort wieder hinausgeschickt. Erst als beide gewaschen und angezogen waren, durfte er zu ihr. Karoline war dem Tode nahe. Als er sah, wie es um sie stand, packte ihn eine große Verzweiflung, die er in einem Wutanfall an der Hebamme ausließ und sie aus dem Haus jagte. Es dauerte Monate, bis sich Mutter und Kind erholt hatten. Aber die kleine Alma gedieh. Auch wenn sie sehr zierlich blieb, wurde sie zäh und robust und gewann an Kraft und Gesundheit. In ihrem Wesen allerdings blieb sie misstrauisch Fremden gegenüber, eigen und wenig umgänglich. Sie hatte braune Augen, braunes struppiges Haar, weit davon entfernt, eine Schönheit, wie es ihre Mutter war, zu werden. Das kleine Mädchen war am liebsten zuhause, half im Stall und auf dem Feld. Die Schweine und Kühe mochten sie und gehorchten ihr besser als dem Vater und dem Großvater. Sie saß gern bei den Schweinen, manchmal streichelte sie sie und sah ihnen zu, wie sie im Stroh lagen, spielten und grunzten. Sie hatten eine Ecke, wo sie ihren Mist absetzten, der Rest des viereckigen Stalls blieb sauber. Almas Platz wurde freigehalten, so dass sie jederzeit zu den 4 großen Sauen schlüpfen konnte. Nur wenn sie die Ferkelchen warfen, wurde es eng und Alma stand draußen vor der kleinen Holztür und beobachtete das Gewusel. An die

Ferkel gewöhnte sie sich nicht, sie wurden zu schnell verkauft, manchmal geschlachtet. Erst wenn Alma wusste, welche Sau blieb, freundete sie sich mit ihr an. Mit den Kühen verband sie eine ganz besondere Freundschaft. Bei ihnen war es immer warm und wohlig. Alma liebte ihre sanften Augen mit den langen Wimpern und den kleinen Hörnern. Sie waren meist braun, selten gefleckt und fraßen den ganzen Tag, damit sie genug Milch gaben und den großen hölzernen Leiterwagen ziehen konnten. Auf diesem Wagen durfte Alma neben dem Vater auf dem Bock sitzen, wenn sie aufs Feld fuhren, um Kartoffeln, Gras, Holz oder Gemüse zu holen. Bald durfte sie die Zügel halten und als sie zehn Jahre alt war, fuhr sie ab und an schon alleine mit ihren Kühen durchs Dorf auf der breiten Hauptstraße. Viel Verkehr gab es nicht und die Tiere reagierten auf die kleinste Bewegung an den Lederzügeln und hörten sofort auf jedes Schnalzen, jedes "Hü", jedes "Hott", jedes "Brrr" und jedes "Wiescht". Mit ihnen verstand sich Alma ohne Worte und wenn sie bei ihnen stand, rieben sie ihre großen Köpfe an ihr und muhten morgens, sie begrüßend, wenn sie sie vor der Schule füttern kam. Mit den Menschen tat sich Alma schwer. Die Kinder in der Schule hänselten sie, weil sie so klein war, so wenig sprach und im Unterricht, wo Kinder von 2 Altersstufen zusammengefasst waren, nicht viel verstand. Und weil sie immer nach Stall roch und auf den Kontakt zu anderen Kindern offenkundig wenig Wert legte. Überhaupt war sie froh, wenn sie zuhause sein konnte. Als der Großvater an einer Lungenentzündung starb, durfte Alma nun jede Nacht bei der Großmutter schlafen, die froh war, nicht alleine zu sein und Alma lernte von ihr, wie die Welt und die Menschen sein konnten. Sie erzählte ihr alte Familiengeschichten, Sagen aus dem Schwarzwald und Märchen von den Brüdern Grimm. Am liebsten war es Alma immer, wenn Tiere in den Geschichten vorkamen. Meistens waren diese klug, retteten gute Menschen und konnten sich verwandeln. In solch einer Welt würde sich das kleine, verhuschte, stille Mädchen zurechtfinden können.

Als Alma sechs Jahre, Fritz acht Jahre und Karl zehn Jahre alt war, begann Karolines Bauch erneut zu wachsen. Sie war inzwischen dreißig Jahre alt, in einer Zeit, wo eine Frau in diesem Alter schon als Spätgebärende angesehen wurde. In der Familie Eder hatten zwar alle genug zu essen, aber das tägliche Brot musste hart verdient werden. Die Arbeitskraft des Großvaters war nicht mehr da, die Oma konnte nicht mehr so wie früher, die Buben hatten, neben der Hilfe zuhause, für die Schule zu lernen. Der Lehrer war streng und bestrafte rigoros mit dem Rohrstock, wenn die Hausaufgaben nicht gemacht worden waren. Und nun sollte in den schlecht gewordenen Zeiten, ein weiteres hungriges Maul dazu kommen. Der mit Begeisterung begonnene Krieg fand 1918 sein Ende in einer Katastrophe. Der Kaiser hatte abdanken müssen, die neue Demokratie stand auf noch wackeligen Füßen und die Deutschen ächzten unter den zu leistenden Reparationszahlungen und keiner kam mehr auf einen grünen Zweig. Die Leute in den Städten schufteten in den wieder angelaufenen Industriebetrieben und Fabriken. Auf dem Land hofften die Menschen auf gutes

Wetter und gute Ernten. Die Städter litten Hunger, wenn eine Missernte zu wenig Kartoffeln, Brot, Gemüse oder Rüben auf die Märkte brachte und die Preise stiegen. Fleisch konnten sich wenige regelmäßig leisten. Eier waren wertvoll, Nüsse und Saaten auch.

Paul hatte große Angst um Karoline, als er sah, dass sie wieder schwanger war. Oft kam er in der Nacht nicht in den Schlaf, so sehr ängstigte ihn die Vorstellung, wie er mit drei Kindern und seiner Mutter alleine würde zurechtkommen müssen, wenn seine Frau bei der Geburt des nächsten Kindes sterben würde. Doch Karoline schien völlig vergessen zu haben, dass sie bei Almas Entbindung fast ihr Leben gelassen hätte. Im Gegenteil, es schien sie mit freudigem Glück zu erfüllen, das kleine Leben in sich zu spüren und sie schien von Monat zu Monat runder und schöner zu werden. Sie war ausgeglichen, fröhlich und voller Zärtlichkeit ihrem Mann und den Kindern gegenüber, so dass die Familie in den Wochen vor der Niederkunft in einer friedvollen Eintracht lebte und jeder im Dorf dies auch sehen konnte. Wenn Paul und Karoline mit den beiden sauberen, braven Buben und der schüchternen, gut gekämmten und hübsch angezogenen Alma zur Kirchentüre hereinkamen und Karolines runder Bauch stolz und unübersehbar zeigte, in welch guter Hoffnung sie war, ging ein Tuscheln durch die Bänke. Die Männer, die Paul die schöne Karoline neideten, sagten leise: "Wie sich der einfache Bähnler wichtig tut, als ob er etwas Besseres wäre." Und die Frauen, die den Paul auch gern gehabt hätten, zischelten: "Die werden noch sehen, wohin sie mit ihrem Hochmut kommen!" Dabei taten Paul und Karoline nichts anderes als mit ihren Kindern zum Gottesdienst am Sonntag morgen zu gehen. Und warum sollte ihnen keiner ansehen dürfen, wie zugetan sie einander waren? Warum eigentlich nicht?

5 - Ruth

Ich weiß, dass meine Mutter ihre Großmutter Karoline
sehr geliebt hat. Sie hat auch ihren Opa Paul geliebt.
Freundlich seien sie gewesen, liebevoll. Gespielt hätten
sie mit den Kindern. Beide hätten Interesse an ihr, den
Geschwistern, den Cousins und Cousinen gehabt. Das
hatte die Mutter ihr oft erzählt. Hoppe Reiter mit dem
Opa habe sie gemacht, ihn am Bart ziehen dürfen, neben
ihm auf dem Bock sitzen, wenn er mit den beiden Kühen
vor dem großen Leiterwagen aufs Feld fuhr. Mit der
Oma Lina habe sie gesungen, Kuchen gerührt, Äpfel ge-
schält, Nüsse ausgemacht, Zöpfe geflochten. Schön sei es
gewesen bei den Großeltern.
Oft habe ich mich gefragt, warum hat sie es nicht dabei
belassen, mir das zu erzählen. Also nur, dass es schön war
dort und dass es ihnen gut ging, so gut wie sie waren. Sie
hätte mir nicht erzählen sollen, dass sie später so schreckliche Dinge erleben sollten, die diese lieben Menschen
nicht verdient hatten. Wenigstens hätte sie es mir nicht
erzählen sollen, als ich klein war. Noch nicht einmal zehn
Jahre alt war ich da. Und wie sie es mir erzählt hat. Genauso wie sie mir die schönen Dinge erzählt hat. Im gleichen Sing-Sang-Ton. Als ob es eine Geschichte gewesen
wäre und nicht die schrecklichen wahren Dinge, die meinen Großeltern und Hanne widerfahren sind. Sie hätte
mir nicht erzählen sollen, was später passiert ist. Später,
als das kleine Mädchen, das "Hanne" genannt wurde, 19
Jahre alt war! Ich habe es nicht wissen wollen. Ein Kind
sollte auch nicht so früh erfahren müssen, dass Gutes und

Schreckliches ganz nah beieinander liegen können. Trotzdem hat es meine Mutter erzählt. So wie man ihr, der kleinen Selma, halt auch vieles erzählt hatte, ob sie es hören hatte wollen oder nicht. Sie war es gewöhnt, dass auf Kinderohren und Kinderherzen keine Rücksicht genommen wurde. Wenn ich zuhören musste, was in meiner Familie Schlimmes passiert war, wurde ich furchtbar traurig und diese Menschen taten mir so leid. Und ich glaube, bei diesen Erzählungen, die ein Kind nicht hätte hören sollen, habe ich angefangen, Steine zu sammeln. Steine, die meinen Rucksack schwer gemacht haben. Mit den Jahren.

6 - Den eigenen Gefühlen trauen

Frau Leitgeb saß Ruth gegenüber und hörte ihr zu. Dann beugte sie sich vor und fragte: "Was mag bei der kleinen Ruth denn passiert sein, während sie erfahren hat, dass gute Menschen Schlimmes erleiden müssen? Dass gute und schlechte Dinge bei Menschen zu sehen sind, zur gleichen Zeit? Dass Menschen gute und schlechte Dinge zugleich in sich tragen können, sich gut und schlecht verhalten?"

Ruth zögerte mit der Antwort. Ihr Blick schien nach innen zu gehen. Es schauderte sie, als sie sich in alten Bildern, die sich in ihr emporkämpften, als Achtjährige auf der Bank im Fernsehzimmer der Oma Elise sitzen sah. Ihre Mutter dabei, die Großmutter, der Opa Karl, still, wie immer mit einem Stumpen, ihr Vater, unbehaglich wie oft, wenn er in seiner Schwiegerfamilie war.

"Ich glaube, ich war verwirrt. Und ich habe es nicht verstanden, obwohl ich es gehört habe. In meinem kleinen Kopf ist alles Karussell gefahren. Mir ist schwindelig geworden. Mir war, als ob ich den Halt verliere, als ob ich nicht mehr weiß, was gilt. Und in dieser Unsicherheit habe ich mich schrecklich allein gefühlt."

Die Psychologin hatte aufmerksam zugehört. Dann fügte sie an: "Dabei saßen viele Erwachsene und vielleicht auch andere Kinder um sie herum."

Ruth dachte nach und versetzte sich 30 Jahre zurück. "Genau das war es doch. Ich saß mitten in dieser Familie und sie erzählten schreckliche Dinge von Menschen, die ich kannte, die ich mochte. Ich war entsetzt, fühlte Angst und Abneigung, fand diese Gefühle aber nicht bei den Erwachsenen um mich herum wieder. Sie sprachen, als ob die Dinge, von denen sie einander berichteten, völlig normal wären. Es passte nichts zusammen für mich."

Und nun klang Frau Leitgeb, als ob sie etwas fragen würde: "Und Sie wussten als Kind nicht, ob sie ihren eigenen Gefühlen trauen konnten?"

"Genau, genau, so war es. Ich wusste nicht, ob ich dem, was ich fühlte, während ich den Erwachsenen zuhörte, trauen konnte. Und so fing ich an, es zu machen, wie die Leute um mich herum. Ich hörte schlimme Dinge und unterließ es, die Gefühle, die kommen wollten, ernst zu nehmen. Und mit der Zeit nahm ich sie nicht mehr wahr."

"Und wie ist es jetzt? Jetzt im Moment, wo sie darüber sprechen und die Erinnerung da ist?" fragte Frau Leitgeb weiter.

Ruth schluckte und antwortete: "Jetzt ist es, als ob sich in meinem Bauch große, schwere Steine befinden, die mir das Atmen schwer machen und mit denen ich mich ganz schlecht bewegen kann." Dann lachte sie kurz. "Es ist wie beim Wolf von den Sieben Geißlein."

"Und was möchten Sie jetzt, das geschehen soll?" Die Therapeutin lächelte aufmunternd.

"Jetzt soll mir jemand den Bauch aufschneiden, damit die Steine herauspurzeln können." Ruth lachte wieder.

"Und wer könnte das sein?" Nun war die Stimme erwartungsvoll und amüsiert zugleich.

"Ich" antwortete Ruth ganz ernst, "nur ich selber kann das machen."

7 - Im Hause Gottes

Ruth hatte sich oft gefragt, warum es in verschiedenen Familien so unterschiedlich zuging. Um dies festzustellen, reichte es ihr, die Familien anzuschauen, aus denen ihre Eltern stammten. Ihre Mutter Selma war das zweite Kind von Oma Elise und Opa Karl. Schon diese Familien waren von den Personen und der Art, wie sie miteinander umgingen, verschieden. Opa Karls Eltern, die Ebers waren warmherzig, fleißig, kinderlieb. Sie hatten nicht viel, aber sie hätten nie ein Kind weggeschickt oder für gering geachtet und vernachlässigt wie es Oma Elises Eltern taten. Woran das wohl lag? Oma Elises Schwester Gundel wurde zu einer Tante in ein Nachbardorf gebracht, weil zuhause in Mahl keine Zeit war und nicht genügend für sie gesorgt werden konnte. Die Urgroßeltern hatten zur Landwirtschaft noch eine Gastwirtschaft übernommen und die Arbeit war zu viel geworden. Für Gundel schien es gut gewesen zu sein, sie hatte sich nie darüber beklagt. Ruth fragte sich, was es Tante Gundel genutzt hätte. Der Urgroßvater August war nicht der Vater gewesen, der seinen Entschluss aufgrund von Klagen eines Kindes geändert hätte. Franka hatte sich oft beklagt, hatte geweint, war traurig gewesen, trotzdem war für sie nichts verbessert worden. Und Ruth hatte sich auch oft gefragt, wie die Härte in Oma Elises Familie dazu passte, dass alle so oft in die Kirche gingen, wo sie von Jesus, der Nächstenliebe und dem Evangelium gepredigt bekamen. Als sie die Oma einmal darauf ansprach, starrte diese sie nur an und sagte: "Das verstehst

Du nicht. Werde Du nur mal erst erwachsen, dann wirst Du vielleicht verstehen, dass die Dinge nicht immer so sind, wie sie sein sollten. Und bei denen, die angeblich Gottes Wort verkünden, menschelt es oft am allermeisten." Ruth war damals etwa acht Jahre alt gewesen und sie verstand das, was die Oma sagte, nicht. Denn der Dorfpfarrer, der auch in der Schule Religionsunterricht gab, brachte den Kindern ganz andere Dinge bei, nämlich dass Gott gut war und auf alle Menschen achtgab. Es sollte auch das einzige Mal bleiben, dass so etwas wie Kritik an der Kirche und deren Vertreter aus dem Mund von Oma Elise kam. Wenn Ruth mit der Mutter in die Kirche ging, saß sie bei ihr auf der Frauenseite, der linken Seite. Da der Gottesdienst in der immer gleichen Reihenfolge ablief - sitzen, stehen, knien, stehen, sich bekreuzigen, Amen sagen, Klingeln der Ministranten hören, dem Pfarrer zuhören, kurz, lang, wieder knien, dann Weihrauch, wovon ihr schlecht wurde, irgendwo dazwischen "durch meine Schuld, durch meine Schuld, durch meine große Schuld" sagen, das Vaterunser sprechen, Zuschauen, wie die Erwachsenen und die Kinder und Jugendlichen, die schon bei der Erstkommunion waren, aus der Bank kletterten, um den Leib Christi zu empfangen, hatte es sich Ruth angewöhnt, in der Kirche herumzuschauen. Ihre Mutter mochte das nicht und sagte, man solle nach vorne zum Altar schauen, wo Gott wohne und zwickte das Mädchen, wenn sie es wieder dabei erwischte, wie es die barocken Deckenbilder mit den halbnackten, drallen und athletischen Figuren anstarrte. Viel Rosa und Hellblau war darum herum gemalt, Wolken, auf denen in bunte

Stoffe gehüllte Figuren saßen, die mit dramatisch aufgerissenen Augen einander an, in die Höhe oder in die Ferne blickten. Die nackten kleinen dicken Engel mit den Löckchen wirkten geradezu fehl am Platz. Und dann das viele Gold und die riesigen Kristallleuchter. Irgendwie war es zu prächtig in der Kirche. Der Altar war vergoldet, die Wände bemalt, als ob sie aus grünem und rotem Stein wären. Wäre nicht auf dem rechten Seitenaltar der heilige Sebastian mit den vielen Pfeilen in seinem Körper und den blutenden Wunden gewesen und der Herr Jesus am Kreuz und die heilige Mutter Maria weinend mit dem toten Gottessohn auf dem Schoß - Ruth hätte gedacht, die Kirche würde eher dem Schloss eines reichen Grafen ähneln. Doch die Mutter und die Großmutter sprachen ständig vom "Haus Gottes". Und manchmal hörte sie, wie der Pfarrer davon sprach, dass der Herr unter ihnen in der Kirche sei. Also musste es wohl stimmen, dass dieses reich geschmückte, riesige Gebäude etwas mit dem lieben Gott zu tun hatte. Aber was genau? Wenn Ruth dem Pfarrer zuhörte, dass Gottes Sohn Jesus der "Geringste unter den Menschen" hatte sein wollen und sie damit von ihren Sünden erlöst habe und auf allen weltlichen Reichtum und auf alle Macht verzichtet habe, dann fand Ruth die Kirche als sein Haus sehr unpassend. Überhaupt dachte sie, dem lieben Gott sei doch vieles in seiner Kirche entglitten und sie konnte sich nicht vorstellen, dass er diesen protzigen Prunk gewollt hätte.

8 - Kleine Schwester

In jeder Therapiestunde hörte Frau Dr. Leitgeb konzentriert zu, manchmal lachte sie laut, manchmal leise.
Lächeln tat sie oft. Ruth mochte es, in ihrer Gegenwart
zu erzählen. Da war jemand, der sich auf sie und auf das,
was sie berichtete, konzentrierte. Und Ruth hatte das
wunderbar befriedigende und beglückende Gefühl dabei,
dass es interessant für Frau Leitgeb war und sie fühlte sich
von Stunde zu Stunde wertvoller. Besonders, wenn sie
nachfragte, und zwar so lange, bis sie es verstanden hatte
und sich vorstellen konnte, was Ruth erlebt hatte und wie
es ihr dabei ergangen war.
So hatte Frau Leitgeb ein paar Mal gelacht, als sie Ruth
zuhörte, während sie von ihren Überlegungen als Achtjährige in der Kirche berichtete. Und dann hatte sie die
kleine Ruth gelobt, weil ihr so früh aufgefallen war, dass
es auch in der Vermittlung von Glauben und dessen
praktischer Umsetzung Diskrepanzen gab. Sie hatte auch
betont, dass sie glaube, die kleine Ruth müsse ein kluges
Mädchen gewesen sein, da sie die weltliche Pracht als unpassend zum verkündeten Evangelium erkannt habe. Ob
sie denn mit jemandem damals über ihre Gedanken habe
sprechen können?
Frau Leitgebs Worte rührten bei Ruth ein altes Thema
an, was sie bedrückte, seit sie denken konnte. "Ja, ich
konnte mit jemandem reden, mit meiner Schwester Rosi.
Sie war, natürlich ist sie es immer noch, 3 Jahre älter als
ich. Und immer war sie einen großen Schritt voraus! Als
ich geboren wurde, kam sie in den Kindergarten. Als ich

dann dort hin kam, wurde sie eingeschult. Als ich in die zweite Klasse kam, ging sie aufs Gymnasium. Sie war die Gescheite von uns beiden, sie wusste immer alles.

Hier lächelte Frau Leitgeb "das kam Ihnen vielleicht so vor, weil Sie die Jüngere waren und Ihre Schwester immer 3 Jahre voraus war".

"Ja, das stimmt", sagte Ruth, "aber Rosi war wirklich gescheit. Sie musste für die Schule gar nicht viel machen und hatte gute Noten. Sie las den ganzen Tag und sie schien vieles, was mich im Dorf und in der Familie belastete, gar nicht ernst zu nehmen. "Nach dem Abi hau´ ich hier sowieso ab. Bei diesen engstirnigen Spießern hält es doch kein vernünftig denkender Mensch aus!" Das machte mich traurig, denn ich wusste, dann bin ich ganz allein. Wenn ich Rosi erzählte, wie die Härte der Oma und manchmal auch die der Mutter, mich ängstigte und mir Kummer machte, nahm sie mich in den Arm, drückte mich und sagte: "Ruthi, gib doch nichts drauf! Du siehst doch, wie gestört die sind. Und was für ein Mist die labern! Ruthi, gebrauche Deinen Verstand, vertraue Dir und gehe Deinen Weg. Such Dir Menschen, die anders sind, wie Frau Herrmann, Deine Lehrerin, wie die Breslau-Oma, wie Papa, wie Onkel Gerhard. Mach Deine Schule und mit 18 haust Du auch ab!" Aber ich war nicht so mutig wie Rosi. Ich hatte viel Angst." An dieser Stelle wurde Ruths Stimme ganz leise.

"Sie hatten viel Angst?" Frau Leitgebs Stimme nun auch ganz leise und sanft.

"Ja, seit ich denken kann, war ich ängstlich, wollte alles

richtig machen, wollte von der Mutter und von der ganzen Familie geliebt werden. Sie sollten gut über mich denken. Deshalb habe ich versucht, die Regeln, die bei uns geherrscht haben, so gut wie möglich zu befolgen. Damit keiner in der Familie und im Dorf etwas Schlechtes über mich sagen sollte. Dass sich keiner meinetwegen schämen sollte. Es war doch schlimm genug, dass Rosi den Eltern soviel Probleme gemacht hat. Na ja, sie war zwar gut in der Schule, sehr gut sogar, aber sie hat dort oft widersprochen, ihre Hausaufgaben nicht gemacht, geschwänzt, ja, man kann sagen, sie war frech und aufsässig. Der Vater musste oft zu den Lehrern. Einmal hat Rosi sogar einen Verweis bekommen. Weil sie auf dem Schulhof geraucht hat und die Zigarette nicht ausgemacht hat, als der Hausmeister sie dazu aufgefordert hat. Die Mutter hat getobt und zum Papa gesagt, er solle etwas tun, sonst würde die Rosi auf die schiefe Bahn geraten. Aber der Papa hat gesagt, Rosi würde ihre Ecken und Kanten schon noch abschleifen und hat ihr 2 Tage Hausarrest gegeben, das genüge, sagte er. Wenn so etwas war, hatte ich Angst um Rosi. Dass sie von der Schule fliegen oder ins Heim geschickt werden würde. Und dann war ich besonders brav, damit die Stimmung zuhause wieder gut werden sollte. Ich habe nie geraucht und auch nie geschwänzt. Und auch nicht widersprochen. Frech war ich auch nicht." Damit verstummte Ruth, bis Frau Leitgeb fragte: "Kann es sein, dass Sie dachten, Sie könnten es sich nicht erlauben, so über die Stränge zu schlagen, wie es Ihre Schwester tat?"

Ruth nickte heftig. "Ich war nicht so gut in der Schule,

ich musste mir alles hart erarbeiten und musste viel lernen. Ich war auch nicht so sportlich wie Rosi und nicht so geschickt. Über die Rosi hat die Oma gesagt: "Die ist wie eine Katze, die fällt immer auf die Füße." Dabei hat Verachtung mitgeschwungen, denn die Oma konnte Katzen nicht leiden, aber auch ein wenig Neid, weil es Rosi so egal war, was die Oma und alle anderen über sie dachten. Zu mir sagte sie: "Du weißt, was sich gehört. Du bist eine, die in unsere Familie passt!" Ich habe mich geschämt, wenn ich gemerkt habe, dass es mich gefreut hat, wenn sie das zu mir gesagt hat. Aber noch mehr habe ich mich vor mir selber geschämt, weil es keine bewusste Entscheidung war, mich so angepasst zu verhalten, sondern weil ich es aus purer Angst getan habe."

Nun wieder Frau Leitgebs interessierte, freundliche Stimme: "Was hätte denn der kleinen Ruth passieren können, wenn sie nicht so brav gewesen wäre? Können Sie sich in die Kleine zurückversetzen?"

Ruths Blick ging nach innen und nun fühlte sie sich genau wie damals mit 12, als Rosi das erste Mal türschlagend das Haus verlassen hatte und bei ihrer Freundin Steffi übernachtete, so wütend war sie während eines Streits auf die Mutter geworden. Diese hatte ihr nachgerufen: "Du brauchst gar nicht mehr wiederzukommen, wenn Du jetzt gehst!"

Für Ruth hätte das ein Hinausgehen in die absolute Schutzlosigkeit bedeutet. Sie hätte sich nicht mehr nachhause getraut, so ernst hätte sie Mamas Worte genommen. Wäre dann draußen gestanden, ohne Geld, ohne Kleider, ohne Essen... Ja, so war sie gewesen. Ein Kind, was auf die Worte und die Bewertungen der Erwachsenen viel gegeben hatte. Auch als Jugendliche mit 15 hatte sie noch lange nicht zwischen dem, was in großer Wut oder Angst ausgesprochen wurde und dem, wie sich die Menschen nach dem Abflachen der Gefühle eine Weile später verhielten, unterscheiden können. Sondern sie nahm es als bare Münze, als die Mutter Rosi anschrie, nachdem ihr eine Freundin aus dem Dorf gesteckt hatte, dass Rosi eine "intime" Beziehung zu einem 24jährigen Studenten in der zehn Kilometer entfernten Kreisstadt hatte: "Kannst Du damit nicht warten, bis du verheiratet bist? Und wenn was passiert? Dann ist Dein ganzes Leben versaut! Und die Schande, die Du uns machst? Wenn das Deine Großmutter erfährt! Eine Schlampe wie Dich will ich nicht mehr unter meinem Dach haben!" Ja, Ruth hatte damals gedacht, die Welt gehe unter. Und zwar für sie alle.

9 - Ruth

Ich weiß nicht, ob es mir wirklich besser geht. Seit 2 Monaten gehe ich jetzt in die Therapie. Spreche über mich, meine Familie, meine Gefühle. Dass es mir damit leichter wird, kann ich nicht sagen. Warum sehne ich dann in jeder Woche die Stunde mit Frau Leitgeb herbei? Vielleicht weil ich mich bei ihr traue, meinen Gedanken und Gefühlen ihren Lauf zu lassen? Und weil die Angst geringer wird, wenn ich all das anschaue, was da ist. Vieles ist schon viel zu lange da. Ja, ich glaube, das ist es, was die eine Stunde in der Woche so wertvoll für mich macht, dass ich ohne Angst Altes erinnere und besser verstehe. Ich bin jetzt 36 - warum sollte mir denn heute noch etwas passieren, wenn ich an die vergangenen Dinge zurückdenke? Immerhin habe ich das, was damals war, überstanden, auch wenn ich mich an vieles nicht mehr erinnere. Und einige, die mir damals Angst gemacht haben, sind tot. Andere haben sich verändert und unterstützen mich, wie sie es früher nicht getan haben. Also warum ist es so anstrengend, über Dinge zu berichten, die früher passiert sind? Es ist, als ob ich die Erinnerungen von einer Felsenwand abschlagen muss. Und ich weiß nicht, was für Flöze sich noch zeigen. Und ob die Wand hält. Oder ob ich den Steinbruch zum Bröckeln bringen kann. Die Angst, die dabei kommt, hat, glaube ich, damit zu tun, dass ich fürchte, unter den herunterfallenden Brocken begraben zu werden.

Diese Überlegungen habe ich Frau Leitgeb erzählt. Sie

hat genickt und gesagt, dass es deswegen wichtig sei, vorsichtig einen Schritt nach dem anderen zu machen, Stein für Stein von der Wand zu nehmen und den Steinbruch, wenn nötig, immer wieder zu sichern.

Karolines Geburtstermin mit Hanne rückte näher. Es war Frühjahr und das kleine Mädchen sollte ein Maikind werden, wenn alles gut verlaufen würde.

"Woher weißt Du denn, dass es dieses Mal wieder ein Mädchen wird?" hatte Paul lächelnd gefragt.

"Ich hab es im Gefühl, wie bei den anderen Dreien auch. Ich kann es nicht anders sagen, aber es ist so," war die Antwort.

"So, wie es unsere Kleine spürt, wenn eines der trächtigen Tiere Junge bekommt, dann geht sie auch nicht mehr aus dem Stall" sagte Paul und streichelte Alma, die neben ihm kniete und wie immer ein wenig nach Stall roch, sanft übers Haar.

Karl und Fritz, die auf der Ofenbank saßen und sich Holzpfeile schnitzten, stießen einander grinsend an und Fritz feixte: "Gell, Alma, Du spürst jedes Ei, was unsere Hennen legen. Du könntest ja mal selber versuchen, eines auszubrüten."

Der Vater drückte seine Tochter, die sich gegen die derben Scherze der Brüder nicht wehren konnte und ermahnte die Buben, sie sollten die kleine Schwester nicht ärgern.

"Na, ja," sagte Fritz, "vielleicht kann Alma ja auch bald mit den Viechern reden und ihre Sprache verstehen."

Da ließ sich die Oma aus der Küche vernehmen, kam in die Stube und sagte, während sie Fritz eine kleine Kopfnuss gab: "Du weißt aus dem Märchen vom kleinen

Dummling, dass die wirklich klugen Menschen diejenigen sind, die sich mit den Tieren und der Natur auskennen. Solche Menschen unterschätzen wir leicht. Geht hinaus und spaltet Feuerholz für den Holzkorb, damit ich kochen kann." Fritz und Karl grinsten, holten den Korb aus der Küche und die Axt aus dem Schopf und taten, was sie die Großmutter geheißen hatte.

Die kleine Hanne kam ohne Probleme zur Welt. Sie hatte sich gut zurechtgelegt, so dass es nur wenige Wehen brauchte, bis sie in einen wunderbar sonnigen warmen Maitag rutschte. Die junge Hebamme, die erst seit ein paar Monaten im Dorf war, drehte das kleine Mädchen aus Karoline heraus, schnitt die Nabelschnur durch, verknotete den verbliebenen Stummel, wusch Mutter und Kind und zog das kleine Kindchen an. Die Nachgeburt ließ sie in eine Blechschüssel schwappen und stellte sie zur Seite, damit Paul auf ihr einen neuen Apfelbaum pflanzen konnte. Dieses Mal hatte er es nicht ausgehalten, draußen vor der Tür zu warten, sondern war schon ins Schlafzimmer gekommen, als er die Hebamme hatte sagen hören: "Ich sehe das Köpfchen, gleich ist es da!" So hatte er das Glück, mitzuerleben, wie seine Lina das kleine Mädchen auf die Welt brachte. Die ganze Zeit, die er bei ihr sein konnte, strahlte sie ihn an und als die Hebamme ihm das Kind auf Linas Geheiß in die Arme legte, weinte er vor Glück.
Die junge Frau verdrehte die Augen, sagte, es bringe Unglück, wenn Männer bei Geburten anwesend seien, verabschiedete sich und rief Lina im Gehen zu, sie werde die

schmutzige Wäsche mit hinunter nehmen und morgen wieder kommen. Lina dankte ihr, sagte, die Schwiegermutter habe ihr auf dem Küchentisch Eier, Speck und Milch zum Mitnehmen gerichtet. Als die Tür ins Schloss fiel, bat sie Paul, ihr das Mädchen anzulegen. Die kleine Hanne zog mit großer Kraft an der Brust und schien die klebrige Vormilch sehr zu genießen. Als Lina sie auf die andere Seite legte, zog sie auch da, fiel aber bald erschöpft in ihren ersten Erdenschlaf. Lina spürte das Ziehen in ihrem Unterleib bei jedem Zug und wusste, dass bei ihr bald wieder alles am richtigen Platz sein würde. Paul ging leise hinunter, um die Oma und die Kinder zu holen, damit sie das neue Schwesterchen und die kleine Enkelin begrüßen konnten. Alma und die Buben hatten im Garten einen Strauß Maiglöckchen gepflückt, den sie in ein Glas gestellt hatten und der Mama brachten. Sie bedankte sich bei Alma mit einem Kuss und streichelte ihren großen Buben übers Haar. "Danke für das Sträußchen, was seid Ihr liebe Kinder. Und Euch, liebe Mutter danke ich auch für alles", wandte sie sich ihrer Schwiegermutter zu. Diese lächelte nur und strich dem schlafenden Säugling über das duftende Köpfchen.

Nach dem Wochenbett war Lina schnell wieder bei Kräften und konnte ihre Aufgaben im Haushalt und auf dem Feld wieder gut machen. Die kleine Hanne trank und schlief gut, nahm zu und blickte bald interessiert um sich. Mit ihrem dunklen Gesichtchen, den krausen schwarzen Haaren und den großen dunkelbraunen Augen nahm sie jeden, der sie betrachtete für sich ein. Die großen Brüder hatten sich gleich in sie verliebt und herzten sie bei jeder

Gelegenheit. Alma zeigte ihr die Tiere und erzählte ihr Geschichten, die Großmutter machte es sich zur Aufgabe, für sie zu sorgen und sie zu verwöhnen, wenn Lina ihrer Arbeit nachging. Sie wurde Pauls Augenstern und Lina empfand stilles Glück, wenn sie sie betrachtete und sah, wieviel Ähnlichkeit sie mit ihrer früh verstorbenen Mutter hatte, die die gleichen schwarzen Locken, die gleichen dunklen Augen und den gleichen dunklen Teint gehabt hatte. Sie würde groß werden, das sah man schon an ihren langen Beinen, schlank wahrscheinlich auch, kräftig und schön, wie es seine Lina nach der Geburt von vier Kindern noch war. Paul war stolz auf seine Frau. Nicht nur wegen ihrer Schönheit und ihrem Fleiß, vor allem die Warmherzigkeit und ihr freundliches Wesen waren es, was er an ihr so mochte.

11 - Unterleib

Es war Ruth nach der letzten Stunde nicht gut gegangen. Sie war traurig und niedergeschlagen geworden, konnte kaum noch schlafen und hatte Schmerzen im Unterleib bekommen. Frau Leitgeb fragte sie, ob sie ihre Tage bekomme. Ruth verneinte. Dann riet ihr die Therapeutin, zu ihrer Frauenärztin zur Untersuchung zu gehen.

"Ich habe keine Frauenärztin und auch keinen Frauenarzt." Ruths Stimme wurde unsicher und ein wenig trotzig. Warum sollte man denn eine Frauenärztin haben, unbedingt?

"Wann waren Sie das letzte Mal bei einer Untersuchung?" Frau Leitgeb ließ nicht locker.

"Noch nie. Ich war immer nur beim Hausarzt. Eine Gynäkologin habe ich noch nie gebraucht!" Wieder ein kleiner Trotz in der Stimme.

"Aha". Nun eine kleine Unsicherheit bei Frau Dr. Leitgeb. Nicht lange, dann fuhr sie mit fester Stimme fort, "dann sollten Sie unbedingt gehen. Und zwar so bald wie möglich und nachschauen lassen, was Ihnen Schmerzen macht. Das kann alles Mögliche sein!"

In dieser Stunde verspürte Ruth das erste Mal Ärger ihrer Therapeutin gegenüber. Ihr Unterleib ging sie ja gar nichts an. Hätte sie ihr nur nichts davon erzählt. Jeder, eigentlich jede, der sie gesagt hatte, dass sie mit Mitte Dreißig noch nie bei einer gynäkologischen Untersuchung war, hatte so reagiert: erstaunt, entsetzt, verwundert, unverständig. Und dann Ermahnungen, Aufforderungen. Nun auch Frau Leitgeb. Sie wollte einfach nicht unten herum untersucht werden. Da konnten die Frauen in ihrer Bekanntschaft noch so heftig auf sie einreden. Sie brauche diesen jährlichen Frauen-TÜV nicht, sagte sie dann jedes Mal, wenn wieder einmal das Gespräch darauf kam. In der Therapiestunde sagte sie das nicht. Sie sagte gar nichts mehr. Die Stille dauerte etwa fünf Minuten. Ruth kam es ewig vor, bis Frau Leitgeb freundlich sagte: "Mir scheint, wir haben heute ein Thema entdeckt, das für Sie etwas Besonderes zu sein scheint. Etwas besonders Belastendes? Etwas, wonach ich nicht fragen sollte? Etwas, woran nicht gerührt werden darf?" Ruth blickte auf, schaute die nun fragend blickende Frau ihr gegenüber kurz an und wandte den Blick wieder ab.

"Ich weiß nicht," sagte sie, "ich weiß es wirklich nicht. Es ist schon immer ein kritisches Thema gewesen. Ich weiß nur, dass ich noch nie wollte, dass jemand den unteren Teil meines Körpers sehen sollte."

"Den unteren Teil?" Die Frage kam ganz leise.

"Meinen Unterleib, eigentlich was in ihm ist, meine ich." Die Antwort kam noch leiser.

12 - Rosi

Nachdem Rosi heulend in ihr Zimmer gerannt war, ein paar Sachen gepackt und mit einem lauten Rumms die Haustür hinter sich zugeschlagen hatte, ging die Mutter laut schimpfend in die Küche und klapperte mit den Töpfen. Ruth rannte ebenfalls in ihr Zimmer und schmiss sich weinend aufs Bett. Als der Vater ein paar Stunden später nachhause kam, eine verheulte Ehefrau vorfand, die ihm ein verbranntes Gulasch und verkochte Nudeln auf den Esstisch knallte und die auf die Frage, wo Ruth und Rosi seien, antwortete: "Die Ruth plärrt in ihrem Zimmer und die Rosi ist fort!"

"Und warum heulst Du?" fragte der Vater dann.

"Weil das Miststück unsere Familie kaputt macht. Die Blandine hat mir erzählt, dass Rosi einen Freund hat mit dem sie intim ist. Da hab ich ihr gesagt, eine, die rumhurt, will ich nicht mehr unter meinem Dach haben!"

"Wem hast Du das gesagt?" Der Vater, ganz ungläubig.

"Na, der Rosi hab ich das gesagt!" Die Mutter trotzig.

"Deiner 18jährigen Tochter, die in zwei Wochen ihre Abiturprüfung hat, hast du gesagt, Du willst sie nicht mehr im Haus haben? Du hast Dein Kind rausgeschmissen?" Der Vater war nun entsetzt.

"Sie ist gegangen... Wenn ihr der Kerl wichtiger ist..." Die Mutter jetzt schnippisch.

"Mein Gott, sie ist 18 und hat einen Freund, was ist denn dabei? Denk doch an Deine so katholische und so anständige Familie. Deine Schwester Gisela, die war mit 16 schwanger." Der Vater war wütend.

"Aber sie hat geheiratet!" Die Mutter triumphierend.

"Müssen! Sie hat heiraten müssen, obwohl der Vater des Kindes und sie überhaupt nicht zueinander gepasst haben. Deine Mutter hat sie dazu gezwungen, mit 16 Jahren. Die Gisela war doch selber noch ein Kind". Der Vater jetzt voller Verachtung.

"Ja, haben wir die Rosi auf die höhere Schule geschickt, dass sie sich jetzt mit einem dahergelaufenen Studenten ihr Leben versaut?" Die Mutter mit fester Stimme, sie hatte wieder Oberwasser.

"Warum sollte sie ihr Leben versauen? Du weißt doch gar nichts über den jungen Mann. Nur weil die Blandine so übel daher redet, nimmst Du etwas Schlimmes an. Als ob es das Schlimmste wäre, ein Kind zu bekommen. Außerdem sind wir auch noch da und könnten dann helfen". Der Vater wurde wieder ruhiger.

"Helfen? Ich hüte es ihr nicht. Und ich weiß, wie es Frauen ergeht, die nicht aufpassen, bevor sie verheiratet sind. Meine Familie hat genug Beispiele. Und nicht alle haben es überlebt." Die Mutter jetzt spitz und hart.

"Du mit Deinen alten Geschichten, ich kann es nicht mehr hören". Damit stand der Vater auf, ohne etwas gegessen zu haben. Ruth hörte, wie er sich im Flur die Jacke anzog, die Haustür öffnete, hinausging und die Tür hinter sich zuschlug. Ruths Entsetzen war so groß, dass sie vergaß zu weinen: der Vater war noch nie abends in Wut weggegangen. Wenn er auch nicht wiederkäme?

3 - Wieder Rosi

"Es ist merkwürdig, dass mir gerade die Geschichte ein-
fällt, wo wir von meinem Unwillen sprechen, mich gynä-
kologisch untersuchen zu lassen. Die Verbindung könnte
sein, dass Rosi mir kurz vor diesem Krach erzählt hat,
dass sie beim Frauenarzt zur Untersuchung war und sich
die Pille hat verschreiben lassen - ohne dass es die Mutter
wissen sollte. Sonst würde sie ein Galama machen, hatte
Rosi gesagt.

"Wozu denn die Pille?" habe ich damals völlig naiv gefragt.

"Du Dummerchen, weil ich einen Freund habe und nicht
schwanger werden will. Wenn Du mal einen hast, musst
Du Dich auch um die Verhütung kümmern, versprichst
Du mir das? Ich sag Dir dann, wo du hingehen kannst,
mein Frauenarzt ist ganz nett. Aber verlass Dich auf keinen Fall auf Deinen Freund, auch wenn er ein Kondom
nimmt, es ist nicht sicher." Rosi sprach über diese Dinge
sachlich, nüchtern, informiert. Na ja, sie war 18, also drei
Jahre älter als ich. Mir war das Gespräch absolut peinlich. Pille, Kondom, als ob ich das jemals brauchen
würde. Damals konnte ich mir so etwas nicht vorstellen.
Aber dass Rosi nicht einfach so mit einem Mann schlafen
würde, hätte mir eigentlich klar sein müssen, denn ich sah
sie heimlich ihre "Bravo" lesen, die sie immer gut vor der
Mutter versteckte."

An dieser Stelle stockte Ruth, Frau Leitgeb hatte aufmerksam zugehört, schien zufrieden und ein wenig stolz

auf Ruth zu sein, dass sie aus ihrem trotzigen Loch herausgekommen war und weitersprach.

"Also Rosi kam tatsächlich nicht wieder, damals. Für mich brach eine Welt zusammen. Ich fühlte mich unendlich allein gelassen. Sie zog zu ihrem Freund in die Stadt, der in einer WG lebte, in der ein Zimmer frei wurde. Rolf studierte Mathe und Physik und gab Rosi noch den letzten Schliff fürs Abi. Sie bestand es mit einem Einser-Schnitt. Damals war das etwas Besonderes. Bei der Abifeier, wozu wir als Familie eingeladen waren, bekam sie den Jahrgangspreis und wurde auch wegen ihres kritischen Geistes gelobt.

An der Stelle zischte die Mutter: "Ja, jetzt, wo sie sie loswerden, heben sie sie in den Himmel".

Vater tat, als habe er nichts gehört, klatschte ganz laut und strahlte, als sie zu uns herüberschaute. Als ich ihr zuwinkte, winkte sie zurück. Nach der Feier kam sie zu uns. Papa gratulierte ihr und sagte, er sei stolz auf sie und drückte sie. Mutter gab ihr die Hand.

Mich umarmte Rosi und flüsterte mir ins Ohr: "Pass gut auf Dich auf und in den Schulferien besuchst Du mich!"

Als wir gingen, sagte Papa zu ihr: "Du weißt, dass Dir Dein Elternhaus immer offen steht und wir für Dich da sind, wann immer Du uns brauchst."

"Ja, Papa, das weiß ich. Ich melde mich bald, Ich brauche ja noch die Unterlagen fürs BaföG und dann wandte sie sich der Mutter zu, sagte "ach Mama" und umarmte sie. Die konnte sie kaum anschauen, sagte "ach Kind" und begann zu weinen. Papa rettete die Situation, sagte dass jetzt nicht geweint werde, sondern gefeiert und dass wir jetzt noch alle ins Restaurant gehen würden und Rosis Freund solle auch mit.

Ja, der Vater, er konnte so etwas. Eine Situation entschärfen, freundlich sein, wenn dicke Luft war, lächeln, wenn um ihn herum die Leute böse Miene machten.

Frau Leitgebs Stimme: "Welche Gefühle kommen ihnen denn jetzt, wenn Sie von Ihrem Vater erzählen? Können Sie nachspüren?"

Und Ruth spürte nach, in ihren Bauch, in ihre Brust und sie entdeckte dort Wärme, Sommer und grüne Frische. Und den Duft von Gras und frisch geschlagenem Holz.

Ist es das erste Mal, dass ich den Eindruck habe, dass es mir leichter wird? Ist es, weil ich spreche? Mir Dinge von der Seele rede? Mich erinnere an lang Vergessenes? Weil mir Frau Leitgeb zuhört? Oder ist es, weil ich in meinem normalen Leben, außerhalb der Therapie einiges verändert habe? Weil ich jetzt Sport mache? Regelmäßig esse? Gesundes esse? Nicht mehr soviel trinke und nicht mehr soviel Schokolade und Süßkram in mich reinstopfe? Statt einer Literflasche Wein pro Abend nur noch ein Glas trinke? Nicht mehr eine Tafel Schokolade am Tag, sondern eine Tafel in der Woche esse? Weil ich keine Limonade, keine Cola mehr in mich reinschütte, wonach ich kurz froh war, dann unruhig und flatterig wurde und mich danach nur noch schwach gefühlt habe? Geht es mir besser, weil ich mich besser spüre und weil ich mich erinnern kann und sich kein Schlund auftut, in den ich stürze, kein Sumpf erscheint, in dem ich versinke?

Als ich Frau Leitgeb davon erzählt habe, lächelte sie einfach. Dann sagte sie: "Wie wunderbar, dass Sie feststellen, dass die von Ihnen befürchteten Katastrophen gar nicht eintreffen!"

Und ich fühlte mich so gut verstanden. Ja, wirklich, es waren Katastrophen, die ich befürchtet habe. Und dann dachte ich daran, wie meine Mutter und meine Oma reagiert hätten, wenn ich ihnen das so sagen würde: "Oft habe ich Angst davor, dass eine Katastrophe passieren würde!" Sie hätten mich ausgelacht, hätten den Kopf geschüttelt und gesagt: "Wie kommst du denn auf einen solchen Unsinn? Wo sollten in Deinem Leben Katastrophen sein? Wir wären froh gewesen, wir hätten es so gut gehabt, wie Du es immer gehabt hast. Ja, wir hatten Katastrophen - aber Du doch nicht!"

15 - Träume

Wenn sich Ruth in den roten Ledersessel gegenüber Frau Dr. Leitgeb setzte, wurde sie oft von ihr gefragt "Wie haben Sie es sich ergehen lassen?", dabei sah sie den aufmunternden Blick ihrer Therapeutin, die es wie selbstverständlich voraussetzte, dass Ruth etwas dafür tat, dass es ihr besser gehen sollte. Oft konnte sie berichten, dass sich etwas positiv in ihrem Denken, Fühlen, Handeln oder in ihrer körperlichen Verfassung verändert hatte. Und sie erkannte auch, wie sie diese Veränderung angestoßen und weiter getrieben hatte. Manchmal gab es Rückschritte mit und ohne ihr Zutun. Für ihre Träume konnte sie nichts, davon war Ruth überzeugt. Und die setzten ihr in der letzten Zeit zu, so dass sie morgens wie gerädert aufwachte. Angefangen hatten sie, nachdem Ruth in der letzten Therapiestunde von der Freundlichkeit und der Wärme, die von ihrem Vater ausging, berichtet hatte. Ab da träumte sie von ihm und sah ihn als kleinen Jungen auf einem Schlitten mit einer rundlichen lachenden Frau, die seine Omi gewesen war. Oder sie hörte ihn juchzen, auf einer Schaukel sitzend, angeschubst von einem Mädchen, das seine Schwester Helga gewesen sein musste.
Oder er saß auf dem Schoß eines dicken Herrn. Ein anderes Bild zeigte ihn auf dem Arm der Omama, daneben stand ein jüngerer Mann, ernst in Uniform. Diese Bilder kannte sie. Sie erinnerten sie an Fotos, bräunlich vergilbt, die ihr die Omama oft gezeigt hatte. Sie hütete sie wie ihren Augapfel, weil sie zu den wenigen Dingen gehörten, die sie aus Breslau, woher sie stammte, retten konnte.

Diese Bilder schreckten Ruth nicht. Aber immer wieder tauchten in ihren Träumen Szenen auf, in denen Pferde wieherten, Menschen froren, Kinder weinten, Züge quietschten und Autos hupten. Und die Menschen, die zu sehen waren in ihren Träumen, hatten alle Angst, waren erschöpft oder krank. Manche waren tot, andere schwer verletzt.

Ruth berichtete von diesen Träumen, Frau Leitgeb hörte aufmerksam zu. "Sie sagen, die Träume haben nach der Stunde begonnen, in der Sie mir von Ihrem Vater erzählt haben? Was wissen Sie von seiner Familie?"

Unwillkürlich kam ein Lächeln auf Ruths Gesicht. "Ich glaube, es war eine gute Familie. Omama Ilse hat eigentlich nur schöne Dinge erinnert. Sie ist in Breslau geboren. Die Stadt liegt in Polen, damals war sie Deutsch. Jedes Mal, wenn sie nur an Breslau gedacht hat, hat sie gestrahlt. Und jedes Mal, wenn sie davon erzählt hat, ist sie fast geplatzt vor Freude und Stolz, dass sie in einer Stadt aufgewachsen ist, die wunderschön gewesen sein muss und dass sie eine Familie hatte mit wunderbaren Menschen.

16 - Breslau

Die kleine Ilse war ein Glückskind. So sagte es ihre "Muddel" und so sagte es ihr Vater. Nach Ansicht dieser beiden lebensfrohen Menschen hätte sie es nicht besser treffen können. Nun, die Mutter von Ilse, Ruths spätere Omama, Emma Liepelt kam aus einer Familie, in der viel gesungen und musiziert wurde. Die ältere Schwester Elfriede spielte Klavier, die jüngere Schwester Gesine sang, bevor sie sprechen konnte (so wurde jedenfalls erzählt), sie selbst lernte Geige spielen, ging zum Ballett und turnte gern. Gustav, der Jüngste mochte es sehr, bei seinen beiden Schwestern zu sitzen, wenn sie von der Mutter unterrichtet wurden, auf dem Klavier übten, kleine Violinkonzerte spielten oder besonders gerne Schubert-Lieder sangen. So kam es, dass Gustav mit fünf Jahren darauf bestand, endlich auch Unterricht zu bekommen und er lernte schnell. Mutter Liepelt war stolz auf ihre kleinen Musiker, besonders auf die beiden Mädchen, die viel Talent zeigten. Frau Liepelt war modern für die damalige Zeit. Ihre Kinder wurden gleich behandelt und künstlerisch gefördert. Auch Friedrich, der Zweitjüngste, 13 Jahre jünger als Elfriede, sollte Klavier lernen, doch er schlug ganz nach seinem Vater, der Musik zwar sehr mochte, aber nicht imstande war, auch nur einen kleinen Walzer auf dem Piano zu spielen und beim Singen keinen einzigen Ton halten konnte. Dies war der Grund, dass seine Frau, die ihn herzlich liebte und seine praktischen und kaufmännischen Fähigkeiten sehr schätzte, ihn diplomatisch davon abhielt, im Kirchenchor zu singen. Der

Chor in der Friedenskirche in Schweidnitz, die sie jeden Sonntag besuchten und wo die Mädchen, sie und Gustav mitsangen, war anspruchsvoll und voller talentierter Sängerinnen und Sänger, so dass Herr Liepelt früher oder später wieder hinauskomplementiert worden wäre. Diese Schmach sollte ihm erspart werden. Mit Friedrich hatte der Vater nun ein Kind, das seine naturwissenschaftlichen Interessen teilte und ihm schon mit zehn Jahren in der Apotheke zur Hand ging. Außerdem interessierte sich der kleine Friedrich für alles, was mit Sternkunde zu tun hatte. Auch hier teilte er ein Steckenpferd des Vaters und lag oft mit ihm nächtens zusammen auf einer Wiese fernab der beleuchteten Stadt, wenn der Himmel klar war. Gemeinsam lagen sie auf einer warmen Decke, die die Nässe der nachtfeuchten Wiese abhielt, sahen in den leuchtenden Sternenhimmel und bestimmten die Sternbilder. Der Vater erzählte deren Geschichten und sie schauten nacheinander durch das Fernrohr, das Friedrich zum 15ten Geburtstag geschenkt bekommen hatte. Bei jedem "Sternguckerausflug", wie es die Mutter nannte, legte er es sorgfältig verpackt auf die Rückbank des Automobils, mit dem der Vater und er in das nächtliche Feld fuhren.

Alle Liepeltkinder gingen auf die höhere Schule. Die Mädchen auf die Viktoriaschule, eine Mädchenschule, wo sie in Deutsch, Französisch und Latein, Zeichnen, Gesang, Rechnen und Hauswirtschaft unterrichtet wurden. Die beiden Jungen gingen zum Magdalenen-Gymnasium in der Parkstraße, wo sie neben Deutsch, Latein und Griechisch, Mathematik, Naturwissenschaften, Geschichte lernten und Leibesübungen hatten. Das Mittagessen, zu dem an jedem Tag der Vater um 13.00 Uhr aus der Apotheke kam und bei dem es Gelegenheit zum Erzählen und manchmal zum Ermahnen gab, wurde von Jette gekocht und aufgetragen. Die Köchin hatte schon Frau Liepelt als junges Mädchen versorgt und verwöhnt, wie sie es nun mit den Liepelt-Kindern weiterführte. Nach dem Essen wurde eine halbe Stunde geruht und dann wurden Schularbeiten gemacht. Die Älteren arbeiteten allein in ihren Zimmern, die Kleinen saßen mit der Mutter zusammen am großen Tisch im Salon, wo auch der Flügel stand. Wer fertig war, zeigte der Mama (Mama wurde auf dem zweiten "a" betont) das Getane, ließ sich noch Vokabeln abhören und durfte dann spielen gehen oder Freundinnen besuchen. Frau Liepelt verzichtete auf einen Hauslehrer, der diese Aufgaben hätte übernehmen können, denn sie liebte es, mit den Kindern zusammen zu lernen, zu scherzen, von ihren kleinen Streichen und ihren Nöten zu hören, ihre Fortschritte zu verfolgen und zu beobachten, was sich in ihren kleinen Köpfen entwickelte und wie sie von munteren Kindern zu gescheiten jungen Menschen heranreiften.

Nicht, dass alles in der Liepelt-Familie harmonisch abgelaufen wäre. Dazu waren bei Liepelts zu verschiedene Naturelle versammelt. Friedrich war ein kühler Kopf, wenn es um seine Pharmazie ging und die Führung der Apotheke, die ihm vom Vater überlassen wurde, als er 30 Jahre alt war. Er war neben seinem Interesse für die Sterne auch ein Militarist und ein Waffennarr, der für den Deutschen Kaiser schwärmte und gleich 1914 mit großer Leidenschaft in den Ersten Weltkrieg zog, um von dort mit Tuberkulose bereits im Dezember 1915 als kriegsuntauglich eingeschätzt, wieder nach Breslau zurückzukommen.

Er war dem Rat seines Vaters gefolgt, als Feldapotheker Dienst zu tun, viel lieber wäre er als einfacher Soldat an vorderster Front gestanden, mit seiner Mauser oder an einem Maschinengewehr, von dessen Durchschlagskraft er gehört hatte. Doch es gelang dem Vater, ihn zum Apotheker-Dienst zu überreden, um seine Überlebenschance zu erhöhen. Im Gegensatz zu seinem Sohn, sah Vater Liepelt diesen Angriffskrieg an den beiden Fronten nicht mit der Euphorie, die 1914 durch das Deutsche Reich zog. Säbelrasseln und Kampfgeheul waren ihm immer suspekt gewesen. Kriege, in die immer mehr todbringende Technik einzog, waren ihm geradezu widerlich. Der deutsch-französische Krieg 1870, aus dessen Reparationszahlungen der Kaiser sein Heer aufrüstete, hatten einen Vorgeschmack gegeben.

"Friedrich, ich verstehe ja Deine Begeisterung als deutscher Patriot und Schlesier. Aber in Deinem Beruf kannst Du nützlicher sein. Du kannst vielen Soldaten das Leben retten und manchmal wirst Du auch um Deines kämpfen müssen. Komme mir ja wieder zurück, mein Junge! Wie soll ich die Apotheke mit unseren Musikanten führen? Und auf die Jagd geht auch keiner mit mir. Und am Himmel haben wir beide noch viel zu entdecken." Mit diesen Worten gab Vater Liepelt seinem Sohn ein frisch geöltes und geputztes Mauser98-Gewehr und 12 große Kisten mit Jod, Aspirin, Coffein und Procain, Chlorophorm und Morphin darin. "Das wirst Du alles brauchen. Ich habe Dir noch Salben gerührt, Kochsalzlösung gemacht und Alkohol hergestellt. Material und Verbandszeug, Sauerstoff und Laborgeräte bekommst Du im Hauptsanitätsdepot in Berlin. Wende Dich an Chefapotheker Dr. Müller-Erz, er wird Dir sicher behilflich sein." Dann umarmte er seinen Sohn und drückte ihn fest an sich.

Als Oberapotheker kam Friedrich an der Ostfront in Ostpreußen gleich zu Beginn am 20. August mit seinem Feldapothekenwagen unter Beschuss und musste zusehen, wie ein Helfer, von einer Handgranate getroffen zusammensackte und starb. Ein großer Teil des Materials ging zu Bruch. Mit großer Wut lud er sein Gewehr und erwischte mit fünf Schüssen drei Angreifer, anschließend warf er noch eine Eierhandgranate der flüchtenden Gruppe hinterher und brachte zwei weitere russische Soldaten zum Sturz. Der Feldwagen war noch zu bewegen und so konnte Friedrich mit den Pharmaziehelfern den Rückzug, der der 8. Armee befohlen wurde, begleiten und trotz herber Verluste von Verbandsmaterial, Tinkturen und Aspirin, verletzte deutsche Soldaten behandeln. Danach griff die 8. Armee erneut an, infolge dessen die 2. russische Armee eingeschlossen und 14 Tage später die 1. russische Armee vernichtend geschlagen wurde. Friedrich war stolz darauf, in der Schlacht bei Tannenberg gewesen zu sein und seinen Beitrag dazu geleistet zu haben, die unmittelbare Gefahr für Ostpreußen abzuwenden. Seine Aufgaben waren vielfältig gewesen. Er hatte mit seinen Helfern Feldlazarette beliefert. Dank seiner Kenntnisse stellte er Salben und Tinkturen her mit Pflanzen, die er sammeln ließ. Er versorgte verletzte Soldaten mit Pflastern, Binden, Bandagen, Schmerzmitteln und wenn sich das Heer mit den Gegnern im Stellungskrieg verhakte, ließ er Beeren sammeln und kochte Marmelade zur Stärkung der Kameraden, stellte Kräutertinkturen und Tee her. Aber am liebsten übernahm er Transporte mit seinem Feldwagen in Feldgebiete, die unter Beschuss waren. Hier zeichnete er sich durch besondere Tapferkeit aus. Als sich die Fronten immer stärker verfestigten, der Versorgungszustand von Soldaten, Flüchtlingen und Kriegsgefangenen schwierig wurde und Tausende begannen, an ansteckenden Seuchen zu erkranken, kämpfte Friedrich für den Aufbau von Quarantäne- und Desinfektionsstationen. Bei der Versorgung der Erkrankten infizierte er sich selbst mit Tuberkulose und kehrte im Winter 1915 nach Breslau zurück. Für seine Verdienste um verwundete und erkrankte Krieger bekam er die Kriegsehrenmedaille.

Seine Familie tat alles, damit er wieder gesund werden sollte. Natürlich musste er in Quarantäne, damit er niemanden ansteckte. Obwohl die Versorgungslage in der Stadt schlechter wurde, konnte er dank seiner Kusine Klara, die alle Katinka nannten, genesen. Sie war Milchschleuserin in Hundsfeld, einem Dorf, das 10 km von Breslau entfernt lag. Er war schwach und hatte viel abgenommen, aber es tat ihm gut, warm eingepackt in Hundsfeld auf der Einfahrt zum Stall auf einer Holzliege vor sich hin zu dämmern. Er wurde immer wieder geweckt von Klara, die ihm Apfelsaft, Bier, sorgfältig abgekochte Milch und Wasser einflößte. Sie bot ihm gekochtes Hühnerfleisch, Gemüse, Pudding, eingelegte Gurken und Sauerkraut, eingemachte Birnen und Mirabellen an und freute sich über jeden Bissen, den er aß. Langsam kam Friedrich wieder zu Kräften, aber er brauchte ein Jahr Schonung, frische Luft und lange Spaziergänge, bis er so gesund war, dass er wieder arbeiten konnte. Friedrich hatte sich mit der Zeit an das Landleben gewöhnt. Im Sommer arbeitete er auf dem Feld mit, im Herbst holte er mit den Bauern die Ernte ein und ging auf die Jagd. Im Winter half er beim Holzmachen im Wald. Das alles tat seiner Lunge so gut, dass er beschloss, auf dem Dorf zu bleiben und so fuhr er jeden Morgen mit dem Automobil nach Breslau in die Apotheke, oder er ritt mit seinem Pferd, wenn es mal wieder kein Benzin zu kaufen gab. Nach dem Krieg war alles knapp geworden und Friedrich und sein Vater verzweifelten fast daran, dass es kaum noch Grundstoffe aus dem Ausland gab, um genügend Medikamente herzustellen und sie an Ärzte, Krankenhäuser und Patienten weiter zu geben. Es herrschte überall Mangel. Wer keine Verwandte in einem Dorf hatte und auf den Markt in Breslau angewiesen war, wusste oft nicht, was er mit den paar Sachen, die zu ergattern waren, auf den Tisch bringen sollte. Familie Liepelt hatte doppelt Glück, dass Friedrich und die Kusine Klara sie mit Wichtigstem versorgten. Trotzdem war Schmalhans Küchenmeister im Haushalt der Familie geworden. Jette versuchte zwar ihr Möglichstes, den Notstand so wenig wie möglich bemerkbar werden zu lassen, aber Gustav, der den großen Hunger eines jungen Mannes hatte, Gesines Kinder und Ilschen, Emmas Tochter, wurden oft nicht satt. Die Erwachsenen begnügten sich zugunsten der Kinder sowieso mit kleinen Portionen. Gesine lebte seit Ende des Krieges mit den beiden Kindern im großen Haus der Liepelts, weil Gesines Mann in den Ardennen gefallen war. Ein großer Trost für die Kinder war, dass es zum Nachtisch und als kleinen Aufmunterer tagsüber ein Stück Schokolade oder eine Praline gab, die Erich Neumann, den Emma 1910 geheiratet hatte, in seiner Schokoladenfabrik herstellte. Vor dem Krieg ein florierendes Unternehmen, litt die Produktion unter Lieferschwierigkeiten von Rohstoffen und der sinkenden Nachfrage in der Weltwirtschaftskrise und der Nachkriegszeit. Die von den Siegermächten diktierten Reparationszahlungen drückten die Wirtschaft, wie die Menschen gleichermaßen nieder.

17 - Heimat

Ach Omama Ilse! Wie spannend hast Du erzählen können. Wie Deine Augen geleuchtet haben, wenn Du von Deiner Familie und Deinem geliebten Breslau erzählt hast. Ich habe alles vor Augen gehabt, wenn Du erzählt hast mit Deiner warmen Stimme in Deinem klaren Hochdeutsch, zu dem die Mutter gesagt hat: "Ja, die Ilse spricht nach der Schrift". Und die Oma Elise fügte dann hinzu: "und sie meint, sie sei was Besseres!" Nein, das hat nicht gestimmt, Omama. Es wäre Dir nicht in den Sinn gekommen, Dich über andere erheben zu wollen. Im Gegensatz, so klug du warst, so gerecht und freundlich warst Du! Über niemand hast Du je ein böses Wort gesprochen. Und jeden Menschen hast Du genommen wie er war. Papa hat dazu gesagt: "Das muss man können, das ist nicht jedem gegeben." Ob er Dich in dem Moment mit Oma Elise verglichen hat? Ich weiß es nicht. Aber ich habe als Kind sehr früh die Unterschiede zwischen Euch Omas erkannt. Ich wollte nie, dass Oma Elise mitbekommen sollte, dass ich bei Dir Freude und Spaß gehabt habe. Denn sie hat dann schlecht gesprochen über Dich, über die Polacken. So hat sie polnische Leute genannt. Papa hat mir und auch ihr oft gesagt, dass die meisten Menschen in Schlesien Deutsche waren und es halt auch Polen gab, die damals in Schlesien gelebt haben, weil dieser Landstrich in der Geschichte ohne Rücksicht auf die Menschen hin- und hergezogen worden ist. Und das hat Oma Elise abgetan und hat "Phh" gesagt, gefolgt von "Glaubt Ihr, nur Ihr habt etwas verloren?" Und dann hat

Papa mitleidig den Kopf geschüttelt.

Ja, ich habe Angst vor Oma Elise gehabt. Nein, das stimmt nicht ganz. Nicht vor Ihr, sondern vor ihrer Verachtung. Verachtung, das bedeutet doch, so zu tun, als ob jemand keine Achtung verdient. Mehr noch, nicht verdient, beachtet, ernst genommen zu werden. Und wenn jemand nicht gesehen wird, man ihn übersieht, dann ist er nichts wert, oder? Und dann gehört er nicht dazu und ist verloren. Das habe ich gespürt und das hat mir Angst gemacht. Ich wollte dazugehören. Irgendwo hingehören. Es hat mich beruhigt, wenn Oma Elise gesagt hat: "Du bist wie wir, Du gehörst zu uns!" Deshalb habe ich es ihr recht machen wollen, damit ich zur Eber-Familie, zu Mahl, zum Ort, zur Gegend gehören darf. Wenn ich mich das jetzt zu dir sagen höre, liebe Omama, dann sehe ich dich lächeln und mir über den Kopf streichen. Du würdest sagen: "Ja Kind, die Menschen sind verschieden. Die einen suchen ihre Heimat in der Gegend, wo sie leben und bei den Menschen um sich herum. Die anderen tragen die Heimat in sich und dann kann sie ihnen nie genommen werden."

18 - Oma Elise

Als Ruth in der Therapie von der Breslauer Verwandtschaft berichtete, war sie erstaunt, wie viel sie wusste und wie sie sich dabei erwärmt und angeregt fühlte. Frau Leitgeb schien beim Zuhören mitzuschwingen.

"Wie wunderbar, welch unterschiedliche Menschen in Ihrer Verwandtschaft sind. Da konnten Sie viele verschiedene Beobachtungen machen und sich von jedem das Beste abgucken".

Das war typisch für Frau Leitgeb, nie wertete sie, stets formulierte sie abwägend und meist fand sie für Negatives noch kleine gute Gedanken, die allen belastenden Erlebnissen, von denen Ruth berichtete und den Zuständen, worüber sie klagte, die absolute Schwere und Ausweglosigkeit nahmen.

Ganz unvermittelt sagte Ruth: "Ich möchte jetzt auch etwas Gutes an Oma Elise finden!"

Frau Leitgeb lächelnd: "Wozu ist das jetzt wichtig für Sie, Frau Beck?"

Ruth: "Es kann nicht sein, dass sie immer so schlecht weg kommt."

Frau Leitgeb: "Tut sie das?"

Ruth: "Ja, weil es so wenig Gutes von ihr gibt. Nein, das stimmt so nicht. Weil ich so wenig Gutes über sie weiß. Ich weiß überhaupt wenig über Oma Elise. Wie war sie als junges Mädchen? Ich habe keine Ahnung. Auch Mutter konnte mir davon nichts berichten. Sie sagte, bei Baslers sei es immer nur ums Schaffen gegangen. Was für ein

Wesen die vier Mädchen gehabt haben, sei unwichtig gewesen. Sie seien halt Esser am Tisch gewesen. "Esser am Tisch" - Ruth wiederholte es mit Entsetzen, sie schüttelte sich geradezu. Und geschlagen habe man sie, wenn sie "eigen" waren. Ob die vier Mädchen gute Schülerinnen waren? Von Franka war bekannt, dass sie wohl minderbegabt war, "nicht recht im Kopf". Die anderen drei? Einen Beruf lernen, kam nicht in Frage, "Ihr heiratet ja doch". Gundel blieb im Elternhaus, heiratete einen Mann, der aus dem Schwabenland kam. Schon die Herkunft aus einem Landstrich 200 km entfernt, reichte, um vom Schwiegervater abgelehnt und beschimpft zu werden. Drei Kinder bekamen sie. Sie durften Persönlichkeiten werden. Gundels Schwester Ria ging nach Freiburg in Stellung, heiratete dort und wurde an der Seite ihres Mannes zur selbständigen Person. Sie arbeitete in einem Büro, bekam 2 Töchter und später nahm sie ein behindertes kleines Mädchen bei sich auf. Oma Elise blieb in Mahl. Sie habe eine Liebschaft als junges Mädchen mit einem jungen Mann aus dem Dorf gehabt. Aber den habe sie nicht heiraten dürfen, er habe dem Vater August nicht gepasst. Sie habe sich gefügt. Na ja, und dann hat sie Opa Karl geheiratet. Warum? Das kann mir keiner sagen. Mutter weiß es nicht. Ich habe mich nie getraut, Oma Elise danach zu fragen. Und heute kann ich sie nicht mehr fragen, weil sie 1991 gestorben ist. Mutter sagt, das war damals nicht wichtig, dass man verliebt war und romantische Gefühle füreinander hatte. Damals hat man halt geheiratet. Papa hat die Augen gerollt, wenn sie so etwas gesagt hat und hat den Kopf geschüttelt. "Nein" hat er dann gesagt. Und dass Gefühle füreinander immer wichtig gewesen seien. Überall auf der Welt und immer, zu jeder Zeit. Und er sei sicher, auch in Mahl sei es so zu jedem Zeitpunkt gewesen. Papa glaubte, dass Opa Karl seine Elise wohl sehr geliebt habe. Sonst wäre er nicht ein ganzes Leben lang so freundlich zu ihr gewesen, so nachsichtig und so hilfsbereit. Außerdem seien ja 4 Kinder zustande gekommen, da mussten sich die beiden mindestens viermal sehr nahe gekommen sein. Er mochte seinen Schwiegervater sehr. Seine Großzügigkeit, seine Ruhe und seine große Körperkraft, mit der er die landwirtschaftliche Arbeit verrichtete. Und er bewunderte ihn, wie er es schaffte, sich seiner dominanten, oft unzufriedenen Frau in einer gelassenen, selbstbewussten Weise unterzuordnen. Es waren vier Kinder da, die er als Beamter der Reichsbahn gut versorgen konnte, dazu zwei Äcker und ein Rebenstück. Er hatte Hasen im Schopf und ein Schwein, das übers Jahr aufgezogen und im Herbst geschlachtet wurde. Karl Eber nahm seine Lebensaufgaben ernst. Er schien zufrieden und ging seiner Arbeit als Heizer bei der Bahn nach. Er mochte schwere Arbeit, wie er als junger Mann das Fahrradtraining geliebt hatte. Er war Rennen gefahren und hatte Medaillen errungen. Davon erzählte er aber nie, so dass kaum jemand davon wusste. Auch diese Bescheidenheit mochte mein Vater an Opa Karl. Papa sagte oft: "Man lernt Freundlichkeit in seiner Familie. Nur wenn einem Liebe und Aufmerksamkeit entgegengebracht wird, kann man sie auch an seine Kinder weitergeben".

An dieser Stelle blickte Ruth Frau Leitgeb direkt an:

"Meinen Sie, dass das stimmt?"

Frau Leitgeb fragte zurück: "Was meinen Sie denn?"

Ruths Augen hatten sich mit Tränen gefüllt. "Ich glaube schon, dass das stimmt. Aber die einen kriegen es besser hin und die anderen tun sich schwer damit, wenn sie es als Kind nicht gut gehabt haben, ein zufriedener, freundlicher Mensch zu werden".

Frau Leitgeb nickte. "Da stimme ich ihnen zu, Frau Beck".

19 - Elise

Elise war ein großes, schlankes, aber sehr kräftiges Mädchen. Mit ihrem wachen Geist verstand sie schnell, was von ihr erwartet wurde. Schon früh, sie war noch nicht in der Schule, spürte sie, wie wenig Freude ihr die Arbeit im Haus und in der Landwirtschaft machte. Es war ihr dabei langweilig und was schlimmer war, sie hatte ständig das Gefühl, da, wo sie war, nicht hinzugehören. In der Dachkammer, in der sie mit den beiden Schwestern Gundel und Ria schlief, lag sie oft wach und starrte zum kleinen Dachfenster, durch das der Wind pfiff. Was sollte sie hier? Die wattige Stimmung, die sie oft wie dicker Nebel umgab, gab ihr darauf keine Antwort. So nahm sie ihr Leben, in das sie sich geworfen fühlte, halt hin. Natürlich war es dem jungen Mädchen nicht klar, aber sie spürte es früh, dass das, was sie tagtäglich erlebte, ihr Leben bleiben würde, egal, wie fremd sie sich darin fühlte, ob sie es wollte oder nicht. Denn sie kannte es nicht anders und ihr fehlten sowohl Vorstellungskraft, wie auch konkrete Alternativen, sich ihr Leben anders zu denken, geschweige denn es in irgendeiner Weise anders zu planen. Ein wenig Freiheit erlebte sie im Schulunterricht. Elise ging gern zur Schule. Sie bot Abwechslung und sie half ihr gescheites Hirn zu beschäftigen. Ohne dass sie viel lernen musste, konnte sie sich schnell das Einmaleins merken, die Zahlenreihen ratterte sie rauf und runter, von vorne und von hinten. Sie war gut im Rechnen, im Lesen und im Schreiben. Erdkunde, Heimatkunde und

Religion mochte sie, weil der Lehrer und der Pfarrer vieles erzählten, was sie interessant fand und sie in fremde Welten führte. Diese Fächer gaben ihr Futter für Fantasien, mit denen sie sich während der Stall- und Feldarbeit unterhalten konnte. Je älter sie wurde, desto leichter fielen ihr ihre Pflichten, weil sie im Kopf Geschichten erlebte, in denen sie wichtige Rollen spielte. In Heiligenlegenden war sie stets eine Heilige, die Wunder vollbrachte. Sie bekehrte Negerkinder in Afrika und führte mit Moses die Israeliten aus Ägypten. So kam es, dass sie oft träumte und dabei Löcher in die Luft starrte, wie es ihre Mutter nannte, die dafür nichts übrig hatte, wenn ihre Älteste nicht bei der Sache war. Mit den Schwestern über Dinge reden zu wollen, was sie in der Schule erfuhr, war müßig. Sie waren froh, wenn sie nicht hinmussten. Es hätte Mitschüler gegeben, mit denen sie vielleicht darüber hätte erzählen können, aber das waren Arzt- und Lehrerskinder, die nicht zu ihr passten. Also blieb sie allein mit den Geschichten des Pfarrers und des Lehrers und die einzigen Bücher zuhause waren eine Bibel und ein Kirchengesangbuch. Beide hatte sie schon ausgelesen. Mit den Freundinnen und der Familie war das wichtigste Gesprächsthema die jeweiligen Geschehnisse im Dorf und in der Verwandtschaft, das heißt, es wurde ganz genau beobachtet und viel darüber geredet. Und weil negative Geschehnisse meist interessant waren, wurden sie besonders eifrig weitergegeben.

Besondere Ereignisse für Elise und die Schwestern waren die Waschtage, wenn sie mit Frauen aus dem Dorf mit Leiterwagen zur Kinzig zogen und mit Waschen und

Bleichen dort den Tag verbrachten. Dabei wurde viel gelacht, gesungen und gespielt. Ein gutes Vesper und ein Krug Wein waren stets dabei. Und was gab es sonst in Elises Leben? Einmal im Jahr einen Besuch im Karlsruher Zoo vielleicht, eine Fahrt in den Schwarzwald oder ins Elsass, eine Fahrt nach Baden-Baden? Das waren schöne Abwechslungen, die vom Alltag im Dorf ablenkten. Elise mochte es sehr, weg zu fahren. Oft träumte sie von einer Weltreise. Oder wenigstens von einer Fahrt nach Österreich oder in die Schweiz. In ihrer Kindheit waren es Träume, verwirklichen konnte sie es aber erst viel später.

Elise hatte nicht Gundels genügsame Art und ihre Freundlichkeit. Sie hatte auch nicht Rias Mut, die Mahl mit 16 Jahren verlies und nach Freiburg in einen Haushalt in Stellung ging. So fühlte sie sich in Mahl oft einsam und fehl am Platz, lernte aber mit der Zeit, dass ihre Klugheit und ihr Interesse an der Welt Anklang fanden. Es machte sie stolz, wenn ihr Freunde, Bekannte und ihre Freundinnen zuhörten und Wert auf ihre Meinung legten. Vom Vater hatte sie das Temperament geerbt, was ihr Respekt verschaffte und sie war eine gutaussehende junge Frau geworden. Sie mochte die Dorf- und Kirchenfeste und freute sich über jedwede Feiern, die aus dem tagtäglichen Einerlei heraustachen. Feste, bei denen gut gegessen und getrunken wurden, waren in der Familie Basler eine beliebte Gelegenheit, zusammen zu kommen und freie Zeit miteinander zu genießen. Die Freude am Feiern und die Freude daran, die Familie einzuladen, blieb Elise ein lebenslanges Anliegen. Bei diesen Feiern

waren alle gern zusammen und genossen es zusammen
zu gehören. Und Elise war später als Mutter und Großmutter die Person, die die Familie zusammenhielt.

20 - Mahl

Auch wenn die schweren Einschränkungen nach dem Ersten Weltkrieg und die Weltwirtschaftskrise in den 1920er und 1930er Jahren bis in die kleinsten Dörfer krochen und auch Mahl nicht verschonten, wuchs die kleine Hanne mit ihren Brüdern und Alma in liebevoller, fröhlicher Familienstimmung auf. Wie die meisten Familien im Dorf konnten sich Ebers wenig leisten. Ein Fahrrad für den Vater und für die Mutter mussten selbstverständlich angeschafft werden. Damit fuhren sie überall hin, wohin es zu Fuß zu weit war und transportierten Einkäufe und Gemüse vom Feld. Das Fahrrad für Karl musste vom Mund abgespart werden, aber er musste eines bekommen, denn zusammen mit seinem Freund Hans trainierte er unablässig. Die Oma gab zuletzt von ihrer kleinen Rente und aus ihrem Sparstrumpf soviel dazu, dass sich Karl mit 18 Jahren ein Rad aussuchen konnte, womit er auch Rennen fahren konnte.

Fritz brauchte kein Fahrrad. Er war ein sehr guter Schüler und durfte ab dem zehnten Lebensjahr zur Mittelschule in die 12 km entfernte Kreisstadt. Bis zum Abschluss und zu seiner Lehrwerkstatt konnte er mit dem Zug von Mahl nach Offenburg fahren. Er lernte Stahlschlosser und Feinmechaniker. Danach ging er zur Ingenieursschule nach Karlsruhe, auch dahin kam er mit dem Zug. Auch hier war es gut, dass die Oma ihm hin und wieder etwas zustecken konnte, denn von seinem Lohn als Lehrling konnte er nicht so viel sparen, dass er all die Dinge hätte bezahlen können, die es für das Leben in der

Stadt brauchte: ordentliche Kleidung und Schuhe, von Zeit zu Zeit einen Haarschnitt vom Friseur, ein wenig Handgeld, um sich etwas zu essen zu kaufen und ab und zu in die Wirtschaft zu gehen. Außerdem war Schulgeld zu bezahlen und es waren Bücher zu kaufen. Paul Eber hatte ein wenig gespart und gab seinem Sohn die Summe von 100 Reichsmark, was für zwei gute Miele-, NSU oder auch Opelräder gereicht hätte. Fritz ging gut mit dem Geld um. Als er 1932 den Ingenieursabschluss hatte, waren von dieser Summe noch zwei Reichsmark übrig. Diese wollte er seinem Vater zurückgeben, der ihn lachend umarmte, ihm auf die Schulter klopfte und ihm riet, davon mit seinen Freunden ein Bier trinken zu gehen.

Alma hatte sich, bis sie vierzehn war, durch die Volksschule gekämpft. Sie war zwar immer schüchtern und in sich gekehrt geblieben, hatte aber gut rechnen, schreiben und lesen gelernt. Handarbeiten und Kochen machten ihr zwar keinen Spaß, sie konnte aber alles, was das tägliche Leben verlangte, lernte das meiste ohnehin zuhause bei ihrer Mutter und der Großmutter. Karoline sagte oft zu ihr, wie schön sie es fände, wenn Alma mehr über Tiere und Pflanzen erfahren könnte und kaufte ihr schließlich 3 Bände "Brehms Tierleben" über Säugetiere, Vögel, Natur und Insekten. Alma war selig und hütete die Bücher wie einen Schatz. Und weil sie nach der Schule, mit vierzehn Jahren in der Zigarrenfabrik in Mahl beim Schwab Eduard zu arbeiten begann, konnte sie sich bald Geld für ein eigenes Rad zusammensparen.

Damit fuhr sie, wann immer sie Zeit hatte, in den Rhein-
wald, in den Schwarzwald oder einfach ins Feld, um
Tiere zu beobachten, in ihrem "Brehm" zu lesen oder
einfach nur da zu liegen, in den Himmel zu schauen und
die Wolken zu betrachten. Alma war flink bei der Arbeit.
Mühelos und schnell rollte sie die Zigarren aus den Ta-
bakblättern, die jeder Arbeiterin mehrmals am Tag in
Stapeln auf den Tisch gelegt wurden. Dann schnitt sie das
eine Ende der Zigarre sauber ab, an dem sie angezündet
werden sollte. Das andere Ende wurde leicht gespitzt und
gedreht, dass der Raucher ein angenehmes Grundgefühl
im Mund beim Rauchen und beim Paffen haben sollte.
Sie verdiente in der Fabrik gut, konnte bei der Arbeit ihre
Gedanken wandern lassen, holte sich Absätze aus dem
"Brehm" wieder ins Gedächtnis und glich sie mit in der
Natur Erlebtem ab. Mit den anderen Frauen aus dem
Dorf, die unentwegt schnatterten und tratschten, sprach
Alma wenig. Wenn diese über ihre Männer und Kinder
redeten, konnte Alma nicht mitsprechen und wenn sie
über Dinge redeten, die von besonders spitzem Kichern
begleitet wurden, wollte sie nicht mitsprechen. Einmal
hatte sie von ihrem Interesse an den Tieren und an den
Pflanzen berichtet, was ihr schräge Blicke und Gelächter
eingebracht hatte. Dann hatte sie es gelassen, etwas von
sich zu erzählen. Entweder hörte sie den anderen zu oder
sie war in ihrer eigenen Welt. Im Dorf galt Alma als ernst,
unnahbar und eigen. Viele fanden sie merkwürdig und
machten Witze über sie. Aber wenn jemand versuchte,
Alma zu ärgern, waren Karl und Fritz zur Stelle, die es
nicht duldeten, wenn ihre Schwester schlecht behandelt

wurde. Bei der Arbeit ging der Schwab Eduard dazwischen. Alma war ruhig und eine gute Arbeiterin. Das zählte für ihn als Werkmeister.

Und die kleine Hanne? Was war wohl aus ihr geworden? Nun, auch sie war herangewachsen. Und schön war sie geworden. Und freundlich. Und hilfsbereit. In der Schule lernte sie leicht, besonders Rechnen und Turnen mochte sie, in Handarbeit hatte sie das Talent und den Geschmack der Mutter geerbt. Schon früh strickte sie Pullover, häkelte "aus dem Kopf" Borten für Vorhänge und Tischdecken, mit 15 entwarf und schneiderte sie ihr erstes Kleid für Karls Hochzeit. Den Stoff hatte ihr Fritz aus der Stadt, aus Karlsruhe, mitgebracht.

Es war ein wunderbarer Junitag 1935, als Karl Eber mit 25 Jahren, inzwischen Beamter der Reichsbahn auf Lebenszeit, Elise Basler aus dem hinteren Oberdorf heiratete. Stolz strahlte aus seinem Gesicht, der Anzug aus gutem Wollstoff saß ordentlich, das Hemd darunter war blütenweiß, von seiner Mutter Karoline geschneidert und gewaschen worden. Er trug eine blaue Krawatte, aus der Anzugstasche lugte vorne ein Sträußchen mit kleinen weißen und rosafarbenen Rosen. Seine Haare waren mit Pomade gekämmt und die schwarzen Schuhe glänzten. So ging er zu seiner Braut, holte sie an der Treppe ab, von der man auf den vorbeilaufenden Bach schauen konnte und hielt ihr galant seinen Arm hin. Elise war fast einen Kopf größer als er. Wenn ihn seine Kameraden nicht damit aufgezogen hätten, hätte er es gar nicht bemerkt. Bei seinen Eltern war es doch genauso: Karoline groß und schlank, Paul untersetzt, aber aufrecht und stark wie ein Bulle.

Auch Elise war eine schöne Frau, groß, schlank mit glänzenden kastanienbraunen langen Haaren, das sie zu einem großen Dutt am Hinterkopf gebunden hatte. Ihr Charakter galt als etwas schwierig, leicht aufbrausend und ungeduldig. Die Freunde hatten zu Karl gesagt: "Karli, da musst Du Dich warm anziehen. Du weißt, woher sie kommt. Schau, dass Du der Herr im Haus wirst!" Aber Karl hatte nur gelacht. Natürlich wusste er um das Temperament von August Basler, Elises Vater, aber er konnte es sich nicht vorstellen, dass sich zwei Menschen, die sich lieb hatten, nicht vertragen würden. Zur Hochzeit trug Elise ein figurbetontes dunkelbraunes Wollkleid und ein paar elegante Schuhe, die aber niedrige Absätze hatten, sollten sie doch in den nächsten Jahren für alle Feiern und Beerdigungen halten, wo bei Prozessionen und Kirchgängen stets ein gutes Stück Weg zu Fuß gegangen werden musste. Der Schleier, der über den Kopf lief und auf die Schultern fiel, war aus cremeweißer Spitze. Auf dem Kopf trug Elise einen Blumenkranz, gewunden aus kleinen Röschen und Asparagus. Als Elise am Morgen zur Mutter und den Schwestern gesagt hatte, der würde doch "stupfeln", hatte Mutter Zilly gezischt: "Dich wird noch mehr stupfeln im Leben".

Vor dem Festzug ging Hanne in ihrem zartgelben Kleid mit dem "Butterschäfchen". Ein großes Stück Butter war zu einem Lamm geformt und auf ein schönes Holzbrett gesetzt worden. Von einem jungen Mädchen, einer "Jungfer" in die Kirche getragen, sollte es dort gesegnet und für das Brautpaar der Beginn gemeinsamen Wohlstandes werden. Karoline hatte sich bei Paul eingehängt. Sie hatte noch immer eine schlanke Taille, die Schultern waren vom Arbeiten, die Hüfte von den Geburten breiter geworden, aber der Hals war schlank, die schwarzen Locken in einem gerollten Zopf gebändigt und die dunklen Augen leuchteten vor Freude. Um ihren Hals hatte ihr die Schwiegermutter ein dünnes goldenes Kettchen mit einem Goldkreuz gelegt und ihr dazu gesagt: "Lina, heute sollst Du geschmückt sein, Du bist immerhin die Mutter des Bräutigams".

Karoline war gerührt und geschmeichelt zugleich. und dankte der Oma mit einem Kuss auf die rechte Hand. "Aber Mutter, das ist doch Eure Kette!"

"Nein Lina, ab heute ist es Deine!" Und mit diesen Worten hatte sie sich umgedreht und war an ihren Schrank gegangen, um ihr Festtagskleid heraus zu holen. Auch Alma hatte sich herausgeputzt, auf ihre Art. Sie trug einen dunkelblauen wadenlangen Rock und eine weiße Bluse. Karoline hatte ihr dazu einen altrosafarbenen Seidenschal umgebunden und ihr ein wenig rote Farbe auf die Wangen und die Lippen gezaubert. Die Oma hatte der Enkeltochter auch ein kleines Erbstück vermacht: eine kleine silberne Brosche mit Straßsteinchen, die sie ihr an die Bluse heftete. "Aber Oma", hatte Alma verlegen gesagt, "Du kannst die mir doch nicht einfach so schenken, ich heirate doch nicht!"

"Weißt Du Kind", hatte daraufhin die alte Frau geantwortet, "man muss mit warmen Händen geben!"

Paul, in seinem dunklen Anzug hatte beim kleinen Festzug der Familie zur Kirche Alma zur Linken genommen. Daneben ging Fritz in seinem flotten Janker und einer modischen weiten Hose und stützte die Großmutter. Als Karoline sah, wie vor ihnen der Basler August kerzengerade, in Abstand zu seiner Frau ging, auch diese stocksteif mit gekniffenem Mund und sich die 3 Schwestern in dunklen Kleidern aneinander hielten, war sie froh, dass die jungen Eheleute erstmal bei ihr und Paul wohnen würden, bis sie sich etwas Eigenes leisten würden können. Sie hatten den Heustock ausgebaut, dass Elise und Karl eine eigene Kammer und eine kleine Küche für sich haben würden. Ihren Ältesten im Basler-Haushalt im Oberdorf hätte Karoline nicht gutgeheißen. Vielleicht würde die etwas unnahbare Schwiegertochter bei ihnen ein wenig auftauen.

Hanne genoss es, den Brautzug anzuführen. Kaum einer der jungen Burschen konnte den Blick von ihr wenden. Die Mädchen wurden sichtlich unruhig und begannen zu zischeln. In jugendlicher Frische strahlte Hanne, unberührt von allen Blicken und wandte sich immer wieder um, um sich Karl und ihrer Familie zu versichern. Diese lächelten freudig zurück.

Beide Familien waren froh gewesen, auf dem Dorf zu wohnen und wenigstens Fleisch und Milch genug zu haben, um eine ordentliche Hochzeit auszurichten. Und so wurde ein großes Fest gefeiert mit gutem Essen, viel Wein und Schnaps, Kuchen und Bohnenkaffee, den Fritz in Karlsruhe im Kolonialwarengeschäft gekauft hatte, statt des alltäglichen Muckefuck. Jeder Gast genoss das Fest.

Ein jeder hatte in der letzten Zeit immer wieder darben, knickern und fasten müssen, jetzt wurde gefeiert.

Zwei Jahre war es her, dass dieser Österreicher namens Hitler die Macht über Deutschland an sich gerissen hatte. Für die Leute von Mahl war Berlin mit der großen Politik weit weg. Viele hatten noch Karlsruhe als ihre badische Hauptstadt in Erinnerung. Für die katholischen Gemeinden war die Zentrumspartei am nächsten und wurde 1933 in Baden zu 24% gewählt. Die Nationalsozialistische Deutsche Arbeiterpartei hatte fast doppelt soviel, nämlich 45% bekommen. Gewöhnt, sich nicht um Politik zu kümmern und seine Arbeit zu machen, und in kargen Zeiten umso mehr zu schaffen, dass es für alle reichte, spürten die Menschen von Mahl doch, dass etwas Neues herankroch, was sich immer ungenierter öffentlich zeigte. In kleinen Ortschaften begannen sich Einzelne zu dieser NSDAP zu bekennen, dann wurden es mehr und dann in diesem bodenständigen, überlegten Menschenschlag, immer mehr.
Sie ließen sich aufhetzen gegen die Siegermächte Frankreich, England, Russland und gegen Fremde und Juden. Es fanden nun auch viele Badener mit der neuen Politik, die Einzug hielt und den Parolen, dass Deutsche anderen Rassen überlegen seien, ein Ventil, ihre Enttäuschungen, ihre Unzufriedenheit und unterschwellig glimmenden Hoffnungen auszuleben. Sie wollten es gern glauben, etwas Besseres zu sein, wahrscheinlich aber, das Recht zu haben, etwas Besseres sein zu wollen. Dies geschah auf Kosten anderer: Kranker, Schwacher, Juden, Sinti und

Roma, damals Zigeuner genannt.

In der Familie Basler hätte es Franca, die einfältige jüngste Tochter treffen können, als unwertes Leben eingesammelt und mit dem grauen Bus nach Emmendingen in die Anstalt gefahren zu werden. Damals 17jährig merkte man es Franca nicht allzu deutlich an und in der Landwirtschaft der Baslers fand sie ihren Arbeitsplatz. Vermutlich war es auch Gusts Autorität und sein wildes Temperament, was den Gauleiter von Mahl abgehalten hatte, Franca zu melden.

Da Gust vier Töchter hatte, musste er nicht befürchten, dass die Arbeitskräfte von Hof und Wirtschaft eingezogen wurden. Er selber wurde es auch nicht, da er im Ersten Weltkrieg ein Auge verloren hatte und schon 49 Jahre alt bei Kriegsausbruch am 1. September 1939 war.

Elise war zu dem Zeitpunkt schon vier Jahre verheiratet, hatte zwei kleine Kinder. Selma war drei Jahre, Gerhard ein Jahr, mit Erich war sie schwanger. Ihre Freundin Luise hatte ihr dringend geraten, Karl davon zu überzeugen, dass er in die Partei eintreten solle. Als Beamter bei der Reichsbahn würde ihn das vor Repressalien schützen und ihm den Arbeitsplatz sichern. Elise redete so lange auf Karl ein und bohrte unablässig, bis er sich beugte und in Offenburg zur NSDAP-Ortsgruppe ging und sich eintragen ließ.

Vater Paul nahm ihm das übel. Immer mehr hatte er mit seinen 54 Jahren einen kritischen Blick für die Geschehnisse im Land bekommen. Als Bahnbeamter sah er, wie Juden aus den Nachbardörfern Diersburg, Kippenheim oder Schmieheim verladen und Richtung Süden gefahren wurden: Auch Alte, Kranke, junge Mütter mit kleinen Kindern und Schwangere, von denen viele den Transport nicht überleben würden, so viel war ihm klar, wenn er die vollgestopften Waggons ab dem 22. Oktober 1940 an sich vorbeirollen sah. Und er sah ab Kriegsbeginn, wie viele zerlumpte, halbverhungerte, oft kranke Männer an den Bahnhöfen Offenburg, Lahr, Freiburg und Karlsruhe schufteten. Sie sprachen in Sprachen, die er noch nie gehört hatte und kamen aus Polen, der Ukraine oder Russland. Wenn er Karoline davon erzählte, erschauerte sie und bekreuzigte sich: "Der Herrgott hat uns verlassen, Paul. Die armen Menschen." Und dann richtete sie am nächsten Morgen, was sie erübrigen konnte, ein paar Äpfel, ein paar Scheiben Brot, ein Stück Wurst. Und Paul steckte es den Männern dann zu, obwohl er jedes Mal Angst hatte, dabei erwischt zu werden. Er wusste, hätte es einer der SS-Aufseher mitbekommen, hätte man ihn in ein Lager geschickt.

Karl war nicht so mutig. Elise würde es ihm nicht verzeihen, wenn er sich und damit auch sie und die Kinder in Gefahr brachte. Er machte seinen Dienst, schaute nicht nach rechts und nach links und war froh, dass er nicht zum Wehrdienst an die Front musste. Fritz hatte dieses Glück nicht. Als ausgebildeter Ingenieur konnte ihn die Wehrmacht gut brauchen. Er wurde per Heeresverordnung als Offiziersingenieur angestellt und der Luftwaffe zugeordnet. Seine Aufgabe bestand darin, Nachschubpläne für die verschiedenen Panzertypen aufzustellen, deren Beschaffung zu überwachen und die Teile an die Front transportieren zu lassen. Wenn es technische Probleme an Ort und Stelle gab, flog er mit. Weil es an der Ostfront im Laufe des Krieges immer größere Probleme mit der Technik und den Ersatzteilen gab, wurde er ab 1942 der 4. Panzerarmee fest zugeordnet. Im Oktober 42 war eine letzte Feldpost von ihm aus Stalingrad gekommen.

Aus Mahl waren die meisten wehrfähigen Männer an die Front geschickt worden. Die Frauen, Alten und die jungen Burschen und Mädchen teilten sich die Arbeit auf den Feldern, im Stall, in den Weinbergen, in den Handwerksbetrieben und in der Zigarrenfabrik. Anders als in den Städten musste keiner hungern. Trotzdem waren die Gemeinden gebeutelt. Die Männer fehlten und fast jede Familie hatte einen Sohn, Vater oder Bruder im Feld und Sorge, dass sie nicht zurückkommen würden.

Kurz nach der Hochzeit von Karl war die Eber-Oma mit 75 Jahren gestorben. Als Karoline traurig an ihrem Bett saß, aus dem die Schwiegermutter schon seit Wochen nicht mehr hatte aufstehen können, so schwach war sie geworden, nahm die alte Frau Karolines Hände.

"Wie habe ich Glück mit Dir, Lina. Du bist meinem Paul eine gute Frau, meinen Enkeln eine gute Mutter und mir eine gute Tochter. Nie hat es ein böses Wort zwischen uns gegeben. Der Herrgott hat es gut mit mir gemeint. Jetzt bin ich lange genug auf dieser Welt gewesen. Es wird Zeit zu gehen und Platz für die nächste Generation zu machen. Lass uns jetzt beten."

"Mutter, soll ich Hanne nach dem Pfarrer schicken, dass

er Dir die letzten Sakramente gibt?"

Die Großmutter nickte, atmete nun ganz ruhig, wartete, bis Lina eine Kerze angezündet hatte und dann beteten die beiden Frauen das Vaterunser, das Gegrüßest seist du Maria und den Rosenkranz. Die alte Frau betete leise mit, verstummte bald und Karoline betete weiter im Wechsel das Vaterunser, den Mariengruß und sprach die Sätze des glorreichen Rosenkranzes. Als sie bei "Jesus, der dich, oh Jungfrau, in den Himmel aufgenommen hat" angelangt war, öffnete die Greisin noch einmal ihre Augen, strahlte Lina an und sagte "ich sehe das Licht". Dann brachen ihre Augen und Lina spürte, wie sie sich entfernte. Als Hanne mit dem Pfarrer kam, waren die Augen geschlossen und ein Lächeln lag auf ihrem Mund. Lina hatte die Uhr angehalten und den Spiegel im Schlafzimmer zugehängt. Eine zarte Stille erfüllte das Haus. Hanne setzte sich zur Oma aufs Bett, nahm noch einmal ihre Hand und gab ihr einen Kuss auf die Wange, Alma würde später das gleiche tun. Beide hatten sich in den vergangenen Tagen in langen Gesprächen schon von ihr verabschiedet. Der Pfarrer machte für alle im Raum das Kreuzzeichen und sagte: "Nun ist ein Kind zu seinem Vater in den Himmel zurückgekehrt" und gab der Großmutter die letzte Ölung.

Sie kam zum Großvater ins Familiengrab der Eders. Lina war sehr traurig. Hatte sie ihre eigene Mutter so früh verloren, war ihr die Schwiegermutter eine hilfsbereite und liebevolle Begleiterin geworden. So hatte sie es für Elise auch sein wollen. Die jungen Leute hatten bald ein Haus gebaut, mithilfe von Verwandtschaft und Nachbarn war es kurz vor Kriegsausbruch fertig geworden. Lina hütete Elises Kinder, kochte für die Bauhelfer und half bei der Wäsche. Sie freute sich an der kleinen Selma, dem eigensinnigen Gerhard und dem kleinen Erich, aber bei Elise wollte keine Wärme aufkommen. Sie blieb verschlossen und ruppig, zeigte sich schnell gekränkt, wenn sie sich nicht gerecht behandelt fühlte. Und dies war oft der Fall. "Was haben die im Oberdorf mit Dir gemacht, dass Du so wenig Zutrauen hast?" dachte Lina oft. Wenn Elise ihre Zuneigung nicht annehmen konnte, so sollten die Enkelkinder die Freundlichkeit der Ebers so oft spüren, wie möglich.

Alma hielt sich nach wie vor fast immer zuhause auf. Sie war 21 Jahre alt, als die Großmutter starb und durfte nun das Zimmer, das sie bis dahin mit ihr geteilt hatte, für sich haben und Lina half ihr, es mit neuen Vorhängen und einem schönen Bettüberwurf frisch her zu richten. Sie stellten die Möbel ein wenig um und hängten einige Fotos auf, auf denen Alma mit dem Vater im Stall und auf dem Feld zu sehen war. Sie interessierte sich nicht für die jungen Männer im Dorf, außerdem würden bald die meisten eingezogen werden, die vom Alter zu ihr gepasst hätten. Wenn sie von ihren Brüder gehänselt und gefragt wurde, ob denn bald ein Kavalier in Sicht wäre, Hanne würde sie ja bald überholen, wurde Alma rot, wusste aber zu all dem nichts zu sagen. Der Vater oder die Mutter gingen dann dazwischen und sagten: "Alma bleibt bei uns, das Haus ist groß genug" und lächelten sie an.

Was aber stimmte, war, dass Hanne mit ihren krausen

schwarzen Haaren, ihrer Größe, ihrer schon früh fraulichen Figur und ihren schönen dunklen Augen von den jungen Männern in Mahl mehr als beachtet wurde. Mit 15 durfte sie eine Schneiderlehre in Offenburg beginnen und gewann mit den schicken selbstgenähten Kleidern und den städtischen Umgangsformen noch an Wirkung. Nicht wenige junge Burschen aus Mahl versuchten sie zu erobern. Es gelang dann einem, von dem es keiner erwartet hätte. Johann hieß er und er hatte beim Harder Schreiner gelernt. Besonders gut sah er nicht aus, aber er hatte einen wohlproportionierten Körper, war kräftig und ein guter Turner. Er hatte geschickte Hände und stellte in der Werkstatt gar wunderbares Spielzeug, Dosen, Truhen und Möbel mit besonderen Verzierungen her. Seine Augen waren von einem warmen Haselnussbraun, die Haare dunkelblond und er hatte schöne, kräftige ebenmäßige Zähne, die er beim Lachen zeigte. Und er lachte gern und viel. Auf Hanne war er zugegangen, als sie mit 18, nun fertige Schneiderin, seine Werkstücke bewunderte, die er in Harders Werkstatt aufgestellt hatte. Sie war gekommen, um beim Schreinermeister einen Waschtisch zu bestellen, den Alma zu ihrem 25. Geburtstag bekommen sollte.

"Gefallen Dir die Sachen?" fragte Johannes, als er sie vor dem Regal stehen sah. "Ja, schon" antwortete Hanne, "aber sie sind ein wenig nackig. Die Kinderchaisen könnten Kisselchen und Deckchen, die Truhen einen Seidenbezug innen brauchen!" Johannes lächelte. "Aber das ist doch Dein Metier, oder?" Seine Stimme hatte einen wohltönenden Klang. "Hast Du mir ein Metermaß?"

fragte Hanne "und einen Zettel und einen Bleistift?" Sie nahm an den Puppenwagen und den Truhen Maß, schrieb Verschiedenes auf und machte kleine Zeichnungen. "So", dabei blickte sie Johann direkt in die Augen "mal sehen, was draus wird, versprechen kann ich Dir nichts."

Es wurde etwas daraus. Die Puppenwagen bekamen allerliebste Kissen, die Schaukelpferde hübsche Polster und die kleinen Truhen wurden mit seidigem Stoff ausgeschlagen. Und die beiden hatten viel Spaß bei der Arbeit miteinander. Das Spielzeug verkaufte sich viel besser und Johann gab Hanne ihren Anteil gerne ab. Paul und Lina mochten den freundlichen, fleißigen jungen Mann und fanden nichts dabei, wenn sich die beiden unter den Augen des Harderschreiners nach der Arbeit in der Werkstatt trafen. Als Johann eines Abends Hanne nachhause brachte, fragte ihn Paul, woher er denn komme, ein Mahler sei er ja nicht. "Wir kommen aus Lahr. Mein Vater ist im Krieg gefallen und meine Mutter kam mit mir nach Mahl als ich noch klein war. Sie ist die Hebamme in der Gegend" gab er bereitwillig Auskunft. "Heißt sie etwas Josefa Gerlinger?" fragte nun Karoline. "Ja" war die Antwort. Nun lachen beide und sagten zu Hanne: "Sie hat Dich auf die Welt gebracht." Dann lachten alle vier. Während Ebers dem jungen Schreiner mit Wohlwollen begegneten, war es Johannes Mutter gar nicht recht, dass er sich in Hanne verguckt hatte. Sie war es gewöhnt, mit ihrem Hansi ganz eng zu sein. Sie hatte nicht mehr heiraten wollen, sondern sich ganz auf ihren Buben versteift. Sie hätte es gern gehabt, wenn er auf die

Höhere Schule gegangen wäre. Aber Johann wollte nicht in der Schule und in der Stube hocken, um zu lernen, er wollte basteln und sägen und drechseln, in der Arbeit mit Holz würde er aufgehen, das hatte er schon früh gewusst. Und hier hatte ihn die Mutter nicht umstimmen können, so folgsam er sonst immer gewesen war. Bis er Hanne kennengelernt hatte, war er abends und an den Sonntagen bei der Mutter gewesen, wenn sie nicht eine Schwangere in der Gegend entbunden hatte oder eine Wöchnerin versorgen musste. Doch nun wollte er Zeit mit seinem Mädchen verbringen und Josefa Gerlinger spürte bald, dass sich ihr Sohn entfernte. Sie wollte nicht, dass er erwachsen werden würde. Sie wollte weiterhin als seine Mutter die wichtigste Frau in seinem Leben sein. Aber das würde nicht so bleiben, wenn er mit Hanne zusammenblieb. Die junge, schöne, vor Leben sprühende Frau war ihr zuwider. Mit welcher Selbstverständlichkeit sie sich bewegte, sprach, lachte! Wie fröhlich, freundlich und fleißig sie war, stets bei sich und nie darauf achtend, was andere von ihr denken könnten. Die Geradlinigkeit und das Unkomplizierte der jungen Frau verkannte die Hebamme als Hochmut und sie neidete ihr ihre Natürlichkeit. "Sie hätte doch jeden aus der Gegend haben können, warum muss es denn mein Hansi sein" und dabei dachte sie oft, dass es besser auseinandergehen sollte. Außerdem waren ihr die Verhältnisse, aus denen Hanne stammte, nicht gut genug. Die Eltern waren zwar ordentliche Leute, aber doch eher arm. Der Harderschreiner hatte drei Töchter. Warum könnte es keine von denen sein, mit der sich ihr Sohn verbinden wollte?

Der Sommer 1939 hatte in Europa eine flirrende Kriegsstimmung gebracht. Deutschland hatte sich von den Braunen auf einen Angriffskrieg einpeitschen lassen. Es war nun für jeden, der es sehen wollte, deutlich geworden, dass es der Naziregierung um Unterjochung, Vernichtung und Vertreibung von Volksangehörigen ging, die bis dahin ihren Platz gehabt hatten. Vorgegaukelt zu bekommen, ein besonderes, ein auserwähltes Volk zu sein, war für viele Deutsche so bestechend, so erhebend, dass sie freudig mitmarschierten. Für diejenigen, die nicht einverstanden waren, aber auch nicht entgegentraten, brachte die Entwicklung dumpfe Angst und Unbehagen. Und diejenigen, die Widerstand leisteten, mussten um ihr Leben fürchten. So war es auch in Baden.

Zu den ersten, die aus Mahl eingezogen wurden, gehörten Fritz Eder und Johannes Gerlinger. Paul und Karoline waren zwar keine gebildeten Menschen, aber sie hatten einen klaren Blick und wussten, was ein Krieg bedeutete. Sie wussten auch, dass derjenige, der Wind säht, Sturm ernten würde. Sie drückten beim Abschied ihren Fritz fest, wünschten ihm alles Gute und versicherten ihm, sie würden für ihn beten und er solle auf sich achtgeben und er solle schreiben. Ihm und den zusehenden Nachbarn ihre Tränen zu zeigen, unterließen sie. Es war schon verboten, nicht kriegsbejahend zu sein. Wehrkraftzersetzung und undeutsches Verhalten wurde es genannt. Als Fritz mit einem schiefen Lächeln zum Bahnhof lief und sich dort den Mahler Kameraden anschloss, die so ungewohnt - teils verlegen, teils stolz - in ihren Uniformen aussahen, winkte ihm seine Familie hinterher, ging dann ins Haus, wo alle weinten.

Am meisten weinte Hanne. Nicht nur um ihren Bruder, sondern vor allem um Johannes und um sich. Von ihm hatte sie sich am Abend vorher verabschiedet, es war ein verzweifeltes Gespräch gewesen. "Bist Du Dir sicher?" hatte er gefragt. Und Hanne hatte unter Tränen genickt. "Aber das ist doch nicht schlimm, warum weinst Du denn? Wenn ich meinen ersten Heimaturlaub habe, dann heiraten wir und dann sind wir eine richtige kleine Familie. Bis dahin bist Du meine kleine Soldatenbraut," lachte er. "Ach Johannes, Du siehst die Dinge immer so leicht. Du weißt doch, wie die Leute sind. Was die reden werden und meine Arbeitsstelle werde ich auch nicht behalten können. Und die Schande, die ich meinen Eltern mache. Und Du bist so weit fort und ich weiß nicht, ob Du wiederkommst." Nun weinte Hanne bitterlich. "Ach mein Hannilein!" Johannes hielt sie im Arm und wiegte sie hin und her. "Mach Dir nicht so viele Sorgen. Du hast Deine Familie und meine Mutter wird Dir auch helfen." "Ach Deine Mutter! Sie wird böse auf mich sein. Zuerst nehme ich ihr den Sohn und dann bekomme ich unverheiratet ein Kind von Dir." Ihre Augen füllten sich wieder mit Tränen. "Du Dummchen, die Mutter hat so viele Kinder auf die Welt gebracht. Meinst Du, sie wird dann etwas gegen das Kind haben, das vom eigenen Sohn ist?" Johannes blickte sie dabei fest an. Hanne hatte geseufzt und schien etwas beruhigt zu sein.

Als sich Josefa Gerlinger von ihrem Sohn verabschiedete,

konnte sie vor Schmerz kaum sprechen. Wie konnte man ihr, der Kriegswitwe den einzigen Sohn wegnehmen? Alles, was sie hatte? Wofür sie gelebt und gearbeitet hatte? Dieser Schmerz verwandelte sich aber in Groll, als ihr Johannes bei der letzten Umarmung ins Ohr flüsterte, sie solle sich lieb um Hanne kümmern. Und dass er sie beim ersten Heimaturlaub heiraten werde und dass sie dann bald eine Familie sein würden und dass ihn diese Gewissheit am Leben halten würde. Bei diesen Worten liefen der verhärmten Frau die Tränen über die Wangen, sie drückte den Sohn zwar fest, konnte ihm zum Abschied aber nicht in die Augen schauen. "Mutter, gell, Du hilfst ihr doch, oder?" fragte er noch einmal, bevor auch er Richtung Bahnhof lief. Josefa Gerlinger gelang es, so etwas wie ein Nicken zustande zu bringen.

Hanne hatte sich einen Blecheimer neben das Bett gestellt. Sobald sie morgens aufwachte, musste sie sich übergeben. Das ging jetzt schon wochenlang so. Es war, als ob sich alles aus ihr herausstülpen würde. Es gab nichts mehr in ihr, was sie noch hätte aus sich herauswürgen können, nur noch bittere gelbe Galle. Alma war anfangs besorgt zu ihr gekommen, hatte sich aber zurückgezogen, als Hanne ihr sagte, sie habe etwas Falsches gegessen. Auch Karoline fiel auf, dass ihre Jüngste morgens sehr blass war und tiefe Ringe unter den Augen hatte. Als Hanne ihr gegenüber ebenfalls von einer Magenverstimmung sprach, ließ Lina es damit gut sein. Doch sie sah und spürte wohl, dass mit ihrer Tochter etwas anderes im Schwange war, aber sie vermied es, sich schon damit zu beschäftigen. "Wenn es bleibt, müssen wir uns sowieso darum kümmern. Aber vielleicht geht es noch ab", ging ihr durch den Kopf und es entfuhr ihr ein schwerer Seufzer.

Hanne verstand die Übelkeit nicht, war besorgt darüber, dass sie stark an Gewicht verlor und hatte Angst, dass dem Kind deswegen etwas geschehen konnte. Deshalb entschloss sie sich, zu Johannes Mutter zu gehen und sie zu fragen. Als Frau Gerlinger die junge Frau kreidebleich vor der Türe stehen sah, blickte sie schnell nach rechts und links und zog Hanne ins Haus.

"Was willst Du?" es klang nicht sehr freundlich. Hannes Mut sank und sie bereute es, dass sie gekommen war. "Mir ist so schlecht und ich kann nichts essen, ohne mich zu erbrechen. Ich habe Angst, dass mit dem Kind etwas nicht in Ordnung ist. Johannes hat mir gesagt, Ihr würdet mir helfen, wenn etwas wäre." Nun liefen dem Mädchen die Tränen über die Wangen. Erst setzte die Hebamme mit strengem, abweisendem Blick an, zu sprechen. Dann sah Hanne, wie in ihren Augen etwas vor sich ging, was sie nicht deuten konnte. Es war, als ob der Frau etwas eingefallen wäre, was nicht von der Außenwelt bemerkt werden sollte, denn genauso schnell war der Gedankenblitz wieder verschwunden und die Augen blickten milde und es zeigte sich sogar ein Lächeln auf ihren Lippen. "Natürlich helfe ich Dir. Das habe ich meinem Hansi versprochen, bevor er gegangen ist. Aber bevor ich Dir sagen kann, ob alles in Ordnung ist, muss ich Dich untersuchen." Hanne stand unschlüssig in der Stube, während die Hebamme ein großes Laken holte, ein paar Handtücher, Seife und eine Schüssel mit heißem Wasser, eine leere Schüssel, eine Kerze und Streichhölzer, mehrere Instrumente, eine Flasche mit hochprozentigem, vergälltem Rossler-Vorlauf und Gummihandschuhe. Die junge Frau begann zu zittern und brachte nur stockend heraus: "Ich bin ja gar nicht dafür vorbereitet, Frau Gerlinger, sollen wir das nicht ein anderes Mal machen?" Am liebsten wäre sie davon gelaufen.

Die Hebamme beschwichtigte sie. "Aber Mädchen, darauf musstest Du Dich doch nicht vorbereiten! Ich habe doch alles da. Was meinst Du, wie viele Frauen ich schon untersucht habe. Deine Mutter ja auch, bevor Du geboren worden bist. Und dann habe ich Dich auf die Welt geholt. Da wirst Du doch keine Angst haben!" Die Stimme war freundlich, beruhigend, fast schmeichelnd. Hanne wurde ruhiger. Sie zog sich Schuhe, Strümpfe und Schlüpfer aus und legte ich auf das Chaiselongue, das mit dem Leintuch bedeckt war und winkelte auf Frau Gerlingers Geheiß die Beine erst an, dann spreizte sie sie. Die Hebamme hatte ihre Hände gewaschen, mit dem Schnaps desinfiziert und tastete Hannes Unterleib ab, dann fuhr sie mit zwei Fingern in Hannes Scheide und betastete sie von innen. Das tat sie behutsam und erfahren, sprach dabei beruhigend auf das Mädchen ein. Dann seufzte sie und sagte im besorgten Ton: "Wie gut, dass Du zu mir gekommen bist. Es steht wirklich nicht gut. Und nicht nur um das Kind, sondern auch um Dich, Hanne! Dein Geburtskanal hat sich entzündet und der

kleine Embryo auch. Wenn wir nichts tun, wird es lebens-
gefährlich für Dich. Und es muss schnell passieren. Hansi
würde es mir nie verzeihen, wenn Dir etwas Schlimmes
passieren würde." Hanne war wie gelähmt. "Was soll ich
denn machen? Soll ich ins Krankenhaus?"

Frau Gerlinger schüttelte den Kopf. "Das würde zu lange
dauern, da könntest Du schon eine solche Blutvergiftung
haben, dass Du es nicht überlebst."

"Und das Kind?" Hanne schrie es fast.

Die Hebamme verzog das Gesicht zu einem Bedauern.
"Das Kind ist sowieso nicht zu retten. Es ist jetzt schon so
infiziert, dass es behindert auf die Welt kommt, wenn es
überhaupt überleben würde. Aber in den heutigen Zeiten
ein behindertes Kind... Das wollt Ihr doch beide nicht!"

Als Hanne sie nur mit riesig aufgerissenen Augen anstarrte fuhr Frau Gerlinger fort: "Du bist etwa im dritten
Monat, da ist eine Ausschabung ein Routineeingriff. Eine
Viertelstunde, länger wird es nicht dauern. Und morgen
wirst Du kaum noch etwas davon spüren, ganz bestimmt!"

"Haben Sie das schon oft gemacht?" traute sich Hanne
zu fragen.

"Aber ja," antwortete die Hebamme, "was glaubst Du,
wie vielen Frauen ich schon geholfen habe!" Schon gab
sie Hanne ein Glas Wasser und eine Tablette. "Nimm
das. Ein Beruhigungsmittel. Veronal. Das entspannt
Deine Muskeln, beruhigt Dich und Du spürst die
Schmerzen nicht so." Und als Hanne etwas sagen wollte,
"oder willst Du lieber sterben?"

Hanne schluckte die Tablette, legte sich zurück und sah

zu, wie die Hebamme die Instrumente in der Kerzenflamme und mit dem Vorlauf sterilisierte. Dann fühlte sie das Metall, wie es in sie hineinglitt. Zuerst tat es nicht sehr weh. Aber je länger die Frau mit dem Haken in ihr herumfuhrwerkte, desto schmerzhafter wurde die Prozedur. Hanne spürte, wie etwas Warmes aus ihr herausglitt und sah, wie das blutige Etwas in der leeren Schüssel aufgefangen wurde. "So, das hätten wir", hörte sie die Frau sagen, die ein Handtuch faltete und es zwischen Hannes Schenkel legte. Sofort färbte es sich rot. Hanne blutete in einem fort und es hörte nicht auf. Schon hatte sich auf ihrer Stirn kalter Schweiß gebildet, während ihr Körper zu glühen begann. Sie spürte, wie das Leben mit dem Blut aus ihr herauslief und sie begann nach ihrer Mutter zu rufen, zu schreien, wurde leiser, verlor Kraft.

Die Hebamme sah, dass nichts mehr zu retten war. Sie rannte zu den Nachbarn und schickte den Nachbarsjungen ins Unterdorf, um Paul und Karoline Eber zu holen. Schnell sollte er machen, das Fahrrad nehmen, ganz schnell.

20 Minuten später waren beide da. Lina und Paul standen in Gerlingers Stube vor ihrem jüngsten Kind und sahen nur Blut und ein Gesicht, weiß wie der Tod. Lina nahm es in den Arm, Paul nahm die Hand seines kleinen Mädchens. Einmal öffnete Hanne noch ihre Augen, die die Eltern erkannten und konnte gerade noch "Mutter, Vater" hauchen. Dann schlossen sich ihre Lider und ihr Kopf fiel zurück.

Paul Eber brüllte, wie er noch nie gebrüllt hatte. "Du Hexe, du elende, verdammte Hexe! Du hast unser Kind umgebracht! Mach Dich davon und lass Dich in diesem Dorf nie wieder blicken!" Und die Hebamme rannte aus dem Haus, rannte um ihr Leben.

Lina und Paul blieben bei ihrem Kind bis die Blutung aufhörte. Dann wuschen sie ihre Hanne, Paul holte ihr blassgelbes Sommerkleid, das sie zu Karls Hochzeit angehabt hatte. Sie zogen es ihr an und legten sie auf ein frisches Laken. Als der Harderschreiner mit dem Sarg kam, half er, die inzwischen gekämmte Hanne in ihr letztes Bett zu legen, dann fuhren sie ins Unterdorf, wo das Mädchen zuhause aufgebahrt wurde. Hanne war 19 Jahre alt geworden.

21 - Ruth

Erst war Ruths Stimme sachlich gewesen. Sie erzählte die Geschichte der Familie Eber und ihrer Großtante so, wie sie sie gehört hatte, während die Oma, die Mutter, die Tanten und Onkel eine Rebenzeile abgeerntet hatten beim Herbsten. Diese Tragödie wurde berichtet, als ob es nichts Besonderes gewesen wäre. "Das war halt so in der Zeit" hatte die Großmutter oft gesagt. Ruth merkte selber, dass ihr Ton nicht zu dem ungeheuerlichen Ereignis passte und hörte auf zu sprechen. Es war still im Therapieraum, nur draußen rumpelte der abendliche Berufsverkehr vorbei. Frau Leitgeb blickte die junge Frau an. Ruth hielt den Blick gesenkt.

"Eigentlich kann man nicht darüber sprechen, ohne heulen zu müssen," sagte sie. "Hanne tut mir so leid. Wie sie aus dem Leben gerissen worden ist. Wie brutal, wie gemein. Verblutet ist sie. Das kann man eigentlich nicht über die Lippen bringen."

"Was spüren Sie gerade?" Frau Leitgeb fragte sanft und voller Mitgefühl.

"Zuerst habe ich nichts gespürt. So wie früher, wenn die Erwachsenen Geschehnisse aus der Familie erzählt haben. Seit ich erkenne, wie unglaublich entsetzlich es ist, was da passiert ist, kriege ich keinen Ton mehr raus und jetzt", Ruth riss die Augen auf und schrie es fast "reißt es mich fast mitten entzwei." Sie wurde leichenblass im Gesicht und ehe die Therapeutin etwas sagen konnte, sah sie wie zwischen den Beinen der Patientin dickes dunkles rotschwarzes Blut herausquoll. Ruth begann zu hyperventilieren. Frau Leitgeb legte ihr die Hand auf die Schulter und sagte:" Atmen, Frau Beck, gut durchatmen, so ist es gut. Atmen Sie, ich hole Ihnen ein Handtuch." Dann ging sie hinaus, holte zwei dicke, große braune Handtücher und legte sie unter die Patientin. Mit einem nassen Lappen wischte sie das Blut von Sessel und Boden, dabei sagte sie immer wieder beruhigend: "Atmen, Frau Beck, atmen Sie!" Schließlich nahm sie ihr Telefon und wählte die 112. "Patientin, Mitte 30 mit schwerer vaginaler Blutung ungeklärter Ursache und Kreislaufkollaps. Dr. Leitgeb, Langstraße 30, 2. Stock. Danke. Ja, ich fahre mit zur Frauenklinik."

Ruth protestierte: "Ich will nicht ins Krankenhaus. Sie dürfen mich nicht einfach dorthin bringen!"

"Doch das darf und muss ich sogar, wenn Gefahr im Verzug ist, Frau Beck!" Ihr Ton war ruhig und bestimmt.

Nach zehn Minuten traf der Rettungswagen ein. Die Sanitäterin maß den Blutdruck, nickte Frau Leitgeb zu und half Ruth dabei, aufzustehen. Sie brachten sie in die Frauenklinik, wo die diensthabende Gynäkologin bereits wartete und Ruth mit ins Behandlungszimmer der Ambulanz nahm, um sie zu untersuchen. Der Therapeutin brach es fast das Herz, als sie sah, wie sich Ruth wehrte und ihr verzweifelt zurief: "Ich will das nicht, bitte helfen Sie mir!" Sie schüttelte den Kopf und sagte: "Frau Beck, es muss sein. Ihnen wird nichts geschehen. Ich warte auf Sie." Damit setzte sie sich auf einen der Bänke, die im kalten Ambulanzflur standen. Nach etwa 20 Minuten kam die Frauenärztin heraus und sagte: "Können Sie mit mir nach draußen gehen, Frau Kollegin, dann kann ich eine rauchen?" Frau Leitgeb nickte und die beiden Frauen gingen zur Tür. Draußen zündete sich die Gynäkologin eine Zigarette an und zog den Rauch tief ein. "Was hat meine Patientin?" fragte die Therapeutin ruhig. "Geöffneter Zervicalkanal, sturzartige Blutung, stärker als Periodenblutung, gefüllte verkapselte Blutkoagel, schwammartige dunkelrote Gewebestücke, Schwangerschaftstest negativ. Sonographisch zeigen sich Plazentareste, aber verkapselt von erheblicher Größe. Mehrere Cystenbildungen. Eine Cyste ist vermutlich heute Abend geplatzt. Es handelt sich um altes Gewebe. 15 Jahre mindestens. Kein regelrechter Abort, eventuell Frühgeburt, vermutlich aber Lebendgeburt mit unsachgemäßer Entbindung. Nach Angaben der Patientin könne dies nicht sein." Die beiden Frauen blickten sich an und atmeten tief durch. "Sie ist jetzt im OP. Wir machen eine Ausschabung. Wie lange sie danach auf Station bleiben muss, werden wir sehen."

Und jetzt liege ich hier im Krankenhaus. Im Bett gegenüber ist eine türkische Frau, die eine Fehlgeburt hatte. Sie
ist sehr traurig darüber, weint die ganze Zeit. Sie klagt
über Schmerzen. Die habe ich nicht. Mir tut gar nichts
weh. Ich blute auch nicht mehr. Gestern Abend habe ich
fürchterlich geblutet. Ich bin zusammengeklappt. Das
hat mir Frau Leitgeb erzählt. Sie kam gestern Abend
noch vorbei und hat geschaut, wie es mir geht. Fand ich
richtig klasse. Sie hat sich Sorgen gemacht, glaube ich.
Na ja, es ist ja auch während der Therapiestunde passiert.
Ob es etwas mit dem Thema zu tun hat, worüber wir gesprochen haben? Ich weiß gar nicht mehr, was das war.
Sie hat auch Tom angerufen. Dass er Bescheid weiß. Und
dass er mir ein paar Sachen bringt: Nachthemd, Toilet-
tenkram, frische Kleider, was zu Lesen, Badelatschen. Er
war auch besorgt. "Was machst Du denn für Sachen?"
hat er gefragt. Ich konnte ihm noch gar nichts sagen, nur
dass ich eine Sturzblutung hatte.

Heute morgen kam die Ärztin und hat mich nochmal gefragt, wann ich denn schwanger gewesen sei. "Ich war
noch nie schwanger", habe ich ihr gesagt, "das wissen Sie
doch!" "Frau Beck, sie müssen schwanger gewesen sein,
denn was gestern so stark geblutet hat, waren alte verkapselte Reste einer Geburt! Einer Frühgeburt, einer Lebendgeburt oder einer Totgeburt."

"Das kann nicht sein", habe ich dann gesagt, "das
müsste ich ja wissen!"

"Stimmt, das müssten Sie eigentlich wissen." Und dann hat

sie mich so komisch angeschaut. Ich glaube, sie hat mir nicht geglaubt.

Als mich Tom später gefragt hat, was eigentlich der Grund für die Blutung gewesen sei, habe ich ihm geantwortet, es sei ein Myom gewesen, so ein gutartiges Geschwür, was es oft gebe, das geplatzt sei.

23 - Tom und die Schausteller

Ruth wurde am nächsten Tag, als alle Untersuchungen keinen Befund mehr ergaben, aus dem Krankenhaus entlassen. Tom holte sie ab. Ruth hatte schon alles gepackt und saß auf dem Bett. Die türkische Frau war schon gegangen, immer noch weinend.

"Tut Dir noch was weh?" fragte Tom.

Ruth schüttelte den Kopf. "Nein, es ist alles in Ordnung, mach Dir keine Gedanken."

Zuhause schmiss sie die blutigen Kleider in die Mülltonne, das Nachthemd in den Wäschekorb und die Toilettensachen räumte sie zurück in den Badschrank. Nachdem sie geduscht und sich umgezogen hatte, brühte sie eine Kanne Kaffee auf und deckte den Tisch, an dem Tom saß und die Zeitung las.

"Lass uns was essen, dann können wir ins Geschäft gehen."

Tom blickte sie prüfend an. "Bist Du sicher?"

Ruth lächelt. "Aber klar, mir geht es gut. Und wir haben doch viel zu tun, oder?"

Tom nickte. In der Tat war in seinem Betrieb viel los. Er war gefragt in Mannheim. Wer ein neues Bad wollte, eine Heizungsanlage, Solarzellen auf dem Dach, ließ es von Toms Firma machen. Wenn jemand einen Wasserrohrbruch oder eine kalte Wohnung oder ein verstopftes Klo hatte, dann rief er seine Notrufnummer an. Und dann kam ein Monteur und half. Tom hatte seinen Leuten sorgfältiges, sauberes und findiges Arbeiten beigebracht. Sie waren nicht nur Handwerker, sondern vor allem

Problemlöser. Bis Tom Ruth traf, hatte er auch allen Schriftkram, Kostenvoranschläge, die Buchhaltung und die Badpläne selber gemacht. Das war ihm manchmal über den Kopf gewachsen. Dann hatte er Ruth kennengelernt, die Buchhaltung beherrschte, mit Computern und mit Handwerkern umgehen konnte und die sah, wo es klemmte. Dies hatte sie auch in dem Betrieb gemacht, in dem sie damals - 1990 - noch arbeitete. Und mit dem sie durch Deutschland zog. Von Ort zu Ort, von Kirmes zu Kirmes, von Volksfest zu Volksfest. Ruth war 30 Jahre alt, als er zum ersten Mal mit ihr zu tun hatte. Die Schaustellerfamilie, bei der sie arbeitete und mit der sie reiste, hatte auf der Mannemer Mess, die jedes Jahr parallel zum Maimarkt stattfand, ihre fünf Geschäfte aufgebaut: einen Autoscooter mit 26 m Front, ein Nostalgie Karussell mit 6 m, einen Schießwagen mit 6 m Front, einen Folienballonverkauf mit 2 m, sowie einen familienfreundlichen Toilettenwagen mit 7,5 m Front. Zu letzterem wurde seine Firma gerufen. Weil Tom Lust hatte, über die Mess zu gehen, fuhr er selber hin. Die nette Frauenstimme hatte ihn gebeten, eine Inspektion der Spülungen und Wasserhähne im Toilettenwagen zu machen. Er hatte damals zwar selten mit Schaustellern zu tun, aber er fand von Anfang an, dass Ruth nicht zu diesem vornehmlich praktischen, offenen, flexiblen und eher robustderben Menschenschlag passte, den es brauchte, um an vielen Orten in Kontakt mit Leuten zu sein und gleichzeitig großen Materialwert zu verwalten, mit dem Besucher ihren Spaß haben sollten. Sicherheit und verantwortungsvolle Wartung von Fahrgeschäften standen für diese

Familien an vorderster Stelle, doch alles sollte leicht und unkompliziert wirken. Leicht und unkompliziert wirkte Ruth jedenfalls nicht. Dafür tüchtig und präzise. Eine gutaussehende Frau war sie, aber ernst. Während Tom die Spülanlagen und zwei Wasserhähne überprüfte und Dichtungen austauschte, sowie 3 Rohre ersetzte, wienerte sie den Toilettenwagen, die Kloschüsseln und Wasserhähne. Sie stellte Duftkerzen auf, füllte die Handtuch- und Seifenspender und putzte die beiden Fensterchen und die zwei Wickelauflagen.

"Eure Putzfrau hat was drauf", sagte er "hier ist ja wirklich alles blitzblank!"

"Die Putzfrau bin ich und der Wagen hier ist mein Baby. Frau Deister war dagegen, dass wir ihn anschaffen, aber ich werde ihr beweisen, dass er unser Goldesel wird!" grinste die junge Frau und er sah, sie meinte es ernst.

"Gehören Sie zur Familie?" fragte Tom.

"Nein, aber ich fahre seit 12 Jahren mit und habe schon fast alles gemacht. Beim Boxauto hinter der Kasse, beim Schießstand, ohh, war das langweilig, beim Karussell die Kärtchen eingesammelt und Luftballons verkauft habe ich auch schon. Eine Schaustellerfirma muss ein Mischgeschäft haben. Es darf nicht alles teuer und personalintensiv sein." Als Tom sie erstaunt anblickte, lachte sie. "Na ja, hauptsächlich kümmere ich mich ums Büro. Mache die Buchhaltung, den Einkauf, die Löhne, kümmere mich um Kredite und Investitionen und jetzt auch um den Klowagen. Und an jedem zweiten Tag koche ich für die Truppe." Nun lachte sie wieder und wirkte gar nicht mehr ernst. "Die Lasagne müsste jetzt auch fertig sein.

Möchten Sie mitessen?" Tom nickte. "Gern, wenn es nichts ausmacht" und dann rief er im Betrieb an, dass die Reparatur auf der Mess ein wenig länger dauern würde. Sie gingen zu einem großen Wohnwagen, der auf einem Parkplatz in der Nähe stand. Auf dem gedeckten Tisch darin standen bereits sieben Teller nebst Besteck und Gläser. Ruth nahm zuerst eine große Schüssel, mischte den grünen Salat darin durch und stellte sie auf den Tisch. Dann holte sie eine riesige Auflaufform aus dem Backofen. Als sie Toms große Augen sah, lachte sie. "Das muss für 10 Leute reichen, denn so viele sind wir hier" und dann schöpfte sie Lasagne und Salat auf Toms Teller, schenkte ihm ein Bier ein und rief die Chefin und den Chef zum Essen. Als die beiden kamen, stand Ruth auf, verabschiedete sich von Tom und sagte "ich muss jetzt an die Arbeit und für die Chefin schauen, ob alles läuft. Heute Abend geht es ja los hier." Tom sah ihr nach, als sie aus dem Wohnwagen ging. "Da habt Ihr ja ein Goldstück!" sagte er zu den beiden Schaustellern, die sich Lasagne und Salat auf die Teller häuften. Herr Deister nickte. "Das kann man wohl sagen, wir wissen gar nicht, wie wir das verdient haben, gell Sonja? Plötzlich war sie da. Vor 10 Jahren etwa, in Offenburg, auf der Herbstmesse kam sie jeden Tag, schaute, redete mit uns und dann wollte sie mitfahren. Ein Mädchen, das mitfahren will, das hatten wir noch nie. Ja, Jungs kommen immer mal wieder und fragen. Waren auf der schiefen Bahn, im Knast oder wollten einfach weg. Unser John, der seit 20 Jahren mit uns fährt, war im Jugendknast, wusste nicht wohin. Im Gefängnis hat er Schlosser gelernt, ist unser bester Mann geworden. Am Anfang muss man hinterher sein. Ob das mit Eric klappt? Der ist neu, wir werden sehen. Aber ein Mädchen, das war etwas Ungewöhnliches. Sie wollte unbedingt mit. Und sie sagte, sie wolle das Büro machen. Sie habe das gelernt. Und auch sonst sei sie zu allem zu gebrauchen und sei tüchtig und fleißig. Dazu war sie so zierlich und sah so jung aus und wirkte wie 15. Erst dachten wir, sie wäre eine Streunerin und von zuhause abgehauen. Dann zeigte sie uns ihren Ausweis und sagte, ihre Eltern wüssten was sie vorhatte. Die kamen sogar vorbei und bestätigten, dass ihre Tochter mit uns reisen wollte, sie seien zwar nicht dafür, könnten sie aber nicht abhalten. Sie sei ein gutes Mädchen und wir sollten gut auf sie aufpassen. Nette Leute sind das, Ruths Eltern. Na ja, Sonja sagte dann, wir könnten es ja probieren. Du warst sowieso genervt von der Büroarbeit, nicht wahr, Sonja? Und dann kam Ruth mit Sack und Pack am nächsten Tag. Sie hat sich dann gleich über die Buchhaltung hergemacht und den großen Wohnwagen geputzt. Seitdem ist sie bei uns und wir sind froh, dass wir sie haben." Seine Frau nickte.

Tom verabschiedete sich und kündigte an, er werde im Lauf der nächsten Woche mit der Rechnung vorbeikommen. Bei diesem einen Mal blieb es nicht. Tom fuhr ab da Deisters quer durch Baden-Württemberg, Hessen und der Pfalz hinterher, um auf den Messen und Volksfesten Ruth wieder zu sehen. Auch mit den Deisters freundete er sich an. "Wenn Du sie uns bloß nicht abspenstig machst" sagte Sonja mehr als einmal, wenn er wieder auftauchte.

24 - Es soll nicht mehr so viel Zeit verstreichen

Ruth stürzte sich nach ihrem Tag im Krankenhaus gleich in die Arbeit: Badpläne, Kostenvoranschläge, Rechnungen. Frau Leitgeb hatte angerufen und mit ihr einen Termin für nächste Woche vereinbart. Es kam der Tag, es kam die Stunde, aber Ruth ging nicht hin. Sie entschuldigte sich nicht, sie machte keinen weiteren Termin aus. Sie wollte nicht sprechen, sie wollte nicht nachspüren, sie wollte nichts wissen. Es ging mehrere Monate so, wie es Ruth jahre-, ja fast jahrzehntelang gemacht hatte: Sie arbeitete, sie machte den Haushalt, sie sah fern, sie aß, sie trank. Sie unterhielt sich, sie hatte Sex, aber sie spürte nichts und oft war sie weit weg. Weg mit ihren Gedanken, ihren Gefühlen, ihrer Aufmerksamkeit, ihrer Wahrnehmung. Tom bemerkte natürlich, dass Ruth nicht zur Therapie ging. Er bemerkte auch, dass sie wieder oft in sich gekehrt war, antriebslos und ins Leere starrte. Wenn sie mit ihm schlief, war sie nicht bei der Sache und tat es mechanisch. Sie nahm ab, weil sie wenig aß und weil ihr nichts mehr schmeckte. Frau Leitgeb hatte ihr geschrieben, trotzdem nahm Ruth keinen Kontakt zu ihr auf. Tom wollte nicht, dass sie wieder so abglitt wie es in den letzten Jahren mehrmals passiert war. "Ruth, du kannst so nicht weitermachen! Ich möchte nicht, dass Du wieder so weit weg von mir, der Welt und Dir selber bist. Ich möchte nicht weiter mit der Hülle von Dir leben und Du bist ganz woanders. Seit Deiner OP geht es wieder so. Als Du zur Therapie gegangen bist, ging es Dir und uns viel besser", sagte er. "Was ist denn passiert, dass Du nicht mehr hingehen willst?"

"Ach, Tom," Ruths Stimme klang ganz verzagt. "Du hast ja recht. Ich sollte wieder gehen. Aber ich kann nicht. Ich habe solche Angst davor, dass mein Körper wieder verrückt spielt und dass ich über mich Dinge erfahre, die ich nicht verkraften kann und es mir dann noch schlechter geht und ich vielleicht richtig verrückt werde". Ruths Gesicht war starr, ihre Stimme rau!

"Du kannst so nicht weitermachen." Dann nahm er sie in den Arm und wiegte sie hin und her wie ein Kind. "Hast Du denn eine Idee, womit es zu tun haben könnte? Was Dir solche Angst macht?"

"Es muss etwas mit dem Kinderkriegen zu tun haben. Und damit, dass in unserer Familie mehrere Frauen beim Kinderkriegen ums Leben gekommen sind. Nicht nur in der Mahler Familie, sondern auch in der Liepelt-Familie in Breslau. Ich glaube, auf uns Frauen liegt ein Fluch." Ruth schluckte.

"Aber Ruth, rede doch keinen Unsinn! In Deiner Familie gibt es doch viele Kinder, die gesund auf die Welt gekommen sind und deren Mütter es gut überstanden haben." Und um abzulenken fuhr er fort "von Deiner Familie, die aus Breslau kommt, hast Du mir gar nicht so viel erzählt. In Freiburg waren wir doch einmal bei Deiner Großmutter, oder?"

"Ja, die Omama ist nach Freiburg zu meiner Tante gezogen, nachdem Helga dort studiert hatte, Ärztin geworden ist und ihre Kinder bekommen hat. Omama war ja

Lehrerin in Offenburg - Geschichte und Latein - gewesen. Nach ihrer Pensionierung hat sie die Koffer gepackt und hat uns zu einem Sonntagsessen in die "Sonne" eingeladen und hat uns mitgeteilt, dass sie von Mahl wegziehen und wieder in einer Stadt leben werde. Im Haus von Helga sei eine kleine Wohnung freigeworden und sie freue sich sehr, mitten in Freiburg neben dem Münster zu wohnen. Sie habe nun einmal kein Talent zur Dörflerin und die Gegend dort würde sie an die Nicolaistraße in Breslau erinnern, wo sie aufgewachsen sei. Wir sollten sie so oft wie möglich besuchen kommen, sie rechne fest damit und freue sich. Rosi und ich kämpften mit den Tränen, Papa drückte ihre Hand und sagte: "Danke Mutter, dass Du es so lange bei uns ausgehalten hast." Und Mama fiel ihr um den Hals, weinte und sagte: "Ilse, Du wirst uns so arg fehlen, wer wird uns denn in Zukunft so schöne Geschichten erzählen?" Aber Omama lächelte und sagte: "ich bin doch nicht aus der Welt". Am nächsten Tag packte sie ihre Koffer und ihre Bücherkisten in ihren beigefarbenen VW-Käfer, küsste uns alle und sagte: "nächstes Wochenende kommt Ihr und bringt meine restlichen Sachen." Dann fuhr sie los, laut hupend, dass alle Nachbarn ihre Köpfe aus den Fenstern streckten."

Tom sagte: "Ich wusste gar nicht, dass sie aus Breslau stammt."

Ruth seufzte: "Omama hat uns viel von sich, ihrer großen Familie und Breslau erzählt. Sie hat diese Stadt über alles geliebt. Und sie war immer ehrlich und selbstkritisch. Sie sagte, wer es hätte wissen wollen, hätte es schon eher begreifen können, dass es mit Deutschland unter den Nazis böse ausgehen würde. Aber sie alle, auch sie und ihre Familie hätten es nicht wahrhaben wollen, waren mit eigenen Sorgen beschäftigt gewesen und hatten Angst, sich der Nazi-Diktatur entgegen zu stellen. Und letztlich hätte sie genau das um ihre Heimat gebracht und habe Millionen von Menschen das Leben gekostet.

25 - Familie Liepelt - Breslau

Auch im Osten des Deutschen Reiches setzten sich die Nationalsozialisten durch. Bei der Reichstagswahl im März 1933 erhielt die NSDAP 52 Prozent der abgegebenen Stimmen. Während der Naziherrschaft wurde die dichtbesiedelte Stadt zum Sitz eines Parteigaus. Die Änderung der Stimmung in der Stadt war deutlich zu spüren. Ein Teil der Bevölkerung sprach davon, dass Deutschland wieder groß werden würde, andere begannen sich zu ducken oder verschwanden, wenn sie politisch opponierten. Hinter vorgehaltener Hand flüsterte man sich zu, was man über das Konzentrationslager in Breslau-Dürrgoy wusste, in dem vornehmlich politische Häftlinge waren. Gustav, der als Studienrat den Hitlergruß zeigen musste, versuchte in seinem Unterricht so wenig Veränderungen wie möglich zuzulassen. Ohne Erfolg. Lieder und Opern von jüdischen Komponisten durften nicht mehr gesungen und besprochen werden.

Gesine, die als Sängerin und Gesangslehrerin viele jüdische Schüler und Freundinnen hatte, erlebte wie sie entweder auswanderten oder ab 1938 abgeholt und in Lager gebracht wurden. Viele Alte starben auf dem Transport oder legten Hand an sich, um nicht verschleppt zu werden.

Spätestens im November 1938 war allen in der Familie Liepelt klar, dass sie sich anpassen mussten, wenn sie nicht in Schwierigkeiten kommen wollten.

Friedrich hatte in seiner Apotheke einen gesteigerten Zulauf nachdem zwei jüdische Kollegen abgeholt worden waren, schon vorher hatten sich viele Breslauer auf die Naziparole hin: "Kauft nicht bei Juden" umorientiert. Er war wohlhabend geworden. In Hundsfeld hatte er sich ein Haus gebaut und lange gewartet mit einer Heirat. Die lange Genesungszeit aus der Tuberkulose hatte sicherlich eine Rolle dabei gespielt. Er hatte aber auch keinen Hehl daraus gemacht, wie sehr ihm das Junggesellenleben zusagte. Versorgt von seiner treuen Haushälterin Käthe, die ihn verwöhnte und seine Sachen in Ordnung hielt, widmete er sich seinem Beruf, der Jagd, der Astronomie und war viel in der Natur. Die Geschwister und die betagten Eltern zogen ihn gern damit auf, dass er doch kein "Hagestolz" werden sollte. Doch sollten es der alte Apotheker und seine bis ins hohe Alter musizierende Frau noch erleben, wie Friedrich seine Trudi 1933 im Alter von 45 Jahren vor den Traualtar führte. Trudi war 10 Jahre jünger als er, eine warmherzige, gemütliche Frau, die das Leben auf dem Land ebenso liebte wie Friedrich, aber auch bei Familienfeiern und Anlässen in der Stadt eine gute Figur machte. Sie ließ ihrem Mann seine Steckenpferde und kümmerte sich um Haus und Garten, weit davon entfernt, Käthe als gutem Geist Konkurrenz zu machen. Vielmehr verbrachte sie ihre Zeit entweder draußen auf dem Rücken ihrer beiden Pferde, auf denen sie mit großer Freude Feld und Wald erkundete und dabei allen, denen sie begegnete, zuwinkte oder für diejenigen, die stehenblieben, stets ein paar nette Worte oder einen Plausch übrig hatte. Ansonsten war sie vor ihrer Staffelei zu finden, wo sie ihre Rösser, Tiere des Waldes oder ihren Fritz malte. Mit Kindern hatten die beiden nicht mehr gerechnet, nachdem sich auch nach sieben Jahren kein Nachwuchs eingestellt hatte, obwohl sich die beiden zärtlich zugetan waren und einander gern ihre Liebe zeigten. Als bei Trudi die Tage ausblieben, rechnete die inzwischen 42jährige nicht mehr damit, dass sie schwanger sein könnte, sondern schob es auf beginnendes "Verblühen", also auf die Wechseljahre. Aber Friedrich und vor allem Käthe sahen, wie ihre Gesichtszüge weicher und ihr Körper fülliger wurde. Die Schwangerschaft machte Trudi üppig und schön. Friedrich versuchte sie zu überzeugen, dass sie sich schonen sollte und hätte sie am liebsten den ganzen Tag auf der Ottomane im großen Salon gesehen. Getrude lachte über seinen Wunsch und verbrachte den Sommer im Garten, auf Spaziergängen, im Wald und solange sie sich noch auf eines ihrer Pferde wuchten konnte, auf Spazierritten durchs Feld. Fritz war zwar etwas besorgt über die späte Schwangerschaft, konnte aber nicht leugnen, welch ein Jungbrunnen sie für seine Frau war. So ließ er sie gewähren und genoss mit ihr den Sommer, der 1940 geprägt war vom militärischen Freudentaumel des Deutschen Reiches, das Anfang Juni seine Truppen in Frankreich einmarschieren ließ. Da England sich nicht mit ihm verbünden wollte, begann die deutsche Luftwaffe auf Hitlers Befehl hin, englische Städte zu bombardieren. Dies war weit weg, Polen als direkter Nachbar von Ostdeutschland war 1939 überrannt und eingenommen worden und die Stadt Breslau fühlte sich sicher.

Geburtstermin sollte im Oktober sein. Friedrichs Schwester Emma war Krankenschwester und sie bestand darauf, dass Trudi in der Klinik entbinden sollte, eine Hausgeburt wurde für die Spätgebärende als zu riskant erachtet. Doch auch unter ärztlicher Aufsicht, mit einer erfahrenen Hebamme und allem, was die königliche Universitätsklinik an medizinischem Fortschritt aufbot, konnte nicht verhindert werden, dass Trudes Kind sich die Nabelschnur mehrmals um das kleine Hälschen gewickelt hatte. Die Wehen waren stark, doch der Säugling kam nicht vorwärts, sondern wurde mit jeder Wehe, die ihn vorschieben wollte, mit der Nabelschnur wieder zurückgezogen, schließlich stranguliert. Auch ein Kaiserschnitt konnte das kleine, gut entwickelte Mädchen nicht mehr retten. So schlimm der Verlust des kaum geschenkten, schon gleich wieder genommenen Kindes war, so leidvoll war das starke Fieber nach der Geburt, das Getrud solchermaßen schwächte, dass sie sich nicht gegen den Keim, der sie während des Entbindungskampfes oder der Operation befallen hatte, zur Wehr setzen konnte.

Friedrich war nach Trudis Tod wie betäubt. Er beerdigte sie und das Kind im Familiengrab der Liepelts, neben seinen Eltern. Weiter zu leben in den bisherigen Abläufen, die ihn in allem an seine Frau erinnern würden, erschien ihm unvorstellbar. So verkaufte er seine Apotheke, gab das Geld seiner Schwester Gesine, die als Kriegswitwe und mit ihrem Beruf als Sängerin und Gesangslehrerin nur ein geringes Einkommen hatte und meldete sich trotz seines Alters freiwillig als Feldapotheker an die Front, wo er dringend gebraucht wurde. Drei Jahre lang sollte er im Krieg noch Dienst tun, bis er 1943, an der Ostfront, am Rande der Schlacht von Kursk einen Soldaten versorgte und dabei von einer Lungenembolie niedergestreckt wurde.

Je mehr mir Erinnerungen an die vielen Erzählungen und Geschehnisse in meiner Familie, sowohl in Mahl, als auch in der entfernten Familie in Breslau kommen, desto mehr sehne ich mich danach, wieder zu Frau Leitgeb gehen zu dürfen. Tom bekniet mich, es zu tun. Manchmal bettelt er, oft schreit er mich an. Er könne mich so nicht mehr sehen, es mache ihn kaputt, mir nicht helfen zu können. Dann geht er aus dem Haus, sagt, er halte es nicht mehr aus, ich solle etwas tun. Wieder in Therapie gehen oder in eine Klinik. Solle aus meinem Schneckenhaus heraus. Dann wieder flucht Tom, sagt, ich mache alles kaputt. Er hat recht. Ja, er hat mit allem recht. Ich sehe, wie verzweifelt er ist. Dass er es gut meint mit mir. Dass er mir gut will. Dass er leidet. Dass er weiß, er ist hilflos, machtlos.

Hilflos, so fühle ich mich auch. So hilflos, dass ich mich nicht mehr rühren kann. Ich liege starr im Bett, kann kaum etwas bewegen. Die Augen öffnen und schließen ist sehr anstrengend. Schlucken fällt schwer. Atmen ist Schwerarbeit. Sonst geht nichts. Arme, Beine, Kopf, Rumpf, Becken sind schwer wie Blei. Selbst wenn ich es ihnen befehlen würde, sie würden sich keinen Millimeter bewegen. Also lass ich es. Ich liege nur da, liege einfach da. Essen? Nein. Trinken? Nein. Aufstehen, mich waschen? Nein. Haare kämmen, Zähne putzen? Nein. Ich liege nur da. In mich eingesperrt. Nach außen mag ich erstarrt wirken. In mir drinnen ist alles hellwach, überreizt, empfindlich wie rohes Fleisch, bei dem die Nerven blank liegen. So viel geht mir durch den Kopf, endlose Salven und Stränge von Erzählungen, Stimmen, Geschichten. Zu jemandem von außen kann ich nicht sprechen. Eine Wand ist um mich herum. Fest wie Beton. So geht es tagelang, wochenlang. Ich habe kein Zeitgefühl mehr. Schließlich holt Tom den Hausarzt. Er spricht zu mir. Ich antworte nicht. Er sagt, wenn ich nichts esse, nichts trinke, muss ich in die Klinik. Ich will nicht in die Klinik. Natürlich nicht. Was soll ich da? Dann gibt er mir eine Spritze. Ich wehre mich nicht. Kann mich nicht wehren. Von der Spritze spüre ich nichts, aber bald löst sich etwas in mir, ich höre den Arzt sagen: "Das Medikament ist nur für den absoluten Notfall und einmalig. Wenn wir Glück haben, holt es sie raus. Dann muss sie aber in Behandlung", er blickt zu Tom, dann wieder zu mir. "Frau Beck, gehen Sie wieder zu Frau Leitgeb und vielleicht holen Sie sich ein Antidepressivum. Die Spritze heute ist eine Ausnahme." Ich kann schon wieder nicken. Dr. Kempf packt seine Tasche und geht. Bald kann ich aufstehen. Ich stinke. Ich schäme mich. Ekle mich geradezu vor mir selber. Dann gehe ich zum Bad. Noch wackelig. Tom stützt mich. Hilft mir Duschen, Haare waschen. Ich föhne mich im Sitzen. Tom hat Kaffee gemacht. Ich kann ihn wieder riechen, Kaffee! Tom hilft mir beim Anziehen, hat den kuscheligen Nicky-Hausanzug aus dem Schrank geholt. Zieht mir Socken an. Er reicht mir die Kaffeetasse. Der Kaffee schmeckt. Die Butterbrezel dazu auch. Das Atmen funktioniert wieder, das Schlucken auch. Ich kann wieder die Tasse in der rechten Hand halten. Die Füße können sich wieder bewegen. Ich kann wieder sprechen. Ich möchte wieder sprechen. Ich möchte wieder mit Frau Leitgeb sprechen. Ihr alles erzählen. Was mich umgetrieben hat in den letzten Monaten.

"Meinst Du, ich darf wieder zu ihr kommen?" frage ich Tom.

"Ruf sie an und frage sie", antwortet er und holt sein Mobiltelefon, gibt es mir.

"Und wenn sie in der Stunde ist?" Ich wage kaum, daran zu denken, dass ich sie nicht erreichen würde. Noch größere Angst habe ich davor, dass sie dran sein könnte. Ich ihr erklären müsste, warum ich mich solange nicht gemeldet habe. Warum ich ihr die kurzen, freundlichen Briefe nicht beantwortet habe, in denen sie mir angeboten hat, doch wieder zu kommen.

Tom sagt: "Dann sprech ihr aufs Band, sage, Du willst die Therapie weitermachen. Ob sie dich zurückrufen würde."

So mache ich es dann. Und Frau Leitgeb ruft zurück. Sagt, sie freue sich und gibt mir einen Termin. Dann muss ich mich ausruhen. Es geht mir schon besser, aber noch nicht gut. Tom bezieht mein Bett neu. Ich lege mich hinein und schlafe sofort. Doch bevor ich weg bin, habe ich Angst, ich könnte wieder in meinem Gefängnis sein, wenn ich aufwache. Welch ein Glück am nächsten Morgen: ich wache auf und fühle mich erfrischt und ausgeschlafen. Gleichzeitig bin ich wund. Überall. Und wie verkatert. Ich weiß, ich muss jetzt langsam machen. Eines nach dem anderen. Geduld haben. Wieder langsam

Kraft schöpfen. Die ich brauchen werde für die Arbeit, die auf mich zukommt.

Tom steckt seinen Kopf ins Schlafzimmer, lächelt mir zu. "Guten Morgen, Ruth. Kaffee?"

Es lächelt in mir. "Gern".

Dann bringt Tom den Kaffee und setzt sich zu mir aufs Bett, streicht mir über die Haare. "Du warst arg krank, Ruth. Geht es Dir besser?"

"Ja, Tom. Ich war arg krank. Aber es geht mir besser." Und dann nehme ich seine Hand.

Ruth war fast aufgeregter als beim ersten Mal, als sie vor 15 Monaten vor Frau Dr. Leitgebs Tür gestanden und geklingelt hatte. Als sie den Summer hörte, drückte sie gegen die schwere dunkelrote Holztür, ging mit schweren Schritten die Treppe hoch und fühlte sich schuldbeladen und ängstlich, so sehr schämte sie sich, dass sie sich in den letzten Monaten nicht bei ihrer Therapeutin gemeldet hatte. Obwohl sie es besser wusste, befürchtete sie doch, dass Frau Leitgeb sauer auf sie sein und ihr das lange Wegbleiben verübeln würde. Doch nichts davon trat ein. Sie wurde, wie gewohnt, mit einem freundlichen Lächeln herein gebeten und Frau Leitgeb sagte ihr, wie sehr sie sich freue, dass Ruth wieder zur Therapie gekommen war und wie es ihr gehe. Ruth erzählte ausführlich, wie sie erst versucht habe, einfach so weiter zu machen, als ob nichts gewesen sei, dann von einer schweren Depression niedergezwungen wurde und wie Tom um sie gekämpft und schließlich den Hausarzt geholt habe. Mehrmals brach ihre Stimme ab und sie begann zu weinen, als sie beschrieb, wie hilflos Tom gewesen war und wie verzweifelt. Und dass sie nichts habe machen können. Und wie sie Angst gehabt habe, dass Tom sie verlassen und dass seine Geduld irgendwann am Ende sein würde. Es fiel Ruth ebenfalls sehr schwer, Frau Leitgeb zu sagen, wie groß ihre Angst gewesen war, dass sie mit der Therapie nicht hätte weitermachen dürfen. Und schließlich konnte sie ihrer Therapeutin gestehen, welche Angst sie davor hatte, weiter zu machen. Davor, dass ihr Körper wieder extrem reagieren könnte, dass sie wieder eine schwere Depression bekommen würde, dass sie Dinge erfahren würde, die sie nicht verkraften könnte.

Frau Leitgeb hörte Ruth zu. Blickte sie freundlich dabei an. Nickte und lächelte immer wieder ganz sacht und leise. Mitfühlend. Verstehend. Wissend.
Aber es war nun einmal geschehen. Die Sturzblutung. Die Ärztin im Krankenhaus, die gesagt hatte, dass Ruth ein Kind bekommen habe. Dass Ruth es von sich gewiesen hatte. Dass es aber nicht mehr aus der Welt zu schaffen sein würde, sondern dass eine Auflösung und eine Klärung des Geschehenen erfolgen musste. Dass die Aufklärung notwendig, die Not wendend sein würde. Frau Dr. Leitgeb würde darauf bestehen, dass Ruth bearbeiten musste, was wirklich passiert war. In ihrer ruhigen, verständnisvollen, klugen Art. Sie würde dranbleiben. Wie ein Terrier würde sie der Spur nachgehen. Und Ruth würde nichts anderes übrig bleiben, als die alte Spur zu suchen, der sie dafür folgen musste. Auch wenn sie nicht wollte. Freiwillig, ohne Begleitung würde sie nicht dahin wollen. Aber auch wenn es die Not wendete, würde es schrecklich werden. Ruth machte sich darüber keine falsche Hoffnung. Es würde schrecklich werden. Bei diesen Gedanken begann sie zu zittern. Frau Leitgeb blickte sie fragend an. Ruth sagte: "Es wird schrecklich werden, nicht wahr?" Die Therapeutin sah sie ernst an. "Wir werden einen Schritt nach dem anderen machen. Und wis-

sen Sie, Frau Beck, so banal es klingen mag, aber manchmal ist ein Ende mit Schrecken besser, als ein Schrecken ohne Ende."

28 - Breslau und die Flucht

Als Ruth wieder bei Kräften war und der Alltag mit Haushalt, Arbeit im Büro und Betrieb, Therapie, ein wenig Sport und Unternehmungen am Wochenende wieder eingekehrt war, fragte Tom, ob Ruth nicht Lust habe, nach Freiburg zu ihrer Breslauer Oma zu fahren, damit er sie ein wenig besser kennenlernen konnte.

"Zu Omama? Das ist eine gute Idee. Ich habe sie auch lange nicht mehr gesehen. Sie ist so eine Liebe. Du wirst staunen, wie lebendig sie erzählen kann. Au ja, ich rufe sie gleich an!"

Ruths Augen bekamen einen warmen Glanz und ihre Wangen eine zarte Röte, als sie die Freiburger Nummer wählte, die Stimme am Telefon hörte und die Freude spürte, mit der die alte Dame ihre Enkelin gleich für den kommenden Sonntag einlud. Sie erklärte sich lachend damit einverstanden, dass Ruth einen Kuchen mitbringen würde.

"Du weißt ja mein Mutzl, dass Backen nicht meine große Stärke ist."

Mutzl war eines der wenigen schlesischen Wörter, die Omama gebraucht hatte, ansonsten sprach sie gestochenes Hochdeutsch. Im Gegensatz zu Ruths Vater hatte sie auch nicht den Hauch einer badischen Färbung angenommen. Die Zugfahrt im ICE, der mit über 200 Stundenkilometer durch den Oberrheingraben brauste, verging wie im Flug. Tom und Ruth gingen vom Bahnhof freudig durch Freiburgs Gassen, die gesäumt und unterbrochen von kleinen gemauerten Bachläufen sofort ein heimeliges Gefühl gaben. Die Stadt war gut besucht, viele Touristen bestaunten auf dem Münsterplatz die riesige gotische Kathedrale und freuten sich an den Lokalen, die rund um den Platz zur Einkehr einluden. Schon hatten die beiden das hohe Bürgerhaus erreicht, in dem Oma Liepelt und Helga, Ruths Tante mit ihrer Familie wohnten und wo Helga ihre Allgemeinmedizin-Praxis hatte. Neben der hohen, alten Eichenholztür mit den Schnitzereien war eine Vielzahl von Klingelschildern angeschraubt. Ruth klingelte beim untersten auf der rechten Seite. "Ilse Liepelt-Beck" stand darauf. Sogleich ertönte der Summer und die schwere Tür gab nach, als sich Tom dagegen lehnte und sie für Ruth offenhielt. Sie wurden schon an der Wohnungseingangstür erwartet. Mit ihren 88 Jahren stand die zierliche weißhaarige Frau aufrecht und sicher, dabei sichtlich aufgeregt vor Freude, ihr Enkelkind, die nur wenig größer und ähnlich drahtig war wie sie, endlich wieder einmal in ihre Arme zu schließen. "Mein liebes, liebes Mutzl! Welch eine wunderbare Überraschung. Schön, dass Ihr da seid!" Ihre braunen Augen blitzten, sie trug ihr silbernes Haar in einem modernen Schnitt, die dunkelblaue Hose war elegant, ebenso die elfenbeinfarbene Seidenbluse. Um den Hals hing eine Perlenkette mit einer goldenen Schließe, am linken Ringfinger funkelte ein goldener Ring mit einer aufgesetzten Perle. Sie zog die beiden in die Wohnung, ließ Tom Zeit, sich umzuschauen und Ruth Zeit, den Apfelkuchen, den sie gebacken hatte, in der Küche aufzuschneiden. Mittlerweile hatte Frau Liepelt den Kaffeetisch gedeckt, dann stellte sie sich neben Tom, der die Bilder und Graphiken an den Wänden betrachtete. Von einem Satz Lithographien, die Breslau darstellten, konnte sich sein Blick kaum trennen.

"Sie kommen aus Breslau, nicht wahr?" fragte er.

"Du!" korrigierte sie ihn, "ich bin auch für dich die Omama. Ja, ich komme aus dieser wunderbaren Stadt. Bin dort auf die Welt gekommen, in die Schule gegangen, habe dort studiert, meinen Mann kennengelernt, ihn geheiratet, meine Kinder bekommen, als Lehrerin gearbeitet. Inmitten von herrlicher Architektur, schönen Plätzen, vielen Wasserläufen und mit einem wunderbaren Umland."

"Hörst Du Tom, wie Omama gleich ins Schwärmen gerät, sobald sie von Breslau spricht? Hab ich Dir ja gesagt!" rief Ruth, während sie den Kuchen auf den Tisch stellte. Frau Liepelt hatte das weiße Sonntagsgeschirr "Rosental Maria Weiß", das Ruth seit ihrer Kindheit kannte und liebte, gedeckt. Die Tischdecke war altrosé, die Servietten hatten ein farblich passendes Blumenmuster. Der Wohnung war anzusehen, dass jedes Stück mit Bedacht gewählt war. Omama war zweifellos eine Dame mit einem guten Auge und viel Geschmack. Natürlich wollte sie wissen, wie es Ruth ging. Als sie hörte, dass sie eine schlechte Zeit gehabt hatte und wegen des Blutsturzes im Krankenhaus war, war sie sehr betroffen und zugleich froh, dass Ruth wieder genesen war. Von Tom wollte sie wissen, wie sein Betrieb laufe und wie ihr Alltag miteinander aussah. Sie hörte aufmerksam zu, war sehr interessiert und hatte eine Auffassungsgabe, die auf einen überaus wachen und jungen Geist schließen ließen. Dass der bereits 88 Jahre alt sein sollte, war kaum zu glauben. "Omama, aber jetzt erzähle bitte von Breslau und von Deiner und Papas Familie. Ich konnte Tom gar nicht mehr alles erzählen, was ich von Dir gehört habe. Wie Ihr nach dem Krieg ins Badische gekommen seid und wo noch Verwandte von uns wohnen," bat Ruth und legte ihre Hand auf den Arm ihrer Großmutter. Diese lächelte und sagte verschmitzt zu Tom: "Tom, mach dich jetzt auf etwas gefasst. Wenn ich anfange von Breslau und von meiner Familie zu erzählen, kann ich so schnell nicht mehr aufhören. Ich hoffe, Ihr habt genug Zeit mitgebracht!"

Tom nickte lächelnd und Ruth setzte sich entspannt auf die Eckbank, sie wusste ja, was nun kommen würde.

"Wisst Ihr", begann Inge Liepelt, die es sich nun ebenfalls bequem gemacht hatte, "wir haben in Breslau wirklich ein gutes, ja privilegiertes Leben gehabt. Die Stadt war wohlhabend, voller prächtiger Bauten, Kirchen, Plätze. Überall alte Kultur. Berühmte Schulen, meine geliebte Universität. Der Rathauskeller. Ich hatte eine behütete Kindheit in einer liebevollen Familie. Wir wohnten in einem großen Bürgerhaus in der Nicolaistraße, nahe der Universität, mitten in der Stadt. Aber in unserer Bel-Etage war es ruhig, wenn nicht gerade Omama da war und im großen Salon am Flügel in die Tasten schlug und sang. Oder meine Tante Gesine dabei war und noch lauter und höher sang. Oder wenn Onkel Gustav da war und einen Chor mit uns aufstellte und wir alle sangen. Von einfachen Kanons bis zu Chorälen, zu kleinen

Opern- und Operettenszenen. Unsere liebe Käthe, die für fast jeden Unsinn zu haben war, stopfte sich dann Watte in die Ohren, wenn sie Erfrischungen, Schokolade oder kleine Kuchen und Gebäck auftrug. Dann verschwand sie ganz schnell wieder mit rollenden Augen und leisem Stöhnen. Mein Vater, der meine Mutter gerne musizieren hörte, aber auf die "Hühnerhofkonzerte" hätte verzichten können, zog sich dann flugs mit Opapa und Onkel Fritz ins Herrenzimmer zurück, wo sie von Käthe ohne Watte in den Ohren mit Rotwein, dunkler Herrenschokolade, Schnittchen, Cognac und Zigarren bedient wurden. Die Herren berieten sich über die große Politik, den Krieg, die Wirtschaft und die Zusammensetzung von Schokoladen und Salben. Mein Vater hatte immer wieder Lieferengpässe für seine Neumannsche Schokoladenfabrik. Genauso die gleichen Schwierigkeiten hatten Fritz und Opapa in der Apotheke. Manchmal wurde ich von Onkel Gustav oder Tante Gesine aus dem Salon geschickt, wenn ich wieder einmal einen Ton nicht halten konnte. Hier geriet ich wirklich nach Opapa, der zwar gern, aber furchtbar falsch sang. Dann durfte ich bei den Männern mitsprechen, was ich sowieso interessanter fand. Bei uns in der Familie hatte jeder einen Beruf. Es war selbstverständlich, dass auch Mädchen auf die höhere Schule gingen, dann eine Ausbildung machten oder studierten. Omama, Elfriede, Gesine und Gustav hatten Musik studiert, Opapa und Friedrich waren Apotheker, Mama wurde Krankenschwester, Gesines Kinder studierten Medizin und ich wurde Lehrerin für Geschichte und Latein. Natürlich mussten wir auch zuhause mithelfen. In der Küche zum Beispiel, weil wir ja nicht davon ausgehen konnten, dass wir immer eine Hilfe im Haushalt haben würden - was sich ja bewahrheitet hat, denn von zwei Lehrergehältern konnten mein Robert und ich niemanden beschäftigen. Wir halfen aber auch in Opapas Apotheke mit, in Papas Fabrik und in Hundsdorf bei Katinka und Friedrich im Stall und auf dem Feld. Mama, die im Krankenhaus viel zu tun hatte, sagte oft zu mir: "Lerne soviel Du kannst, sei Dir für keine Arbeit zu fein. Wenn Du die gelernten Fertigkeiten brauchst, bist Du froh drum, wenn nicht, trägst Du nicht schwer daran!" Wie sollte sie doch recht behalten! Mit 23 Jahren war ich mit dem Studium fertig und bekam eine Stelle am Magdalenengymnasium. Und dort habe ich dann meinen Robert kennengelernt, der Schulleiter war. Es war Liebe auf den ersten Blick, kann ich euch sagen. Wir versuchten es geheim zu halten, aber man muss es uns angesehen haben, wie verliebt wir waren, denn bald wussten es alle. Der Unterricht hat mir großen Spaß gemacht, wenn auch ab der Machtergreifung die Geschichtslehrpläne voller Lügen waren, die von den Nazis verordnet wurden. Ich habe mich deshalb auf Latein verlegt, da musste man sich nicht verbiegen. Und dann kam 1936 das kleine Robertchen, Dein Papa, Ruth, zur Welt und 37 die kleine Helga, die über mir hier wohnt und nebenan ihre Praxis hat. Und weil ab 39 die Männer eingezogen wurden, habe ich trotz der kleinen Kinder noch stundenweise unterrichtet, obwohl das damals für eine deutsche Frau unüblich war. Aber immer mehr

Frauen mussten arbeiten, weil es ja immer weniger Männer gab. Sogar meinen Mann haben sie 1942, kurz nach der Geburt vom kleinen Hubert eingezogen. Die Schulleitung hat dann ein Kollege übernommen, der kriegsuntauglich von der Front nachhause kam, weil er wegen eines Splitters im Kopf epileptische Anfälle bekam. Na den konnte man als Direktor brauchen, sage ich Euch! Die Schulsekretärin hat ihn so gut es ging, aus dem Verkehr gezogen. Ich habe damals so gehofft, dass Robert freigestellt wird, aber er ist an die Ostfront geschickt worden. Er war immer ein Humanist gewesen und ein Optimist. Was er dort erlebt hat, ließ ihn fast verzweifeln. Er hat die Briefe sehr vorsichtig und verklausuliert geschrieben, aber mir war sofort klar, dass der Krieg noch dreckiger war, als wir ohnehin dachten. Im Rundfunk und in den Wochenschauen war ständig von der siegreichen Wehrmacht die Rede. Als Robert eingezogen wurde 1942, hat sich das Blatt aber schon gewendet gehabt. Moskau konnte natürlich nicht erobert werden. Schon Napoleon war am russischen Winter gescheitert. Genauso ging es diesem größenwahnsinnigen Österreicher. Das heißt, wie in jedem Krieg, waren es die einfachen Soldaten, die es ausbaden mussten. Robert hat so viele Kameraden sterben sehen, weil keine Winterkleidung mehr da war, der Materialnachschub nicht mehr funktionierte, die Russen unter unvorstellbaren Verlusten zurückschlugen und die Männer demoralisiert waren. Er hat während seiner Urlaube berichtet, wie unehrenhaft sich die SA und Teile der Wehrmacht verhalten haben. Wie sehr er sich immer wieder geschämt hat, Deutscher zu sein. Er hat geweint, als er erzählt hat, wie halbe Kinder in den Wäldern und Sümpfen herumgeirrt sind, wie Gefechte nur noch Tote und Verwundete hinterlassen haben. Und am liebsten wäre er nicht mehr zurück an die Front. Beim letzten Heimaturlaub konnte er wenigstens noch sein kleines Hubertchen sehen, das am 5. Dezember 43 auf die Welt gekommen ist. Ach Kinder, Ihr könnt Euch das nicht vorstellen. Robert war ein kluger Mann, stark, selbstbewusst. Er wusste, was ihn erwartete, als er nach Weihnachten 43 wieder zurück an die Ostfront fahren musste. Sich zu weigern, gar desertieren, sich verstecken? Das wäre unmöglich für ihn gewesen! So war er nicht. Wir waren dazu erzogen, unsere Pflicht zu tun. Und wir waren auch dazu erzogen worden, zu gehorchen. Ich glaube, das konnten die meisten Deutschen, unsere Familie eingeschlossen, am besten: Pflichten erfüllen und gehorchen. Ach, wenn ich jetzt weiter reden würde, ohne Punkt und Komma, dann würde ich beim Kaiserreich und Preußenstaat landen. Das erspare ich Euch, denn sonst geht die Geschichtslehrerin in mir durch.

Auf jeden Fall, mein geliebter Robert hat gehorcht, ist zurück zum Rest der Truppe und ist am 20.8.44 in Weißrussland, in der Schlacht um Bobruisk in der Nähe von Minsk gefallen. Obwohl ich damit hätte rechnen müssen, war ich am Boden zerstört. Robert war die große Liebe meines Lebens gewesen - ein Ehemann, wie ich ihn mir immer gewünscht habe. Und die Vorstellung, dass er irgendwo im blutigen Morast von einer Granate oder einer Gewehrkugel zerfetzt worden war, machte mich fast wahnsinnig. Ich konnte ihn nicht begraben, blieb zurück

mit drei Kindern, die ihren Vater gebraucht hätten."
Hier brach Frau Liepelts Stimme.

Tom senkte den Blick, Ruth begann zu weinen und nahm die Omama in die Arme. Diese strich der Enkelin sanft über die Wangen und wischte ihr mit ihrem blütenweißen, gebügelten Taschentuch die Tränen ab.

"Ach Mutzl, weine doch nicht! Wisst Ihr, das geschah damals so vielen Familien. Und später war ich froh, dass Robert an der Front und nicht in russischer Gefangenschaft gestorben war. Was mussten die Männer, ganz anständige, normale Männer, deren Vergehen es war, deutsche Soldaten gewesen zu sein, in den Lagern erlebt haben, bevor sie an Schwäche, Kälte, an Krankheiten und Hoffnungslosigkeit gestorben sind. In einem ausgelaugten Land, das die eigenen Menschen nicht versorgen konnte und vom dortigen Schlächter weiter gepeinigt wurde, war doch nichts da, womit man die Kriegsgefangenen hätte versorgen können. Abgesehen davon hat das Deutsche Reich die russischen Kriegsgefangenen gezielt verhungern und sterben lassen. Die Deutschen hatten damals jedes Recht auf gute Behandlung verwirkt. Bis 1955 sah ich dann, wie die deutschen Soldaten aus russischer Kriegsgefangenschaft zurückkehrten. Es waren nicht mehr die Männer, die für ihr Vaterland in den Krieg gezogen waren. Es waren Wracks, Hüllen, krank und zerstört an Leib und Seele. Gesines Sohn war von den Amerikanern gefangen genommen worden und nach Kriegsende in Frankreich auf einem Bauernhof gewesen. Er hat dort bis 1947 schwer arbeiten müssen, ist aber gut behandelt worden. Mit der Familie hat er bis heute Kontakt.

Natürlich wusste ich das alles nicht, als ich 1944 die Nachricht bekam, dass Robert gefallen war, da war ich nur verzweifelt. Aber heute weiß ich es und hatte 30 Jahre lang das Glück, an der Aufarbeitung der Kriegsverbrechen im Zweiten Weltkrieg teilzuhaben und sie meinen Schülerinnen zu vermitteln." Nun schwieg die alte Dame.

"Omama, wie kam es denn, dass Du aus Breslau geflohen und in Mahl gelandet bist?" fragte Ruth leise in die Stille hinein.

Frau Liepelt fuhr fort, ihr Blick ging nach innen, doch ihre Stimme war klar und fest.

"Als Robert 1944 in Weißrussland fiel, war die Ostfront schon aufgerieben und die Sowjetarmee rückte unaufhaltsam Richtung Deutschland vor. Sie jagten versprengte Truppenreste und deutsche Flüchtlinge aus Ost- und Westpreußen und Schlesien vor sich her.

Breslau sollte als Festung gegen die Sowjetarmee gehalten werden. Um die Moral der Bevölkerung zu erzwingen, war es den Breslauern verboten, die Stadt zu verlassen. Anfang 1945 wurde begonnen, die Stadt für den Häuserkampf vorzubereiten. Schließlich wurden ganze Häuserzeilen und die Eckhäuser gesprengt um eine Verteidigungsschlacht gegen die ankommenden Sowjets zu führen. Alle Männer der Stadt, auch Alte, Kranke, Heimurlauber, bis zu 15jährige Jungen wurden angewiesen, den russischen Feind "zurückzuschlagen." Man stelle sich das vor!" Hier verzerrte sich das Gesicht der alten Frau. "Und dieser wahnsinnige Gauleiter Hanke, der dafür verantwortlich war, desertierte letztendlich.

Am 20. Januar 1945 rief er dazu auf, die Stadt zu räumen. Breslau war völlig unvorbereitet, voller Flüchtlinge, die hier Zuflucht gesucht hatten. Die Züge waren überfüllt, auf den Bahnhöfen herrschte Chaos. Die Menschen kamen nicht weg. Hanke ordnete daher den Fußmarsch von Alten, Frauen und Kindern an, die mit Leiterwagen und Handkarren Richtung Südwesten geschickt wurden. Es war ein eiskalter Winter und Tausende von alten Leuten und Kindern kamen beim panikartigen Aufbruch in Eis und Schnee um. Meine Eltern weigerten sich, zu gehen. Sie wurden von Katinka nach Hundsdorf geholt und richteten sich in Friedrichs Haus ein. Mein kleines Hubertchen war seit Neujahr so arg krank, dass er eine Lungenentzündung bekommen hatte und wir nicht wussten, ob er überleben würde. Auch deshalb wollten sie nicht fort. "Lass uns den Jungen hier. Er wird die Flucht nicht überleben. Willst Du ihn dann irgendwo ablegen und weiterlaufen? Lass das kranke Kind hier. Vielleicht können wir ihn wieder aufpäppeln, ansonsten findet er hier bei uns seinen Frieden. Sei vernünftig, Ilse! Es wird schwer genug für Dich werden, Dich mit den beiden Großen durchzuschlagen."

Ihr könnt Euch nicht vorstellen, was es für mich bedeutet hat, ohne mein Kleinstes aufzubrechen. Es hat mir das Herz zerrissen. Aber es war wirklich so, wie Mama gesagt hatte. Viele tote Kinder mussten in diesen Tagen einfach in den Schnee abgelegt werden, ohne Grab, ohne Gebet, ohne Beerdigung. Mama hat mir später erzählt, dass mein Hubertchen am nächsten Tag friedlich mit einem

Lächeln im Gesicht in Papas Armen für immer eingeschlafen ist. Bis heute tröstet mich das und ich bin froh,
dass ich mich von ihr habe überzeugen lassen. Gesine
war es gelungen, für sich und meine hochschwangere Kusine Vera, sowie für mich, Helga, die 8 Jahre alt und Robert, der 9 Jahre alt war, Zugbillets nach Bayreuth zu
kaufen. In Bayreuth wohnte ihre beste Freundin, die mit
ihr an der Musikhochschule studiert hatte und auf dem
Grünen Hügel jedes Jahr ein Engagement bekam. Veras
Kind sollte im Februar auf die Welt kommen und Gesine,
Vera und das Kleine würden bei der Freundin unterkom-
men. Für uns Drei sollte sich dort auch etwas finden lassen.

Mama hatte mir geholfen einen großen Rucksack mit
Medikamenten, Lebensmitteln, Ersatzschuhen und Decken zu packen. Die Kinder bekamen auch Kleider und
Schuhe, aber vor allem Schokoladen und Spielsachen in
ihren kleinen Rucksack. Wir zogen so viele Klamotten
übereinander an, wie es möglich war. Schließlich holte
Mama einen Wintermantel aus dem Schrank. Zuerst
wollte ich ihn nicht, weil er so schwer war. Aber das hatte
seinen Grund: Mama und Käthchen hatten mir fast alles,
an Schmuck und Goldstückchen eingenäht, was Mama
glaubte, entbehren zu können. Ich fiel ihr um den Hals,
küsste sie, Papa, Käthe und Hubertchen noch einmal und
dann brachen wir zum Bahnhof auf.

Ihr könnt euch nicht vorstellen, was für ein Tumult dort
herrschte. Wir hielten die Kinder ganz fest an der Hand,
dass wir nicht auseinandergerissen wurden. Tausende

verzweifelte Menschen versuchten in die Züge zu kommen. Es wurde gedrückt, geschlagen und geschrien. Direkt vor uns verlor eine Frau ihren Säugling in dem Geschiebe. Er fiel zu Boden und wurde zu Tode getrampelt. Nie wieder habe ich eine Frau so schreien hören. Sie muss in dem Moment wahnsinnig geworden sein! Wie froh war ich, dass mein Hubertchen bei Mama und Papa in Sicherheit war. Wir quetschten uns in ein Abteil, nahmen die Kinder auf den Schoß, dass noch 3 weitere Frauen mit ihren Kindern Platz bekamen. Es war schrecklich, aber besser als zu Fuß in der Kälte loslaufen zu müssen. Von Breslau brauchte der Zug normalerweise gute zwei Stunden bis Görlitz. Wir brauchten über acht, weil die Heizer nur noch Braunkohle hatten, die viel schneller verbrannte als Steinkohle, die nicht mehr zu kriegen war. Und dann nochmal so lange nach Dresden. Vera hatte vor lauter Angst Wehen bekommen. Sie hatte Medizin studiert und wusste Bescheid. Sie konnte nicht mehr weiterfahren, sonst hätte sie ihr Kind im Abteil bekommen. Sie musste also in Dresden aussteigen und ins Krankenhaus, damit das Kleine als Frühgeburt auch nur eine kleine Überlebenschance haben würde. Gesine stieg natürlich mit ihr aus. Wir drückten uns zum Abschied. Wir Drei sollten weiterfahren, wie besprochen. Später habe ich erfahren, dass der kleine Junge so schwach war, dass er nur sieben Tage gelebt hat. Er konnte nicht beerdigt werden, die Erde auf dem Friedhof war zu fest gefroren. So wurde er in die Pathologie in einen Leichenschrank gelegt."

An der Stelle stoppte Frau Liepelt jäh und starrte auf Ruth, die leichenblass in Ohnmacht gefallen war und nun regungslos auf dem Boden lag.

29 - Tom berichtet, was er weiß

Auf der Heimfahrt nach Mannheim war Ruth immer noch bleich und wirkte wie weggetreten. Tom spürte Panik in sich aufsteigen. Es würde doch nicht wieder losgehen? Mit ihrer Starre, ihren Depressionen?

"Ruth, ich möchte Dich nicht unter Druck setzen. Aber eine Zeit wie in den letzten Monaten, als Du so down warst, kann ich nicht mehr mitmachen. Ich werde Dich in eine Klinik bringen, wenn Du wieder so abdriftest, verstehst Du das?"

Ruth nickte. "Ja, Tom. Das verstehe ich. Du brauchst keine Angst zu haben, ich schmier nicht wieder ab. Ich glaube, da ist etwas, was mit Kinderkriegen zu tun hat, beziehungsweise damit, dass Kinderkriegen so gefährlich ist."

"Na ja", sagte Tom nachdenklich, "etwas Ähnliches hat Sonja Deister, Deine frühere Chefin bei den Schaustellern auch vermutet."

Ruth blickte erstaunt auf. "Ihr habt über mich gesprochen?"

"Ja klar, haben wir über Dich gesprochen," lächelte Tom. "Ich war so verknallt in Dich, dass ich gar nicht genug über Dich hören konnte. Sonja hat Dich sehr gern, das weißt Du. Aber sie hat nie verstanden, warum Du von zuhause weg bist und unbedingt mitfahren wolltest. Anfangs dachte sie, das wäre eine Laune von Dir und Du würdest nach ein paar Wochen, spätestens nach ein paar Monaten die Nase vollhaben und wieder abhauen. Nämlich, wenn Du merkst, wie hart das Schaustellerleben ist.

Dass man nie Feierabend hat und wenig verdient. Aber Du bist geblieben und hast gearbeitet, als ob es Dein Geschäft wäre. Und hast dabei den ganzen Schrift- und Rechenkram gemacht, der Sonja so schwer fiel, als ob es nichts wäre. Und um die Kinder hast Du Dich gekümmert, als ob Du ihre Tante wärst. Hast entdeckt, dass Timo eine Begabung für Mathe hat."

Hier lachte Ruth "stimmt, er hat schon mit 12 Excel-Tabellen angelegt und konnte interpolieren, da hätte es gar keine Rechenmaschine gebraucht. Und als wir einmal in Offenburg waren, habe ich ihn zur Klosterschule geschleppt, wo Omama unterrichtet hat und Frau Ehinger, eine junge Mathelehrerin dort, hat ihn getestet und festgestellt, dass er als 14Jähriger in der Lage war, Abiturstoff zu kapieren. Und in Mathe hatte er in seiner Schaustellerschule immer schlechte Noten. Weil ihm langweilig war, hat er nicht mitgemacht. Frau Ehinger hat ihn in ein Begabteninternat vermittelt und jetzt studiert er Mathematik mit einem Stipendium - toll, oder?" Ruths Augen strahlten und in ihr Gesicht war die Farbe zurückgekehrt.

"Und den beiden anderen hast Du Nachhilfe gegeben, weil Sonja und Axel keine Zeit hatten und beide haben gute Abschlüsse und eine Ausbildung gemacht. Sonja hat mir einmal dazu gesagt: "Weißt Du Tom, dafür wird Ruth immer ein Stein im Brett haben. Aber irgendwie ist sie mir auch unheimlich. Sie ist sich für keine Arbeit zu schade. Im Gegenteil, sie sucht sich die schmutzigsten, unangenehmsten und härtesten Sachen aus und an denen beißt sie sich fest, bis sie sie bewältigt hat. Schau die Sache mit dem Familienklowagen an. Nie hätte ich das gemacht. Anderer Leute Scheiße wegputzen, nie im Leben. Aber Ruth hat darauf bestanden, dass wir ihn anschaffen. Und tatsächlich verdienen wir an dem Ding so viel wie an dem Scooter. Und das nur, weil Ruth putzt und schafft wie eine Irre und den Wagen so nett dekoriert. Manchmal denke ich, dass sie für irgendwas büßt und irgendeine Schuld abarbeiten will, denn sie tut alles Mögliche für andere, nur für sich selber will sie nichts und sie gönnt sich auch nichts. Ach, vergiss es Tom," hat sie dann gesagt und war selber etwas erschrocken, "ich übertreibe."

"Das hat sie gesagt?" fragte Ruth, ungläubig.

"Ja, das hat sie gesagt, Ruth". Und dann fuhr Tom fort: "Sonja hat auch gesagt, dass mit Dir irgendetwas nicht stimmen würde. Und dass sie sich von Anfang an Sorgen um Dich gemacht habe: "Weißt Du, Tom, dass Jungs, die aus der Bahn geworfen sind, bei Schaustellern anheuern, weil sie keine Familie haben und es bei einer geregelten Arbeit nicht aushalten, ist der Klassiker. Dass sich ein Mädchen in einen Typen vom Rummel verknallt, die beiden zusammenkommen und das Mädel dabei bleibt und mitfährt, das gibt es auch ab und zu, aber selten. Meist sind die Frauen aus Schaustellerfamilien und kennen das Leben mit den Geschäften und wissen, was auf sie zukommt, wenn sie in eine andere Familie mit Fahrgeschäften oder Buden heiraten. Aber dass ein Mädchen mit einer abgeschlossenen kaufmännischen Ausbildung mitfahren will, das keine Ahnung vom Geschäft hat und aus einer guten, intakten Familie kommt, das ist total ungewöhnlich. Ich habe nie kapiert, warum Ruth das macht. Versteh mich nicht falsch, Tom, ich bin froh und dankbar, dass Ruth bei uns ist. Ich habe selber ja das meiste davon. Sie entlastet mich ungemein seit 11 Jahren. Aber sie hat etwas. Und ich glaube, es hat mit einem Mann zu tun, beziehungsweise damit, dass sie keine Beziehung zu Männern hat. Als sie am Anfang mit 18 Jahren zu uns kam, uns überredet hat, es mit ihr zu versuchen, war sie unsicher, schüchtern, geradezu scheu und ängstlich. Aufgeblüht ist sie bei der Arbeit und mit den Kindern. Sie war immer freundlich, aber distanziert. Die Jungs vom Rummel konnten nichts mit ihr anfangen. Von sich aus ging sie auf keinen zu. Trotzdem hat sie sich immer umgeschaut, als ob sie jemanden suchen würde. Aber er war wohl nicht dabei. Ich glaube, in der ganzen Zeit hatte sie nicht eine Liebschaft. Bald hat es sich unter den Schaustellern, die sich immer wieder treffen, herumgesprochen, wie tüchtig und hilfsbereit Ruth ist. Dafür wird sie respektiert und gemocht. Aber so richtig schlau wird keiner aus ihr. Manche machten kleine Witze wie zum Beispiel: Wahrscheinlich hat Ruth die Bank of England ausgeraubt und weil sie von Interpol gesucht wird, ist sie bei uns auf dem Rummel unter falschem Namen untergetaucht!"

An dieser Stelle musste Ruth laut lachen. "Ich hätte gar nicht gedacht, dass sich die Schausteller so viele Gedanken über mich gemacht haben. Ich habe halt meine Arbeit gemacht und durfte von Ort zu Ort reisen. Das fand ich interessant. Mehr fällt mir gar nicht dazu ein. Na ja, was die Sonja von den Kerls gesagt hat - ja, das stimmt. Es war aber auch wirklich keiner dabei, der mir gefallen hätte." Dabei blickte sie Tom schelmisch an "bis Du vorbei gekommen bist und meinen Klo-Wagen bewundert hast. Du hast einfach geschaut, zugehört und mich genommen, wie ich bin. Das hat mir gefallen und deshalb habe ich mich in Dich verliebt." An dieser Stelle gab sie Tom einen Kuss auf die Wange. "Aber hast Du nicht vorhin gesagt, Sonja habe Dir auch etwas zum Kinderkriegen erzählt, wo ich ihrer Ansicht nach Probleme haben soll?" Ruth war jetzt sehr interessiert, da sie langsam auch in die Richtung dachte. Es war ihr sehr arg gewesen, bei Omama umzukippen und die alte Frau so zu erschrecken.

"Na, Sonja hat, kurz bevor Du dann zu mir nach Mannheim gezogen bist, nach Deiner letzten Maimess, davon erzählt, wie empfindlich Du auf Themen reagiert hast, die mit Sex, Schwangerschaft und Geburt zu tun hatten. Einmal seist Du fast ausgerastet, als ein junger Helfer die Reni von der "Wilden Maus" geschwängert und dann sitzengelassen hat. Ein anderes Mal seist Du völlig von der Rolle gewesen, als eine Standnachbarin eine Fehlgeburt hatte. Dann habe es Dir zugesetzt, dass Astrid vom Festzelt eine Abtreibung hatte, weil ihr Typ sie dazu gezwungen hatte. Das Gleiche, als Sonjas Nichte zu früh auf die Welt kam. Und richtig schlimm sei es Dir ergangen, als Sarah die Zwillinge bekommen habe. "Weißt Du Tom, ich habe ja auch gehofft, dass alles gutgehen soll, es ging ja um meine Tochter und meine Enkelkinder. Aber Ruth war total außer sich, voller Angst, dass sie die Geburt nicht überleben würden. Die Mutter und beiden Babys. Das ist doch nicht normal, oder? Tom, wenn Du es ernst mit Ruth meinst und Ihr zusammenzieht, dann überzeuge sie, dass sie in Behandlung geht. Da steckt irgendetwas Böses dahinter, da braucht Ruth dringend Hilfe!" Nun war Ruth wieder blass geworden. Tom nahm sie in den Arm und fragte: "Wann hast Du Deinen nächsten Termin bei Frau Leitgeb?" "Morgen", antwortete Ruth. Da werde ich es ansprechen."

30 - Das Leben ist kein Zuckerschlecken

Als Ruth am nächsten Morgen in der Therapiestunde berichtete, wie sie bei ihrer Großmutter in Ohnmacht gefallen war, als diese vom frühen Tod des kleinen Kindes in Dresden während der Flucht aus Breslau erzählt hatte, hörte Frau Leitgeb aufmerksam zu.

"Seit wann reagieren Sie so stark auf Geburts- und Sexualitätsthemen?" fragte sie ganz direkt.

Ruth dachte nach. "Als Kind haben die Erwachsenen versucht, uns von Sexthemen fernzuhalten. Wenn bei Feiern der Alkohol wirkte, wurde der Ton zotig und es gab zweideutige Bemerkungen und Neckereien. Unter den Frauen wurden die Geburtsgeschichten, auch die, die schiefgelaufen waren, recht unverblümt erzählt. Dass Kinder dabei waren, störte die Mahler Frauen nicht. Nur Omama und Tante Helga stoppten die grausligen Berichte: "Was redet Ihr vor den Kindern, die kriegen ja Angst!" Und wenn die Mahler Frauen antworteten "die werden schon merken, dass das Frauenleben kein Zuckerschlecken ist", verdrehte Omama die Augen, schüttelte den Kopf und zog uns weg, "kommt Kinder, ich erzähle Euch eine Geschichte, die schöner ist als diese Schauermärchen hier!" Dann blieben die Mahler Frauen ruhig und wollten auch bei Omamas historischen Geschichten zuhören. Als Kind war ich natürlich überfordert, bekam Angst und träumte manchmal blöde Sachen. Rosi hat mich dann getröstet. Die heftigen körperlichen und gefühlsmäßigen Reaktionen hatte ich erst, nachdem ich von daheim fort war. Als Rosi ihre Kinder bekam,

Lucy und Ben, war ich 23 bzw. 25 Jahre alt. Vor Lucys Geburt war ich so krank vor Angst, dass das Baby sterben würde, dass ich zehn Tage nichts essen konnte und mich ständig erbrechen musste. Deshalb nannte mir Rosi für Ben den falschen Geburtstermin und informierte mich erst, als Ben gesund auf der Welt war. Ja, wenn ich es mir recht überlege, eigentlich sind alle Geburten, die ich selber mitgekriegt habe, gut ausgegangen." Damit blickte Ruth Frau Leitgeb fragend an.

"Wenn es nicht so wäre, hätte der liebe Gott oder die Evolution etwas grundlegend falsch gemacht, meinen Sie nicht auch, Frau Beck?" war die Antwort. Frau Leitgeb lächelte dabei. Und nahm der Situation die Schwere.

Für Ruth schwangen nun Sätze im Raum, fast gesungen, schwebend wie leichte Wolken, kaum zu sehen, aber umso deutlicher spürbar: "Es kommt und geht. Sterben und Geborenwerden geben sich die Hand. Das Leben geht immer weiter. Wir sind alle Teile eines großen Ganzen. Die Erde dreht sich weiter. Sorge Dich nicht, Lebe! Es wird gut. Alles wird gut. Du wirst sehen, alles wird irgendwie gut. Und es geht weiter, immer weiter." Ruth erkannte die Sätze als oft gehört und gelesen, ja banal und doch verfehlten sie ihre Wirkung nicht. Ruth sah Frau Leitgeb lächeln und sie fühlte nur Entspannung und Zuversicht.

Für den Rest der Stunde schwiegen die beiden Frauen.

31 - Es geht immer weiter

In Mahl war nach Hannes Tod eine Art Schockstarre bei
Karoline und Paul eingetreten. Beide begruben ihr jüngs-
tes Kind, ihren Sonnenschein, mit steinernen Mienen.
Der Pfarrer las trotz Anfeindungen eine Messe für das
junge Mädchen und hielt eine leidenschaftliche Predigt,
in der er auf die Geschichte von der Ehebrecherin im
Johannesevangelium Bezug nahm und mit dem Ruf an
seine Mahler Gemeinde endete: "Wer ohne Schuld ist,
der werfe den ersten Stein!" Er hatte sehr wohl bemerkt,
wie ein Raunen durch die Gemeinde gegangen war, wie
Häme und Gehässigkeit aus Mündern kamen, die seiner
Meinung nach besser den Mund gehalten hätten. Die
Hebamme hatte ihre Geschichte zweifellos so in Umlauf
gebracht, dass sie versuchte, einigermaßen glimpflich aus
der Sache herauszukommen, was ihr nicht gelang. Als
Engelmacherin verschrien, wurde sie nicht mehr zu Geburten gerufen. Der Pfarrer trauerte mit allen, die Hanne
kannten, um das freundliche, gescheite, lebensfrohe
Mädchen. Die eifersüchtigen Neider führten selbstge-
rechte Reden, ließen es sich aber nicht nehmen, zur Beerdigung zu kommen.
Karoline, Paul, Alma und Karl spürten nichts davon, so
sehr gingen sie auf im Schmerz um ihre Hanne. Nur
Taubheit, Starre und eine dicke unsichtbare Mauer zu
allem anderen ließ sie die ersten Monate überstehen.
Karl löste sich als erster, Elise und die Kinder brauchten
ihn. Alma, die noch nie gerne mit anderen Menschen außerhalb ihrer Familie zusammen war, zog sich noch mehr

zurück. Sie verbrachte wieder viel Zeit bei den Tieren im Stall, die arglos und dankbar ihre Gesellschaft mit unbedingter Liebe beantworteten. Stets zweifelnd, was ihr die Zweisamkeit mit einem Mann hätte geben können, hatte sie mit Hannes Tod begriffen, dass sich darin eine Gefahr und zumindest eine Bedrohung für sie verbarg, der sie sich auf keinen Fall aussetzen wollte. Denn sie war anders als die anderen Frauen, naiv und wehrlos, wie hätte sie sich denn ohne den Schutz ihrer Eltern in einem Leben außerhalb der Familie, womöglich noch inmitten fremder Leute, behaupten wollen?

Karolines Herz war gebrochen. Die Starre wich nicht mehr aus ihrem Gesicht, sie aß und trank nichts mehr. Paul versuchte sie dazu zu bewegen, wenigstens eine Tasse Milch zu trinken, vergebens!

"Ach Paul", sagte sie mit gebrochener, leiser Stimme, "der Herrgott hat uns verlassen. Er straft uns für das, was Deutschland tut. Das Beste, was wir hatten, unsere Jugend, wird in den Krieg geschickt, die Menschen, die abtransportiert werden, die fremden Arbeiter, die verhungern und Arbeiten machen müssen, ohne Lohn! Paul, das ist alles nicht richtig. Das haben uns unsere Eltern nicht gelehrt. Es ist gottlos. Dieses Land wird es büßen müssen." Karoline ging nicht mehr zur Kirche. Ein letztes Mal ging sie zum Pfarrer in die Beichte und erklärte ihm alles. Er sprach sie frei von allen ihren Sünden, ging mit ihr aus dem Beichtstuhl und umarmte sie zum Abschied. Außer ihnen war niemand in der Kirche.

"Ja, Karoline, es sind dunkle Zeiten. Der Herr prüft uns. Auch ich frage ihn jeden Tag, wohin soll das alles noch führen? Dieser Hochmut, diese Menschenverachtung! Aber er antwortet mir nicht. Seit Monaten antwortet er nicht mehr." Dann segnete er die Frau und ging schnell zurück in den Beichtstuhl, damit sie seine Tränen nicht sehen sollte.

Karoline konnte nicht weinen. Aber in ihrer Herzgegend wütete ein stechender Schmerz, der bis in ihren linken Arm griff und ihr den Atem nahm. Zuhause angekommen, sah sie Paul am Hoftor stehen. Er hatte auf sie gewartet.

"Ich war beim Pfarrer, beichten," sagte sie ihm, als er sie zart in den Arm nahm.

"Ach, Lina, was willst Du denn beichten?" Und er begann zu weinen, weil er spürte, wie das Leben aus seiner geliebten Frau wich. Sie setzte sich auf die Bank vor dem Haus, es war ein strahlender Junitag, an dem die Rosen blühten und dufteten, als ob sie Karoline zurufen wollten: "Bleib hier, geh nicht, es kommen wieder bessere Zeiten!"

Aber die schwach und trostlos gewordene Frau hörte sie nicht und sie konnte nur noch ihren Paul zu sich herunter ziehen und ihm sagen: "Lieber, lieber Paul, einen besseren Mann als Dich hätte ich in meinem Leben nicht haben können. Ich danke Dir für alles. Du musst jetzt stark sein. Alma braucht Dich. Lebe wohl, mein Lieber. Der Herrgott will mich zu sich holen".

Und dann hörte ihr Herz auf zu schlagen. Paul hielt sie noch lange im Arm. Die Starre in ihrem Gesicht löste sich und es war ihm, als ob sie beginnen würde, zu lächeln.

Alma kam von der Fabrik nachhause und sah die Eltern auf der Bank. Die Ruhe der beiden, die entspannten und gelösten Gesichtszüge der Mutter und die Tränen des Vaters, sagten ihr sogleich, was geschehen war. Sie setzte sich zu ihnen, umarmte die Mutter und weinte bitterlich. Als es dunkel wurde, trug Paul seine Frau ins Schlafzimmer, er wollte sie eine Nacht noch bei sich haben. Morgen würde er dem Harderschreiner Bescheid sagen. Alma saß die ganze Nacht bei ihrem Vater und wachte mit ihm. Sie hatte einen großen Strauß Rosen im Garten geschnitten und auf den Nachtisch neben die Mutter gestellt.

"Und was wird jetzt aus uns, Vater?" fragte sie, als sie sich wieder zu ihm setzte.

"Wir beide passen gut aufeinander auf. Und auf die Tiere und auf Fritz, wenn er aus dem Krieg kommt und auf Karl und die Kinder, das hab ich der Mutter fest versprochen." Und er drückte ihre Hand.

Fritz kam nicht wieder aus dem Krieg, der eine alles verschlingende tödliche Brunst aus seinem Feuerschlund um die ganze Erde gespien hatte. Karl konnte auf seinen Vater, wann immer er ihn brauchte, zählen. Seine Kinder hatten in ihm einen liebevollen Großvater, der sie immer wieder zu sich nahm, auch um sie von Elises strenger Fuchtel zu holen.

Alma und Paul hatten ein gutes Leben miteinander. Sie sorgten für Haus und Garten, die Felder und die Tiere. Sie teilten ihre Freude für die Natur und genossen die Jahreszeiten. Alma erzählte ihm, was sie beobachtete, wenn sie alleine im Feld oder im Wald war und was sie in

Brehms Tierlexikon dazu las. Er hörte interessiert zu und steuerte seine Gedanken, die er dazu hatte, den Unterhaltungen bei. Wenn er an den Bahnhöfen und den Gleisen seine Arbeit machte, ging ihm viel durch den Kopf. Er ließ die Gedanken kommen und gehen. Diejenigen, die ihm Trübnis bereiteten, besah er sich nur kurz. So versuchte er die Bilder von der Front im Osten, wie im Westen, wo die Söhne, Neffen und Brüder elendiglich dem unsinnigen Krieg zum Fraß vorgeworfen wurden, gleich wieder los zu werden. Er trauerte um Fritz, den die wahnwitzige Idee, Russland erobern zu wollen, in den Tod gerissen hatte. Aber er wunderte sich darüber nicht, es ging vielen Familien in Mahl ebenso wie den Ebers. Man konnte noch froh sein, zu erfahren, wo die Söhne gefallen waren, wenn sie schon in fremder Erde begraben werden mussten. Als er 1943 von Fritzs Tod bei Stalingrad erfuhr, war Lina schon über 3 Jahre tot und musste seinen Verlust nicht mehr miterleben. Stattdessen waren sie nun zu dritt beieinander, und zwar dort, wo es keine Angst, Trauer und Schmerzen mehr gab, dessen war sich Paul sicher. Er konnte noch nicht gehen, Alma, Karl und die Kinder brauchten ihn noch.

Als der Krieg aus war - am 8. Mai 1945 kapitulierte Nazi-Deutschland endgültig - war er 60 Jahre alt. Abgeschafft von der schweren Arbeit an den Gleisen, gebeugt vor Gram darüber, dass er seine Liebsten so früh verloren hatte und davon, dass nichts mehr blieb, was ihm an seinem Heimatland lieb und teuer gewesen war, starb Paul mit 65 Jahren.

Merkwürdig, dass ich mich so wenig an die Familie von Opa Karl erinnere. Wahrscheinlich liegt es daran, dass nur er und die Großtante aus dem Unterdorf noch lebten, als ich ein Kind und Jugendliche war. Und die Großtante war recht scheu, nahm selten an den Familienfesten teil und wenn, dann um zu essen - und dann ziemlich viel, so, als ob sie auf Vorrat essen wollte. Es wurde dann gelästert "jetzt braucht sie die nächsten Tage nicht mehr zu kochen". Aber die Großtante hörte das Gezischel nicht. Sie hatte es sich abgewöhnt, hinzuhören, wenn man hinter vorgehaltender Hand über sie sprach. So kam sie zu den Festen um zu essen und um ihren Bruder Karl, meinen Großvater, zu sehen, der üblicherweise sagte: "nun, Alma, wie geht es denn so?"

Und sie antwortete dann: "es muss Karl, es muss."

Und er: "du kommst doch zurecht, Schwester?"

Sie dann: "aber ja, ich weiß doch, wie alles geht."

Er darauf: "Du sagst aber, wenn Du etwas brauchst, gell?"

Alma: "das weißt Du doch, Bruder."

Karl: "ich komme bald mal wieder zu dir, ins Unterdorf."

Alma: "das würde mich freuen, Karl."

Und dann sahen sie sich an, nickten einander zu und Alma ging. Ich glaube, ich habe nie mit ihr gesprochen. Ich hätte auch nicht gewusst, worüber. Über ihre Hühner? Ihre Kuh? Ihr Schwein? Die Arbeit in der Steppdeckenfabrik, die sie hatte, nachdem die Zigarrenfabrik geschlossen hatte? Auch für mich war sie ein wunderliches altes Weiblein, das mit ihrem Haus, ihren Tieren und ihrer Arbeit ihr Auskommen hatte. Die ich manchmal bei Feiern sah, manchmal auf ihrem schwarzen, großen, schweren Damenfahrrad, das sie von ihrer Mutter geerbt hatte. Ich sah sie manchmal, wie sie damit durch Mahl fuhr und sich nach unten strecken musste bei jedem Tritt, weil sie für das Rad zu klein war. Oder das Rad für sie zu groß.

Opa Karl half ihr bei allem, wofür "man einen Mann brauchte", also bei schweren Arbeiten und Reparaturen. Die übrige Familie half ihr bei allem, wofür man viele Hände brauchte: Bäume und Reben schneiden, Gemüse und Kartoffeln setzen, bei der Ernte und bei der Weinlese. So gehörte sich das. Wenn sich jemand in Mahl aber nicht an die Regeln hielt, dann wurde ihm nicht geholfen. Opa Karl hätte gern dabei geholfen, als meine Mutter und mein Vater unser Haus gebaut haben. Aber weil meine Mutter einen Flüchtling geheiratet hatte, war Oma Elise so sauer, dass Opa Karl nicht helfen durfte. Weil man als Mahler Mädchen keinen Flüchtling und keinen Evangelischen heiratete. Papa war zwar ein Verwaltungsbeamter, aber handwerklich so geschickt und fleißig, dass er es auch ohne Opas Hilfe geschafft hat. Er war nämlich sehr beliebt, hatte viele Freunde im Dorf, denen er geholfen hatte und die halfen nun bei ihm alle mit. Und Mama half auch, samstags und abends nach der Arbeit. Und auch Omama half. Mit ihrem Lehrerinnengehalt, den Resten der Goldstücke, die ihre Mutter seinerzeit in den alten Mantel genäht hatte, mit dem Lastenausgleich, den Omama erhielt, weil sie in Breslau ihr Haus verloren hatte und mit ihrer Kriegswitwenrente, die sie bekam, weil Opa Robert gefallen war. Dafür zog sie bei uns in den zweiten Stock, bis Tante Helga sie in Freiburg brauchte. Aber das hatte ich Frau Leitgeb ja schon erzählt. Ob Papa böse auf seine Schwiegereltern war? Nein, war er nicht. "Die konnten nicht anders. Verbohrte Mahler. Und Karl hätte ja geholfen, wenn er gedurft hätte. Aber Oma Elise hatte halt die Hosen an. Und ich wusste, dass wir sie nicht brauchten, dass wir es auch ohne sie schaffen würden. Und so war es auch. Wir haben auf der Flucht so viel Böses erlebt und dann aber immer wieder Leute getroffen, die uns geholfen haben, dass uns die Nickligkeiten von Oma Elise und ein paar engstirnigen Mahlern nichts mehr anhaben konnten. Umso mehr freuten wir uns, wenn uns von Leuten geholfen wurde, von denen wir es nicht erwartet haben!"

So war der Papa. Er hat gut von Menschen gedacht, sie gut behandelt, bis heute ist er optimistisch, gutherzig und hilfsbereit. Ich glaube, das war es, was Mutter dazu gebracht hat, trotz Omas Widerstand, sich in ihn zu verlieben und ihn zu heiraten. Und mein Vater war klug. Und er hatte eine Meinung. Und er vertritt sie bis heute. Ich glaube, ihm hat die Vertreibung am meisten ausgemacht. Er ist bodenständig. Möchte wo sein, irgendwo dazugehören, eine Heimat haben. Omama und Helga haben ihre Freiheit, ihre Bildung, damit können sie überall leben. Papa wollte wieder Wurzeln schlagen und in einem Gefüge sein. Deshalb hat er meine Mutter geheiratet, glaube ich. Wie immer ihre Familie war, sie war alt eingesessen und in ihr würde er seinen Platz und seinen festen Stand in der Gemeinde bekommen. Und das ist ihm auch gelungen. Papa ist heute Amtsrat in Offenburg, Vorsitzender vom Sportverein, Mitglied in der Blaskapelle und im Tennisclub und Gemeinderat.

Im Übrigen haben sich Oma Elise und ihre Eltern wieder eingekriegt, als unser Haus fertig war und Mama und Papa geheiratet haben. Und vor allem, als alle Leute im Dorf gut geredet haben.

So hat es Papa immer wieder geschafft, Menschen zu überzeugen, schwierige Situationen zu entschärfen, in Konflikten zu vermitteln und Mutter zu besänftigen, wenn sie sich in ihrer Sturheit verstiegen hatte. So hat er nach Rosis Abitur den Kontakt gehalten und so lange auf Mutter eingeredet, bis sie wieder gut mit ihr war und ihren Freund akzeptiert hat.

Manchmal frage ich mich, ob es mich in der Zeit, nachdem Rosi ausgezogen ist, bis zu meinem Anfang im Schaustellergeschäft, überhaupt gegeben hat. Was war bei mir von sechzehn bis zwanzig? Wenn ich andere Mädchen in dem Alter sehe, dann lassen sie es krachen. Haben einen Freund. Machen Party. Fahren zum ersten Mal allein in Urlaub. Machen Interrail mit einem großen Rucksack. Aber ich? Was habe ich gemacht?

"Du warst brav" sagt die Mutter, wenn sich sie frage. "Du hast uns keine Sorgen und keinen Ärger gemacht."

Aber gerade das hätte ihr Sorgen machen sollen. Omama hat mich manchmal von der Seite angeschaut und dann zu mir gesagt: "Mein Mutzl, geht es Dir denn gut? Du bist so still und so ernst." Ja, ich war genau so: still und ernst. Und in Distanz zu der Welt. Ich glaube, ich war einsam, damals. Einsam unter all den Leuten um mich herum. In der Schule hatte ich einige Freundinnen, ja. Was man damals Freundinnen genannt hat. An der Bushaltestelle standen wir zusammen, im Bus saßen wir zusammen, in der Schule auch. Wir redeten über Oberflächliches, die Schule, das Fernsehprogramm, was zuhause so lief. Für wen wir schwärmten. Schwärmte ich für jemanden? Ich kann es mir nicht vorstellen. Wahrscheinlich habe ich so getan als ob. Um mitreden zu können. Wie es wirklich in mir aussah, tot, leer und dunkel und dass ich in den Jahren umhüllt war mit einer grauen Watte, durch die wenig Licht und wenig Lautes drang, habe ich ihnen sicher nicht erzählt. Ja, ich war einsam.

Nach dem Realschulabschluss der "mittleren Reife" ging ich ab und bewarb mich bei dem großen Kaufhaus neben der Schule zur Großhandelskauffrau. Ich wollte in die Buchhaltung. Mit Zahlen umgehen, das mochte ich. Sie waren verlässlich und zugleich hatten sie ein Eigenleben, wenn sie sich in Formeln und Rechenoperationen in Beziehung setzten und etwas Neues hervorbrachten. Und sie hatten eine Logik, die mich beruhigte. Morgens durfte ich mit Papa fahren, der Amtsleiter vom Bauamt, gerade ein paar Straßen, weiter war. Abends fuhr ich mit dem Bus nachhause. Im Sommer des ersten Lehrjahres war der Sportverein in Mahl, der SVM, 100 Jahre alt und feierte mit Turnieren und Tanzveranstaltungen in einem riesigen Festzelt und es gab einen kleinen Rummelplatz mit einem Kettenkarussell, einer Schießbude, einem Kinderkarussell, einem Wagen mit Süßigkeiten, Zuckerwatte und gebrannten Mandeln. Und es gab einen Autoscooter mit Boxautos. Der war der Hit für die Mahler Jugend. Auch ich stand sehnsüchtig davor, viel zu schüchtern und ängstlich, als dass ich es mir getraut hätte, eine Plastikmarke zu kaufen und mit einem der bunten kleinen Autos auf der Stahloberfläche zu fahren, begleitet von den neuesten Schlagern der Siebziger Jahre und einem Tröten, das das Kommando zum Ein- und Aussteigen gab. Als einer der jungen Helfer, die mit einem Finger am Steuer wahre Fahrkünste vollführten, auf mich zufuhr und mich einlud, zu ihm zu sitzen, konnte ich nur den Kopf schütteln, so überrascht und überfordert war ich. Dass ein Junge, und dieser war wohl schon über achtzehn, auf mich aufmerksam wurde, hatte ich noch nie erlebt und ich wollte es auch nicht. Aber er ließ nicht locker und versuchte mich auch bei der nächsten und übernächsten Runde zu überreden. Schließlich stieg ich zu ihm ins blauglitzernde Boxauto - stocksteif und vor Schreck starr, als er auch noch seinen linken Arm um mich legte. Ich kann nicht sagen, dass es mir sonderlich gefallen hätte, ständig im Kreis zu fahren, Fahrmanöver zu machen, um anderen auszuweichen oder rückwärts zu fahren. Aber es erfüllte mich nach und nach mit ein wenig Stolz, dass der blonde Kerl, der etwas Verwegenes hatte, muskulös an den schlanken Armen war und sein blondes Haar lang trug, mich, ausgerechnet mich ausgesucht hatte, um seine Runden zu drehen. Wenn es den Ausdruck schon Mitte der Siebziger Jahre gegeben hätte, hätte man ihn als "coolen Typen" bezeichnet. So war er nur "einer von den Boxautos", aber einer, der auffiel. Der die schmachtenden Blicke der Mädchen und die konkurrierend herausfordernden Blicke der jungen Männer auf sich zog. Und ich drehte, immer entspannter, mit diesem Rowdie, von dem der Nimbus des Verwegenen, Verruchten, des Welterfahrenen und doch Zärtlich-Verletzlichen ausging, immer wieder von Manövern unterbrochene Kreise. Er roch nach Leder, einem Rasierwasser, was ihm einen Hauch von männlicher Erwachsenheit gab, interessant herbem Schweiß und ganz leicht nach ungewaschenen Kleidern. Mit jeder Runde spürte ich den Neid der anderen Mädchen, die uns aus den Augenwinkeln oder direkt beobachteten, mehr. Und ich begann es zu genießen. Er spürte es und drückte mich immer wieder an sich. Es schauderte mich. Mit den Gefühlen, die er damit in mir, einer völlig unerfahrenen und naiven Sechzehnjährigen auslöste, konnte ich nichts, aber auch gar nichts anfangen. Nach der letzten Fahrt küsste er mich sogar auf den Mund. Die klebrige Feuchtigkeit seiner Lippen fand ich eklig, aber ich genoss es, dass zwei frühere Schulkameradinnen, die mich oft als dumm und verklemmt hingestellt hatten, dabei zusahen.

"Du kommst doch wieder?" fragte er.

Ich nickte.

Am nächsten Tag war ich wieder auf dem Rummel beim Sportfest. Es war Samstag und der Autoscooter und die übrigen Fahrgeschäfte liefen ab sechzehn Uhr. Ich hatte Angst, dass er mich nicht mehr beachten würde, dass er es bereute, sich mit mir so lange abgegeben zu haben und sich ein hübscheres, älteres Mädchen suchen würde. Aber er sah mich sofort, winkte mir und ich setzte mich wieder zu ihm. Dieses Mal drehten wir in einem rosa-glitzernden Boxauto die Runden. Natürlich musste Mark - so hieß mein Romeo - auch arbeiten und ich vertrieb mir die Zeit zwischendurch auf dem Platz. Zwischen halb sieben und halb acht war wenig los auf dem Rummel. Die Kinder waren schon weg, die Erwachsenen noch nicht da. Mark sagte mir, er habe eine Stunde freibekommen und wir könnten ein wenig spazieren gehen. Ich war selig, aber auch unsicher, weil es mir nicht richtig vorkam, mich mit einem fremden jungen Mann vom Festplatz zu entfernen. Hoffentlich würde mich niemand aus dem Dorf dabei sehen. Der Sportplatz lag am Ortsrand, der Weg aus dem Ort führte am Platz vorbei zu einigen Feldern und einem kleinen Wäldchen. Ich kannte die Gegend gut, als Kinder hatten wir dort oft gespielt, wenn die Eltern beim Fußballspiel zugeschaut hatten.

Trotzdem war mir nicht wohl. Mark hatte meine Hand gefasst, das war ungewohnt. Im Wäldchen legte er seine Lederjacke in einer lichten Stelle auf den Boden, setzte sich darauf und zog mich zu sich herunter. Ich war unsicher und wusste nicht wie mich verhalten, setzte ich mich neben ihn. Dann küsste er mich. So zart, so lieb, so süß war sein Kuss, dass ich hätte weinen mögen vor Glück. Dann küsste er fester, drängender, ließ mich einen Anflug von Leidenschaft spüren. Und ich ließ mich führen - unerfahren, unwissend, unsicher - weil ich vor ihm, der so zärtlich zu mir war, der mich mit einer Besonderheit behandelte, nicht verklemmt und zickig dastehen wollte.

Noch nie in meinem Leben hatte ich mich so wahrgenommen und wertvoll gefühlt. Seine Hände, die ein bisschen nach Motorenöl rochen, wanderten in aller Ruhe überall hin. Genauso taten es seine Lippen. Mir blieb nur, mich liebkosen zu lassen und ihm dabei zu helfen, sich und mich auszuziehen. Ich war völlig unvorbereitet. Zwar hatte ich in der "Bravo" die Fragen an und die Antworten von "Dr. Sommer" und die Fotogeschichten der jungen Paare gelesen, aber wie es sich anfühlen würde, davon hatte ich mir keine Vorstellung machen können. Ich hatte noch nie einen Freund gehabt, mit dem zusammen ich hätte lernen können, wie sich die verschiedenen Dinge, die junge Leute miteinander treiben konnten, ausgestalten lassen. So war ich völlig ahnungslos, was mein Körper und meine Empfindungen unter Marks verführerischen Händen und Lippen hervorbringen würden. Ich spürte nur Hitze zwischen meinen Beinen und solch starkes Drängen, dass mein Körper sich ohne jegliche Beteiligung meines Verstandes hingab, sich öffnete und ich tiefes Dunkelrot vor meinen Augen hatte. Dann geriet ich in mehreren Wellen in eine Verzückung, die erst emporstieg, dann wie feurige Lava über den Kraterrand eines pulsierenden Vulkans lief und langsam verebbte.

Es hatte gar nicht wehgetan. Die unerwartete Lust hatte den Schmerz in der Enge völlig überdeckt. Erst später sollte ich spüren, wie wund sich mein Unterleib anfühlte. Erst, als ich wieder alleine war.

Wir lagen noch eine Weile in der Abendsonne, die durch die Äste der Birken schien. Dann gingen wir zurück zum Rummel. Mark lächelte mir zu und half mir wieder in den Wagen. Er schien entspannt und nun weit weg von mir. Seine Hand lag wieder auf meiner Schulter. Dieses Mal leicht und unverbindlich. Ich war verwirrt, benommen und ratlos. Ich hatte überhaupt nicht kapiert, was gerade passiert war. Wie dieses Erlebnis in mein bisheriges Leben passen würde? Es würde vielleicht etwas sein, was wie unwirklich, wie nicht zu mir gehörig bleiben würde. Ich würde vielleicht sogar daran zweifeln, ob es wirklich geschehen war.

Am nächsten Tag konnte Mark nicht mehr mit mir im Autoscooter kreisen, am Montag auch nicht. Sein Chef hatte ihn ermahnt, besser zu arbeiten und hatte es ihm verboten. So sagte er es mir jedenfalls. Er fuhr nicht mit einer anderen, darüber war ich froh. Er hatte keine Zeit mehr für mich und am Dienstag fuhren die Schausteller weiter zur nächsten Kirmes. Mit ihnen Mark. Noch immer völlig durcheinander, begleiteten ihn meine Gedanken mit Sehnsucht und Bedauern.

Natürlich habe ich mich immer wieder gefragt, wie ich nach der Ausbildung und zwei Jahren Arbeit in der Kaufhausbuchhaltung darauf gekommen bin, bei Schaustellern zu arbeiten. Vielleicht war es das Erlebnis mit dem jungen Typen vom Boxauto. Meine Mutter jedenfalls behauptete es immer wieder. Sie sagte: "Dieser Kerl vom Rummel hat Dir total den Kopf verdreht, damals beim Sportfest. Seit Du mit dem was gehabt hast, hast Du Dich verändert. Und die fixe Idee, weg zu gehen und wie eine Zigeunerin mit fahrendem Volk zu reisen, kommt mit Sicherheit daher!"

Tja, in einem Dorf bleibt nichts verborgen. Irgendjemand muss uns gesehen und es brühwarm meiner Mutter erzählt haben. Vielleicht war etwas dran. Denn wo immer ich eine Mess oder eine Kirmes mit Autoscooter sah, ging ich über den Platz und hielt Ausschau nach Mark. Natürlich war mir klar, dass er sich nicht an mich erinnern würde und wahrscheinlich an jedem Ort eine Liebschaft hatte, trotzdem zog es mich hin. Tatsächlich habe ich ihn nie wiedergesehen. Aber ich habe begriffen, dass es junge Männer wie ihn auf jedem Rummelplatz gab und an jedem Ort Mädchen, die auf diese Art von Mann standen: scheinbar unabhängig, scheinbar erfahren, ein bisschen verrucht und in ihrer lässigen Männlichkeit auch ein wenig verloren und heimatlos.

33 - Wie durch ein Milchglasfenster

Frau Leitgeb hatte, wie immer sehr aufmerksam zugehört. "Wie ging es Ihnen denn, als der junge Mann mit
seinem Betrieb weitergezogen ist?"

Ruth legte ihre Stirn in Falten. "Wenn ich das nur wüsste.
Anfangs, glaube ich, erinnerte sich mein Körper noch an
ihn und ich hatte so ein Ziehen überall, was ich heute als
Sehnsucht deuten würde. Und dann wurde ich irgendwie
krank. Morgens war mir übel, ich konnte nichts essen. Ich
führte es darauf zurück, dass ich im Geschäft so viel zu
tun hatte und viel für die Berufsschule gelernt habe. Die
Mutter hat mir dann doppelte Vesperbrote mitgegeben.
Papa hat mich oft von der Seite angesehen und mich gefragt, ob es mir nicht gut gehen würde. Aber ich konnte
nichts dazu sagen. Nach ein paar Monaten waren die
Magenprobleme wieder weg und ich habe sogar mehr
gegessen als sonst. Ein wenig zugenommen habe ich auch
und sogar ein kleines Bäuchlein bekommen. Was für
mich sehr ungewöhnlich war. Denn ich war immer sehr
zierlich und sehr dünn, ich kam nach den "Schlesiern",
wie Oma Elise es ausdrückte. Aber in der Zeit wurde ich
runder. Aber da war auch Weihnachten, da haben wir
alle viel gegessen."

Frau Leitgeb sah Ruth zweifelnd und kritisch an. "Frau
Beck, ist Ihnen an sich denn damals noch etwas anderes
aufgefallen. Hatten Sie denn Ihre Tage in der Zeit?"

"Meine Tage?" Ruth schien erstaunt über diese Frage.

"Na, Ihre Periode! Ihre Monatsblutungen! Hatten Sie sie noch?" Die Stimme der Therapeutin war jetzt fest und klar.

Ruths Blick flackerte und sie begann an dieser Stelle zu hyperventilieren.

"Atmen Sie ruhig, Frau Beck, atmen Sie ruhig! Und nehmen Sie bitte dieses Riechfläschchen und sagen mir, wonach der Inhalt riecht. Atmen Sie und bleiben Sie hier. Wonach riecht es?" Die Stimme war ruhig, aber auch fest und fordernd. Frau Leitgeb würde nicht zulassen, dass Ruth wegrutschte.

Ruth atmete bewusst ein und aus. Langsam wurde sie ruhiger. Sie roch an dem Fläschchen und sagte: "Pfefferminzöl. Stark und beißend, es nimmt mir fast den Atem". Sie tat sich ein paar Tropfen auf den rechten Zeigefinger und tupfte sich damit auf die beiden Schläfen. Dann atmete sie schwer und tief durch. "Jetzt bin ich wieder da!"

Frau Leitgeb blickte forschend: "Zu wieviel Prozent sind Sie jetzt da? Von 0 Prozent bis 100 Prozent?"

Ruth Beck dachte prüfend nach. Ich glaube, so etwa zu 80 Prozent bin ich da.

"Dann riechen Sie bitte weiter an dem Fläschchen, sehen Sie sich um, orientieren Sie sich in der Realität und atmen Sie bitte gut durch." Sie hatte das Fenster des Behandlungszimmers geöffnet und es strömte kalte Luft herein.

"Wieviel Jahre ist es jetzt her, dass Sie den jungen Mann kennengelernt haben?"

Ruth zuckte mit den Schultern. "Ich weiß es nicht!"

Frau Leitgeb, freundlich: "Dann rechnen Sie bitte!"

Ruth rechnete: "Jetzt bin ich 36 Jahre alt. Damals war ich 16. Dann sind es bald 20 Jahre. Ja, im Juni werden es 20 Jahre".

Frau Leitgeb, nun ruhig und sachlich: "Zu wieviel Prozent sind Sie jetzt da, Frau Beck?"

Ruth seufzte ein wenig. "Hmmh, ich glaube, jetzt sind es 100 Prozent!"

Frau Dr. Leitgeb fuhr fort: "Frau Beck, was geschah dann, nach Weihnachten vor 20 Jahren? Haben Sie eine Erinnerung daran? Und versuchen Sie, hierzubleiben!"

Ruth dachte nach. "Es ist merkwürdig. Wenn ich versuche, mich an die Zeit zu erinnern, dann wird mir regelrecht schummrig, alles wird undeutlich, als ob ich durch eine Milchglasscheibe schaue. An Weihnachten habe ich gelernt, weil ich Zwischenprüfung hatte und ein gutes Zeugnis bekommen wollte. Im Februar war dann die Prüfung. Ich bestand sie mit einem Einser-Durchschnitt. Mutter war stolz wie Harry und schickte mich zu Oma Elise, um ihr das Zeugnis zu zeigen. Sie war nicht zuhause, sondern bei ihrer Schwester, der Tante Gundel im Oberdorf. Ich bin dahin geradelt, obwohl mir irgendwie komisch war. Nachdem ich das Zeugnis gezeigt und von Oma Elise und Tante Gundel jeweils 20 D-Mark bekommen hatte, wollte ich schnell wieder nachhause, weil ich so starke Bauchschmerzen hatte. Kaum draußen, begann es heftig zu regnen und ich rannte schnell zur Scheune, wo mein Fahrrad stand. Dort muss ich in Ohnmacht gefallen sein. Das hat mir Oma Elise später erzählt und ich muss eine starke Regelblutung gehabt haben, denn später auf dem Klo kam noch viel zum Teil klumpiges Zeug und ich hatte fürchterliche Bauchschmerzen. Danach konnte ich ein paar Tage nicht arbeiten und dann, als ich nicht mehr geblutet habe, war alles weit weg. Als ob ich neben mir stünde und alles, was ich tue, verlangsamt wäre. Ach ja, und seit jenem Nachmittag war meine rote Lieblingsweste weg. Wie vom Erdboden verschluckt. Mutter war sich sicher, dass ich sie angehabt hatte, als ich zu Oma Elise fuhr. Aber als ich an jenem Abend nachhause kam, war sie nicht mehr da."

Frau Leitgeb schüttelte nun den Kopf. "Frau Beck, hat Sie denn niemand zu einem Arzt oder zu einer Ärztin gebracht? Sie haben doch viel Blut verloren und zumindest bei den Frauen in Ihrer Familie hätten die Alarmglocken läuten müssen!"

Ruth blickte erstaunt, als verstehe sie immer noch nicht, warum ihre Therapeutin so aufgebracht war. "Nein. Oma Elise hat der Mama gesagt, ich hätte wohl eine starke Periode und es sei nichts Schlimmes. Als Mama trotzdem besorgt gewesen sei, habe die Oma sehr streng gesagt, man müsse junge Mädchen nicht unnötig durcheinanderbringen mit den Sachen untenherum. So etwas gäbe es halt und jede Frau sollte lernen, damit umzugehen. Danach bin ich, als es mir wieder besser ging, jeden Tag aufgestanden, habe mich im Bad fertig gemacht, bin neben Papa im Auto gesessen, habe irgendwas geantwortet, wenn er etwas zu mir gesagt hat. Bei der Arbeit habe ich funktioniert, abends war ich zuhause. An den Wochenenden auch. Manchmal schleppten mich Freundinnen mit ins Kino oder Omama nahm mich mit ins Theater oder in ein Konzert. Ich fuhr auch zu Rosi nach Freiburg und mit den Eltern nach Österreich in den Urlaub. Aber ich war nicht richtig dabei. Mit achtzehn war ich mit der Ausbildung fertig. Das Kaufhaus übernahm mich. Wenn ich es mir heute überlege, habe ich damals gar nicht gelebt. Ein kleines bisschen Leben habe ich noch gespürt, wenn ich über Rummelplätze gegangen bin. Über die Rummelplätze mit den Lichtern, der Musik, dem Klopfen und Klingeln beim "Schlag den Lukas", dem Tuten beim Autoscooter, dem Knallen bei der Schießbude, dem Dröhnen der Stimmen an der Geisterbahn, dem Lachen auf dem Kinderkarussell und dem Kettenkarussell, den Gerüchen von gebrannten Mandeln, von Zuckerwatte und Bratwürsten. Da war es für mich ein wenig lebendig. Und weil ich wusste, man zieht von Ort zu Ort, wenn man bei den Schaustellern arbeitet und ist dann unterwegs, ohne eigenes Zutun, habe ich mich bei Sonja und Axel beworben.

Ich ging völlig erschlagen aus dieser Therapiesitzung. Das erste Mal hatte ich Frau Leitgeb ungeduldig erlebt. Was hatte sie gesagt? Dass die Frauenärztin im Krankenhaus ja eine Schwangerschaft festgestellt hatte! Aber wie konnte es sein, dass ich nichts davon wusste? Als ich Tom von der Stunde erzählte, fragte er mich: "Wen könntest Du denn fragen? Hat Deine Omama denn zu der Zeit noch bei Euch in Mahl gewohnt?"

"Nein, da war sie schon einige Jahre bei Helga in Freiburg. Aber wir könnten sie wieder einmal besuchen und versuchen, die Aufregung vom letzten Mal wieder gut zu machen!"

Tom hatte die Stirn gerunzelt und gesagt: "aber wieder umkippen, gilt dann nicht, das weißt Du!"

Das war mir ja auch klar. Aber ich wollte Omama wieder sehen und ich wollte auch wissen, wie es ihrer Tante und ihrer Cousine auf der Flucht ergangen war. Ich habe die beiden nie kennengelernt. Komisch, wieviel mir in den letzten Wochen eingefallen war und wieviel ich plötzlich wissen wollte, was mich früher gar nicht interessiert hat.

Als ich Omama dann anrief und ihr unser Kommen für das nächste Wochenende ankündigte, lachte sie und sagte: "Aber ich sage es Dir, Mutzl, denke daran, ich bin inzwischen wirklich ein älteres Semester und nicht mehr so belastbar. In Ohnmacht fallen ist so altmodisch. Und gerade zu Dir passt das gar nicht." Eigentlich meinte sie damit, dass es in der heutigen Zeit zu keiner Frau mehr passte. "Ich sage Helga Bescheid, dass sie zu uns kommt, dann kann sie gegebenenfalls Erste Hilfe leisten." Wie sie das sagte! Ich hörte, wie sie schmunzelte. Und tatsächlich, als wir bei Omama ankamen, winkte uns schon Helga zu, die bei meiner Großmutter den Tisch gedeckt hatte. Sie drückte mich und Tom herzlich und grinste: "Na, Du Sensibelchen! Heute wird aber nicht umgefallen! Deine Oma ist fast gestorben vor Schreck!" Helga hatte den badisch-alemannischen Dialekt des Breisgaus, der bei ihr im charmanten Singsang freundlich und lebendig wirkte. Ich konnte mir gut vorstellen, wie sie auf diese Art leicht Kontakt zu den Freiburgern und Schwarzwäldern bekam, die sie in ihrer Praxis behandelte. Omama lobte die Linzertorte, die ich mitgebracht hatte, sehr und befand sie sogar besser als die meiner Mutter. Das wollte was heißen, denn eigentlich war sie die ungekrönte Meisterin des Linzertorten-Backens.

"So, Ruth, jetzt sag uns mal, was hat Dich von dem, was Ilse (sie nannte ihre Mutter beim Vornamen, so nahe waren sie sich) Dir erzählt hat, beim letzten Besuch denn aus den Latschen gehauen?" fragte Helga, kaum hatten wir die Kuchengabeln aus der Hand gelegt. Sie konnte sehr direkt sein und sehr zupackend. Omama schüttelte den Kopf. Aber die Frage stand im Raum. Ich sagte, ich wisse es nicht mehr so genau, aber Tom erinnerte sich und sagte: " Es war die Stelle, als Omama," er blickte zu ihr, sie nickte, "erzählte, dass ihre Cousine und ihre Tante in Dresden aussteigen mussten, weil die Cousine Wehen im Zug bekam, und dass das Kind eine Frühgeburt war und nicht überlebte." Ja, ich erinnerte mich wieder. Obwohl mir etwas schummrig wurde, ergänzte ich: "und das

Schlimmste war, dass das Baby nicht begraben werden konnte, weil der ganze Boden zugefroren war und in einen Schrank gelegt wurde." Ich versuchte mich zusammenzureißen und drehte die pieksige kleine Metallkugel, die ich von Frau Leitgeb bekommen hatte, in den Fingern, um mich durch die kleinen, aber fiesen Schmerzempfindungen davor zu bewahren, abzudriften.

"Ja, so wurde es später von einer Krankenschwester, die Kontakt zu den Eltern, noch vor der Vertreibung, aufnahm, erzählt. Sie hatte meine Cousine, nachdem das Kind gestorben war, getröstet und versorgt. Die Lage war indessen so gefährlich geworden, dass die beiden Frauen nicht weiterreisten, sondern beschlossen, in Dresden zu bleiben und in der Klinik zu helfen, die völlig überfüllt war von Flüchtlingen und verwundeten Soldaten. Vera war ja Ärztin. Wahrscheinlich hat ihr die Arbeit auch ein wenig über den Schmerz hinweggeholfen. Und dann war von 13. auf den 14. Februar 1945 der Luftangriff auf Dresden. Die Alliierten Verbände haben die Stadt in Schutt und Asche gelegt. Tante Gesine und Vera sind wahrscheinlich im Krankenhaus verbrannt, das von einer Bombe getroffen wurde. Zusammen mit Hunderten Verletzten und Verwundeten. Wir haben vergeblich bei der Freundin in Bayreuth auf die beiden gewartet. Als wir nichts von ihnen hörten und erfuhren, dass Dresden zerstört war, haben wir uns so etwas gedacht." Omama schwieg und saß ganz ruhig da.

Ebenso war Helga in sich versunken. Sie war bei der Flucht aus Breslau acht Jahre alt gewesen und konnte sich an vieles erinnern. "Wir hatten Glück," sagte Helga endlich". Gut, dass wir nicht mit ausgestiegen, sondern zu Theresia nach Bayreuth weitergefahren sind. Theresia war sehr lieb zu uns, das weiß ich noch. Sie hat uns frisch eingekleidet, uns Spielzeug gegeben und Bilderbücher. Die Sachen hatte eine jüdische Kollegin zurücklassen müssen, der sie geholfen hat, nach England mit ihren Kindern zu fliehen. Ich glaube, sie war eine ganz irre Nazi!"

"Das kannst Du wohl sagen", schaltete sich Omama ein. "So großzügig und hilfsbereit sie war, so verrückt war sie nach Hitler und seinem Tausendjährigen Reich. Ihre größte Sorge war, dass der Führer traurig sein würde, wenn die Deutschen versagten und die Soldaten den Krieg nicht gewinnen würden. Antisemitisch war sie gar nicht. Als Sängerin kannte sie viele jüdische Künstler, denen sie half, wie es möglich war. Aber sie war im Wahn, was Hitler anging. Auch als wir bei ihr wohnten und sie die vielen Flüchtlinge und halbtoten Soldaten sah, die die Landstraße unter ihrem Haus entlang zogen, konnte sie nicht glauben, dass Deutschland den Krieg verloren hatte. Wir durften selbstverständlich bei ihr bleiben, bekamen gut zu essen und Ihr", sie blickte zu Helga, "habt schön spielen können. Als am 8. Mai aber der Krieg vorbei war, weil die NSDAP-Spitze endlich kapitulierte und sie erfuhr, dass der Führer sich in Berlin das Leben genommen hatte, brach sie zusammen und redete nur noch wirres Zeug. Ich bekam es mit der Angst zu tun, denn ich wollte nicht von den amerikanischen Soldaten, die sofort begannen, nach Nazis zu suchen, in Theresias Haus angetroffen werden.

So packten wir unser Bündel auf einen kleinen Leiterwagen zum Ziehen, nahmen so viel Wurst, Käse, Speck, Fett und Brot mit, wie wir unterbrachten und ich hatte den Wintermantel an, mit den Goldstückchen von meiner Mutter drin. "Ihr wart so tapfer, Ihr zwei", nun blickte Omama wieder Helga an, die ganz feuchte Augen bekommen hatte. "Du und Robert habt den Wagen geschoben, ich habe ihn gezogen. Im wahrsten Sinne des Wortes über Stock und Stein. In Bayreuth hatte ich Kontakt mit einer Freundin aus Offenburg aufgenommen, die wusste, dass die Nonnen der Klosterschule dort, die nach Brasilien ins Exil gegangen waren, wiederkommen würden und für ihr Gymnasium Lehrer und Lehrerinnen brauchen würden. Ich sollte doch kommen.

Wir sind die kleinen Wege gelaufen, haben immer wieder andere Flüchtlinge getroffene, abgerissene Soldaten, die ihre Uniformen weggeworfen und sich von den Bauern auf dem Weg ein paar Kleider erbettelt hatten. Wenn mein geliebter Robert uns gesehen hätte, das Herz wäre ihm zersprungen. Wir haben immer wieder angehalten und geruht. Es war ja Mai und schon recht warm, da konnte man draußen schlafen, wenn wir keine Scheune zum Übernachten gefunden haben. Anfangs hatten wir Angst, aber im Laufe der drei Wochen hatten wir uns an die Nachtgeräusche im Wald oder auf dem Feld gewöhnt. Aber Not macht die Menschen nicht besser, das sage ich Euch. Manche Flüchtlinge versuchten andere zu bestehlen und manche waren so roh oder so verwirrt, dass man sich vor ihnen in Acht nehmen musste. Wir mussten also immer gut aufpassen und zusammenbleiben. Ihr habt das gespürt", an dieser Stelle fasste sie Helgas Hand und drückte sie zart, " dass Ihr folgen müsst und ruhig bleiben und nicht streiten dürft. Nur so ging es. Heute würde man sagen, wir Drei waren damals ein gutes Team. Wenn ich in eines der umliegenden Dörfer oder zu einem Bauern gehen musste, um etwas zu Essen oder ein wenig Milch zu besorgen, habt Ihr brav auf den Wagen und unsere Sachen aufgepasst und ich musste achtgeben, dass ich nicht übers Ohr gehauen wurde." Ich war entsetzt, als ich das hörte. Da hatten sich die Einheimischen doch tatsächlich an den Flüchtlingen bereichert! Omama lächelte. "Weißt Du, Ruth, harte Zeit, harte Herzen! Aber es gab auch gute Menschen, die uns geholfen haben. In Harthausen im Odenwald hat eine Bauersfrau dem Robertchen ein paar feste Winterschuhe geschenkt. Sie hatten ihrem Sohn gehört, der mit 16 Jahren ganz zum Schluss noch an die Ostfront geschickt worden war und dort gefallen ist. Die Schuhe waren Robert zu groß, aber wir haben Papier vorne rein gestopft. Bei ihr durften wir zwei Tage im Haus bleiben, weil es so arg geregnet hat. Sie hat uns viel Proviant mitgegeben und uns jemand besorgt, der uns mit dem Traktor, samt Leiterwagen zum Kloster Schöntal gebracht hat. Ab da ging es wieder zu Fuß weiter. Durch wundervolle Landschaften, die keiner von uns Flüchtlingen so richtig wahrnehmen konnte. Jeder von uns hatte jemanden aus der Familie im Krieg verloren. Ob wir die Heimat jemals wiedersehen würden, wussten wir nicht. Auch wie es unseren

Lieben erging, die zurückgeblieben waren, da konnten wir nur hoffen. Und keiner wusste, wie es mit einem selber und seinen Kindern weitergehen würde. Wir zogen durch Heilbronn, was völlig zerbombt war, durch Eppingen, Gondelsheim nach Karlsruhe. Dort ließ ich uns registrieren, denn dort fing die Besatzung durch die Franzosen an. Und Offenburg gehörte zu demselben Gebiet. Wir hatten Glück, dass wir so früh waren. Wenig später weigerten sich die Franzosen Flüchtlinge aufzunehmen. Ihnen wurden viel weniger Flüchtlinge zugeteilt als den anderen Gebieten. Und so kamen wir nach drei Wochen Fußmarsch in Baden an. Von Karlsruhe ging es dann mit unserem Leiterwagen und unseren zerlöcherten Schuhen das Rheintal entlang bis nach Offenburg. Wir waren so müde, als wir dort ankamen, dass wir auf unsere Decken gesunken und eingeschlafen sind. Am nächsten Morgen habe ich mich angemeldet und die Adresse einer Familie in Mahl bekommen, die uns aufnehmen sollte. Bei der Freundin haben wir uns gewaschen, die Haare geschnitten und uns einigermaßen ordentlich zurecht gemacht. Wir wollten nicht wie zerlumpte Bettler in Mahl, wo wir fürs Erste bleiben sollten, ankommen.

Als wir vor dem großen Fachwerk-Bauernhaus in der Hauptstraße 71, standen, mit den grünen Fensterläden, den Maiglöckchen, Tulpen und Primeln im Garten, da musste ich weinen. Das erste Mal weinte ich, seit wir von Breslau weggegangen waren, In dem Moment habe ich begriffen, dass wir zwar sehr viel verloren hatten, aber dass wir mit dem Leben davongekommen waren.

Die alte Frau, die aus dem Haus kam, nahm mich in die Arme, streichelte Euch die Köpfe und sagte: " Kommt rein, für Euch ist auch noch Platz und zu essen haben wir auch!" Und so hatten wir Glück, bei der Familie Balzer an- und untergekommen zu sein. Sie waren anständig zu uns und haben uns gut behandelt. Dass wir Flüchtlinge waren, ließen sie uns spüren. Jeden Tag. Ins Haus durften wir nur durch den Hintereingang, der von der Küche heraus zum Stall führte. Und geschenkt bekamen wir nichts. Wir haben hart für alles, was wir bekamen arbeiten müssen. Ich war froh, dass wir in Hundsdorf auf dem Hof bei Katinka geholfen haben, da wusste ich, wie es in der Landwirtschaft gemacht wird. Man durfte sich für nichts zu schade sein. Ich habe gemolken, die Kühe und Schweine gefüttert und den Stall ausgemistet. Die Feldarbeit war nicht so schwer wie bei uns in Schlesien. Die Felder und Äcker sind hier kleiner. Aber man musste bescheiden sein, grad als Flüchtlingsfrau, sonst wurde einem vorgeworfen, man spielte die "Feine Madame". Der Akzent lag auf dem ersten "A". Und wollte etwas Besseres sein. Und hier kannten die Dörfler kein Pardon. Dann lächelte Omama und sagte: "Ach Kinder, das ist so lange her. Und es ging ja auch bald bergauf. Schaut doch, wie gut es uns heute geht!"

Ich konnte es nicht glauben, dass Omama diese Geschichten so gelassen erzählen konnte.

"Aber bist Du denn nicht traurig oder wütend darüber, wie es gekommen ist, Omama? Es kann doch nicht sein, dass Du über alles, was Ihr erleiden musstet, so ruhig reden kannst!" Ich war richtig aufgebracht.

"Ach Mutzl, es ist jetzt 53 Jahre her, dass wir Breslau verlassen mussten. Uns ist auf der Flucht, im Gegensatz zu vielen anderen, nichts richtig Schlimmes passiert. Meine Eltern sind mit meinem Onkel Gustav, der bis 1949 Kantor und Organist in der Friedenskirche in Schweidnitz war, in Breslau geblieben. 1949 sind sie mit Gustav nach Köln, wo er eine Stelle als Kirchenmusiker bekam, ausgereist. Sie waren wieder in einer Großstadt, wurden entschädigt, waren gesund und ich konnte sie oft besuchen. Es war wie ein Wunder, dass sie alles so gut überstanden hatten. Wisst Ihr, manchmal geht es nur ums Überleben. Gerade dann, wenn so viel Tod und Elend und Hass um einen rum ist. Dann kommen Kräfte in einem auf, die nur auf das eine aus sind: überleben!"

Bei diesem Besuch konnte ich alles, was Omama, mein Vater und Tante Helga erlebt haben, gut anhören. Was war es denn, was mich letztes Mal so umgehauen hatte? Ich kam immer wieder zu der Stelle, als Omama erzählt hatte, wie das Baby von Vera nicht beerdigt werden konnte wegen des vereisten Bodens. Und wie es in einen Schrank in der Pathologie gelegt wurde. Irgendwas daran ließ mich erschauern. Das Kind! Der Schrank!

35 - Neue Heimat Mahl

So wurde die Flüchtlingsfamilie Liepelt-Beck wie drei weitere Familien, die allerdings aus Königsberg kamen, als Flüchtlinge in Mahl untergebracht. Da es nur so wenige waren, brauchte es kein Lager, um sie unterzubringen und später keine neue Siedlung, um den Familien zuerst ein Dach über dem Kopf, später eine feste Bleibe zu geben. Die vier Familien fädelten sich ins Dorfgeschehen ein. Obwohl aus städtischem Umfeld kommend, gebildet und die Kinder gut beschult, duckten sich die Neuankömmlinge, um gelitten zu werden. Es waren Frauen, Kinder und sechs Alte. Die Männer waren im Krieg gefallen oder in Gefangenschaft. Keiner sollte zu seiner Familie zurückkehren.

Ilse Liepelt-Beck vermisste die Musik, das Theater und das großstädtische Flair des geliebten Breslaus unsäglich. Sie ließ sich aber nichts anmerken. Nun standen andere Dinge im Vordergrund. Arbeiten und dafür Speck, Kartoffeln, Gemüse und hin und wieder ein Huhn oder ein Stück Fleisch bekommen. Für die Goldstückchen konnte sie, ohne dass es die Dörfler mitbekommen sollten, in Freiburg oder in Offenburg Dinge des täglichen Bedarfs besorgen. Ilse Beck war Qualität und Schönes gewöhnt, als Kind hatte sie in großbürgerlichem Luxus gelebt. Obwohl sie und die Kinder, genau betrachtet, bettelarm waren, achtete sie von Anfang an in Mahl darauf, dass sie gut gekleidet waren, ordentliche Schuhe hatten und sie besorgte, wann immer es möglich war, duftende Seifen und für sich Kölnisch Wasser. Parfum war unerschwinglich. Sie trieb Stoffe auf, die Mahler Nachbarinnen in care-Paketen geschickt bekamen und hatte die kleine Wohnung neben dem Dorfbach, die sie mieten konnte, bald gemütlich und geschmackvoll eingerichtet. Sie schlief mit den Kindern, die in einem Bett gut Platz hatten, dünn, wie sie waren, in der kleinen Schlafkammer. Das Wohnzimmer hatte einen Tisch mit 4 Stühlen und ein Kanapee aus dunkelgrünem Samtstoff, als Armlehnen zwei große Rollen, die auf der Vorderseite zwei dicke Quasten hatten. Darauf saß sie mit den Kindern und las abends vor. Irgendwie schafften es immer mehr Bücher in den Haushalt Beck - niemand wusste wie! Die Mahler waren erstaunt, wie schnell es die fleißigen Flüchtlinge "zu etwas brachten". Dass die Familien in ihren Heimatstädten Königsberg und Breslau einen durchaus gehobenen Lebensstil, mindestens ein gutes Auskommen mit eigenem Hof oder einem Handwerksbetrieb gehabt hatten, das interessierte niemanden in dem badischen Dorf, das glücklicherweise ohne größere Kriegsschäden und ohne Hunger die schweren Jahre überstanden hatte. Nach der Kapitulation hatte sich noch ein Trupp aus Alten, Kranken und 15Jährigen als "Volkssturm" in die nahe gelegenen Hügel verschanzt, um die Einnahme des Dorfes durch die französische Armee aufzuhalten! Welch ein verblendeter Unsinn zum Ende eines Krieges, der die Welt aus den Angeln gehoben hatte. Es war dem Bürgermeister von Mahl zu verdanken, dass es beim Einmarsch der französischen Soldaten keine Opfer gab. Er hatte, entgegen des Verbots, als Zeichen der Kapitulation weiße Leintücher aus den Fenstern hängen lassen.

Die Franzosen übernahmen Baden. Und die meisten Badener sahen zum ersten Mal Männer mit brauner und schwarzer Hautfarbe. Natürlich hatten die Frauen Angst. Junge Mädchen wurden versteckt. Aus gutem Grund. Man fürchtete die Rache des Feindes und dass sich die ausgehungerten Soldaten von der Bevölkerung nicht nur die Schinken, die Wurst und den Wein nehmen würden. Es durfte nicht ohne Erlaubnis geschlachtet werden. Die schlachtreifen Kühe und Schweine waren den Franzosen zu melden und zu übergeben. Von August Basler, Ruths Großvater im Oberdorf hörte man, dass er einen solchen Wutanfall bekommen habe, als zwei französische Soldaten eine seiner Kühe mitnehmen wollten, dass diese unverrichteter Dinge wieder abzogen. Es hätte ihn das Leben kosten können, er hatte Glück gehabt. Oma Elise erzählte Ruth, auch zu ihr seien Soldaten gekommen und hätten Schinken und Wurst holen wollen. Sie habe sie in den Keller geführt und ihnen einen Krug Wein nach dem anderen gegeben. Dann seien sie so betrunken gewesen, dass sie gerade noch die Kellertreppe wieder hochgekommen seien, an Wurst und Schinken habe keiner von den dreien mehr gedacht. Ob sie denn keine Angst gehabt habe, wurde sie von Ruth gefragt. Oma Elise hatte nur gelacht und beschrieben, wie die drei Männer ausgesehen hatten: Klein, sie seien ihr gerade bis zur Schulter gegangen und so schmächtig, dass sie fast wie Buben wirkten, obwohl alle Drei in den Vierziger gewesen sein mochten. Oma Elise war eine stattliche Frau. Und wehrhaft. Sie war Augusts Tochter.

Und Elise blieb Augusts Tochter. In der Zeit, als alles zusammenstürzte, gelang es ihr, vieles zusammenzuhalten. Sie war 30 als der Krieg zu Ende war. Ihre Schwestern waren 26, 24 und 21 Jahre alt. Alles kräftige Frauen, die arbeiten konnten. Und das taten sie. Die Felder wurden bestellt, das Vieh gefüttert. Bei den Baslers und den Ebers musste keiner hungern. Elise sorgte dafür, dass die drei Kinder und Karl zu essen und anzuziehen hatten. Woher sie die Sachen bekam, wusste keiner. Aber irgendwie schaffte sie es Dinge aufzutreiben, von denen keiner wusste, dass es sie noch gab: ein paar brauchbare Schuhe, einen Wintermantel, Wolle für einen Schal. Die Kinder waren noch klein: Selma war neun, Gerhard war sieben und Erich war fünf Jahre alt. Gisela kam 1950 dazu. Karl war als Heizer im Dienst unter dem Kommando der Französischen Besatzungsmacht, die in Offenburg stationiert war. Er hatte also Arbeit und das war gut. Er brachte Geld nachhause, Elise verwaltete es. Karl fragte nie, was sie damit machte. Warum auch? Er sah, wie seine kleine Familie es zu einem sorgenfreien Leben mit ein wenig Wohlstand brachte. Was wollte er mehr? Die Kinder waren gesund, die zwei Ältesten Selma und Gerhard hatten Elises Art, der jüngste Sohn Erich eher Karls Naturell entwickelt. Da Elise in Erich nicht ständig die eigene Aufsässigkeit widergespiegelt sah, sondern Karls Sanftmut und Großzügigkeit, wurde er ihr erklärter Liebling und eindeutig bevorzugt. Selma war eine sture und explosive Persönlichkeit, aber durch Elises ständige Krittelei selbstunsicher und in ihrer Moral eng geworden. Sie ordnete sich der Mutter unter und genoss es, mit dem sanften und gerechten Vater zusammen zu sein, der sie so sein ließ und mochte, wie sie war. Und es ihr zeigte. Gerhard hatte am meisten unter seiner Mutter zu leiden. Sein starker Wille ließ ihn schon früh gegen die Ungerechtigkeiten rebellieren. Er bekam viel Schläge von Elise und wurde von ihr zur Strafe in den Stall zur großen Sau gesperrt, vor der er sich zu Tode fürchtete. Er wusste meist nicht, was er der Mutter gegenüber falsch machte, aber er verstand bald, dass er ihr nichts, aber auch gar nichts recht machen konnte. Immer war sie mit ihm unzufrieden und sprach zu ihm und über ihn schlecht. Später würde er einmal sagen, das Schlimmste in seiner Kindheit sei gewesen, von der Mutter stets "vernixt" worden zu sein. Er meinte damit, er sei nichts wert gewesen. Karl konnte ihm nicht helfen. Gegen die starke und dominante Elise setzte er sich nur durch, wenn es eine Sache dringend gebot und erforderte. Da Gerhard aus seiner verletzten und gekränkten Seele heraus viel Wut entwickelte, Blödsinn machte und obwohl er gescheit war, die Mittelschule wieder verlassen musste, weil er nicht genügend lernte, blieb ihm nur übrig, einen Handwerksberuf - Maurer - zu lernen. Damit brachte er auch Karl gegen sich auf, der wusste, dass mehr in ihm steckte. Er brauchte eine Weile, bis ihm Karl verzieh. Sein gescheitester Sohn rührte Mörtel an, während die anderen beiden kaufmännische Berufe lernten und gute Stellen in sauberen Büros bekamen. Doch Gerhard blieb kein einfacher Maurer und wer ihn besser kannte, wusste, dass er herzensgut war. Niemand wurde enttäuscht, der ihn um Hilfe fragte. Aus seiner Verletztheit heraus, spürte er die Not bei anderen und hatte für sie ein gutes Wort. Als er die jüngste Tochter vom Schwab Edward, der Almas Meister in der Zigarrenfabrik war, heiratete, fand er endlich eine gefühlvolle Heimat. Gerlinde war temperamentvoll und selbstbewusst, dabei gerecht, gescheit, fleißig und fröhlich. Was am wichtigsten aber war, sie war liebevoll und sie konnte wunderbar kochen. Bei ihr fand er Halt und Anerkennung. Wie er es zuhause bei Karl und seinem Großvater Paul erfahren hatte, achtete und liebte er seine Frau, gab ihr sein volles Vertrauen in Familiendingen und im Haushalt. Er lebte gut mit ihr im selbstgebauten Haus mit den Schwiegereltern und den drei Töchtern. Auch bei seinem Hausbau durfte Karl nicht helfen. Auch Gerlinde war Elise nicht gut genug, wie hätte es auch anders sein können. Aber da war Gerhard dem Wunsch, es seiner Mutter recht zu machen, schon überdrüssig geworden. Er nahm sie, wie sie war. Und sie war seine Mutter und sie hatte für die Kinder, auch für ihn getan, was ihr möglich gewesen war! Basta! Dies war ein neues Wort, was von den ersten italienischen Gastarbeitern mitgebracht worden war und bedeutete, dass keine weitere Diskussion mehr zu führen war.

Trotzdem, nein eigentlich selbstverständlicher Weise blieb bei Gerhard eine Angst vor Kritik und Abwertung. Er wurde beruflich erfolgreich, leitete eine Baufirma mit 300 Arbeitern und konnte es nur schwer verkraften, wenn jemand unzufrieden mit ihm oder seiner Arbeitsleistung war. Streitigkeiten mochte er gar nicht. Wenn es zu Meinungsverschiedenheiten kam, gab er nach oder er winkte ab oder er wurde barsch. Wer ihn nicht gut kannte, mochte ihn als schwierig empfinden. Wer ihn kannte, wusste um sein weiches Herz unter der rauen Schale und seine Klugheit und seine Menschenfreundlichkeit.

Die jüngste Tochter, Gisela, hätte es, wäre es nach Elise gegangen, gar nicht geben sollen. Als sie 1950 noch einmal schwanger wurde, traf es sie wie ein Blitzschlag. Mit allem hatte sie gerechnet, nur nicht mit einem vierten Kind. Der Krieg war fünf Jahre vorbei, es fehlte an allem und da sollte sie nun mit 35 Jahren noch ein Kind bekommen? Sie versuchte alles Mögliche, was Frauen in jenen und in allen Zeiten versucht hatten, um keinen weiteren Esser auf die Welt bringen zu müssen. Wenn sie erschöpft waren von den Geburten, der vielen Arbeit, manchmal dem Eheüberdruss, immer aber vom täglichen Überlebenskampf, der sie auslaugte und Vierzigjährige schon zu alten Frauen machte.
Oder wenn die Frauen zu jung waren, zu arm, unverheiratet oder ohne Mann, der zu ihnen und dem Ungeborenen stand. Auch dann versuchten die Frauen alles mögliche, um das neue Leben, was in ihnen wachsen wollte, am Bleiben zu hindern.
Manchen wurde geholfen. Einige überlebten die Abtreibung nicht. Andere behielten Schäden oder Schuldgefühle, die weitere Schwangerschaften verhinderten.

Manche verletzten sich selber oder das Kind in ihnen. Manchmal gingen die Föten ab, manchmal blieben sie und kamen behindert oder beschädigt zur Welt. In fast jedem Fall hatten die Frauen Angst. Vor allem davor, geächtet, verurteilt, geschwächt zu werden.

Elise hatte es vergeblich mit allen möglichen Gerätschaften probiert, das kleine Wesen in ihr los zu werden. Vor dem letzten Schritt, zur Engelmacherin ins Nachbardorf zu gehen, scheute sie sich. Sie hatte so stark zum Herrgott gebetet. Hatte mit ihm verhandelt, er solle die kleine Seele doch wieder zu sich nehmen und sie nicht in Versuchung bringen, sie wegmachen zu lassen. Es läge doch in seiner Macht! Sie schlief kaum, war verzweifelt. Sie aß kaum etwas und musste sich erbrechen und war weder für Karl, noch für die Kinder ansprechbar. Woran Karl es gemerkt hatte, Elise wusste es nicht. Aber eines Abends nahm er sie an beiden Händen, zog sie neben sich aufs Sofa und fragte liebevoll: "Was ist mit Dir, meine Elli? Irgendetwas drückt Dich doch!"

Elise wusste nicht, wohin schauen. Karl in die Augen sehen, konnte sie nicht. "Ich weiß es nicht, Karl."

"Aber ich glaube, dass ich es weiß," erwiderte er.

Ungläubig blickte Elise ihn an.

"Ich glaube, dass Du schwanger bist, Elise. Und ich frage mich, wann Du es mir endlich sagen willst." Nun sah er ihr direkt in die Augen.

Elise begann zu schluchzen und stieß, kaum verständlich die Worte stoßweise heraus: "Ja, ich bin schwanger. Aber ich will das Kind nicht. Ich kann kein weiteres Kind gebrauchen. Ich schaffe es ja so kaum. Ich habe alles versucht, aber es geht nicht weg!"

Nun wurde Karl ernst und fest in der Stimme wie selten. "Und es soll auch nicht weggehen. Es soll bleiben! Wenn uns der liebe Gott noch ein Kind schickt, dann soll es kommen dürfen und es soll willkommen sein. Du wirst nichts mehr tun, dass es abgeht! Hast Du mich verstanden, Elise? Ich habe eine Schwester dadurch verloren und ich will auf keinen Fall meine Frau verlieren, hörst Du Elise?" Sein Gesicht war in dem Moment schmerzlich verzerrt. "Versprich es mir!"

Elise wand sich. "Und wenn es nicht recht ist oder wenn ihm etwas fehlt, wenn es auf die Welt kommt?" Ihre Stimme klang verzweifelt und ein wenig trotzig.

"Dann nehmen wir es, wie es ist, Elise!" Karl meinte es so, wie er es sagte.

Und es wurden für Elise schlimme Monate. Die Ablehnung, die sie am Anfang gespürt hatte, schlug um in tiefe Sorge um das Kind, das in ihr wuchs und große Schuldgefühle. Sie hatte es an der eigenen Schwester Franca erlebt, wie es war, hilfsbedürftig und abhängig, dabei von vielen abgelehnt zu sein. Auch sie selber hatte sie ja als unnütze Esserin behandelt und sie als minderwertig angeschaut. Dass nun die Gefahr bestand, dass durch ihre eigene Schuld ein solches Kind in ihre eigene Familie geboren werden würde, machte sie fast wahnsinnig. Nun betete sie darum, dass der Herrgott für ein gesundes Kind sorgen sollte. Und sie versprach ihm, wenn es so käme, würde sie eine Pilgerfahrt zum Dank machen. Bis zur Geburt war Elise aufgeregt. Die Hebamme vermochte sie kaum zu beruhigen. Und das kleine Mädchen wollte und wollte nicht auf die Welt kommen. Erst als die Hebamme beherzt hinter das Köpfchen griff und es über die linke Schulter herausdrehte, löste es sich aus der bestandenen Sicherheit, schrie und strampelte. Elise prüfte sofort, ob an dem Säugling auch alles dran war, blickte bang zur Hebamme, die sie beruhigte. "Elise, Du stellst Dich an, als ob Du noch nie ein Kind auf die Welt gebracht hättest. Das Mädchen ist gesund und eine ganz Hübsche!" Dann legte sie das Bündel an Elises Brust. Die kleine Gisela trank nur wenig und schlief ein mit einem entspannten Ausdruck auf dem Gesichtchen. Keiner hätte vermutet, dass dieses Kind sich gerade auf die Welt gekämpft hatte. Karl war dazu gekommen und streichelte ihm glücklich und mit Tränen in den Augen, über die kleinen Wangen, strich ihm über das Näschen und den Kopf.

"Siehst Du Elli, es ist doch alles gut geworden. Wie schön die Kleine ist!" sagte er dann zu seiner Frau und nahm von der Hebamme die Nachgeburt entgegen, um sie im Garten zu vergraben und ein Reineclauden-Bäumchen darauf zu pflanzen.

Gisela wurde sein erklärter Liebling. Nach wie vor war er gerecht zu den drei Großen und half ihnen, wo es nottat, aber das Giselchen verwöhnte er, wie er nur konnte. Sie war ein hübsches Mädchen und genoss die Liebe ihres Vaters sehr. Mit der Mutter tat sie sich schwer. Beide waren von starkem Charakter und festem Willen. Oft kam es zu Streit und Missverständnissen. Aber Elise tat alles für die jüngste Tochter, wohl aus Schuldgefühl, weil sie sie einmal nicht gewollt hatte und um die Ablehnung wieder gut zu machen. Sie hatte auch ihr Versprechen eingelöst und war auf eine Wallfahrt nach Altötting gegangen. Aber die Liebe, die sie für das dritte Kind, ihren Erich empfand, konnte sie auch nicht für Gisela aufbringen. In ihr sah sie zu viel von sich selber. Verhaltensweisen, für die sie sich gram war und sie doch nicht ändern konnte. Erich war so ganz anders, so freundlich, so nachgiebig, so fleißig, ohne hart und verbissen zu sein und dies ohne Launen oder Empfindlichkeiten. Wären alle Menschen um Elise herum so gewesen, wieviel einfacher hätte das Leben für sie sein können. Stattdessen rieb sie sich an denen, die ihr ähnlich waren, auch an dreien ihrer Kinder.

Als Gisela mit sechzehn Jahren schwanger wurde, musste sie auf Druck ihrer Mutter den Freund, einen netten, freundlichen, aber eher nachgiebigen Mann, heiraten. Alles andere wäre eine Schande gewesen. Und sie konnte Elises Unterstützung sicher sein. Mit etwas Abstand und Fairness betrachtet, war es ihr hoch anzurechnen, dass sie sich, nun 51 und bereits siebenfache Großmutter, wieder um einen Säugling kümmerte. Gisela durfte ihre Ausbildung zur Kauffrau beenden, anschließend vollzeitig arbeiten. Das junge Paar bekam unter Mithilfe von Gerhard das Dachgeschoss und den ehemaligen Schopf ausgebaut und richtete ihn überaus geschmackvoll ein. Der kleine Matthias wurde Elises Augenstern und der zweite Mensch, den sie bedingungslos liebte. Der Junge war hübsch, gescheit, sportlich und musikalisch. Aber vor allem freundlich, nachgiebig und folgsam. An ihm, der so ganz anders war als sie und die meisten Menschen ihrer Familie, konnte sie nun ohne viele verbliebene Pflichten und neugewonnene Freiheiten, ihre ganze Liebe entfalten. Sie gab ihm den Halt, die Anwesenheit und das Interesse, die sie ihren eigenen Kindern nicht hatte zukommen lassen können, da sie seinerzeit völlig überlastet gewesen war, nun mit großer Selbstverständlichkeit und Freude. Ebenso tat Karl für den kleinen Mats alles, was nur möglich war. Er war ein geliebtes Kind, von den Großeltern liebevoll geführt und von seinen Eltern geliebt und besonders von der ehrgeizigen Mutter in allen Dingen gefördert.

Hier konnte Elise einiges gut machen. Was ihr nicht gelang, war, Giselas Ehe zu erhalten, was natürlich nicht ihre Aufgabe, aber ihr Anspruch war. Sie dachte, wenn das Paar es so einfach wie möglich haben würde und sich möglichst viel würde leisten können, das Kind versorgt wäre und die beiden viel Zeit miteinander verbringen könnten, würde es schon gut gehen. Was könnte einem Ehepaar besseres widerfahren? Aber hier hatte Elise die Rechnung ohne ihre Tochter gemacht. Die gescheite, lebenshungrige und ehrgeizige junge Frau hatte Pläne für ihr Leben. Und sie brauchte Anregung, ihren wachen Geist zu schulen. Den passiven, genügsamen und ihr in ihrer Heftigkeit und Unausgeglichenheit nicht gewachsenen Partner konnte Gisela nicht mehr ertragen und ließ sich nach 16 Jahren mit 32 scheiden.

Elise durfte damit erleben, dass eine Familie dies tatsächlich überleben konnte und sie tat alles, damit der 16jährige Matthias so wenig wie möglich unter der Trennung leiden sollte.

Elise wurde mit zunehmendem Alter ruhiger. Von ihren Kindern und Enkeln respektvoll behandelt und von ihrem Karl bis zu seinem Tod geliebt und unterstützt, genoss sie in ihrem letzten Lebensdrittel Freiheiten, die ihren Horizont und ihre Möglichkeiten erweiterten: Sie nahm an Wallfahrten und Bildungsreisen teil, besuchte Verwandte, die weiter weg gezogen waren und sie lernte - mit 60 Jahren - schwimmen. Karl gestand ihr alles zu, was ihr Freude bereitete und schmunzelte, wenn er sah, wie es zu ihrer Ausgeglichenheit beitrug.

In der Therapiestunde hatte es nur so gesprudelt. Ruth hatte atemlos erzählt.

"Ihre Großmutter Elise nimmt zurzeit viel Raum in ihren Gedanken und Erinnerungen ein? Frau Leitgeb fragte interessiert.

"Ja, irgendwie schon. Es wundert mich auch, wie wichtig sie als Kind für mich war, wie beeindruckend. Gut, sie war schon in ihrer Figur mächtig: groß für eine Frau, sehr groß und üppig. Ich habe sie nie als dick empfunden, dazu war sie zu beweglich, zu selbstbewusst. Nein, irgendwie hat sie auf mich imposant gewirkt. Und ich glaube, weil sie auf ihre Kinder, meine Mutter, meine Onkel, meine Tante so viel Einfluss gehabt hat. Auf erwachsene Menschen, die für mich ja tüchtige, gestandene Persönlichkeiten waren. Und weil Opa Karl sie so geachtet hat. Ich glaube irgendwie habe ich sie als mächtig empfunden. Na ja, wie meine Mutter habe ich mich ihr untergeordnet und sie nicht kritisch in ihrem Reden und Verhalten hinterfragt. Meine Schwester Rosi konnte das besser, sie hat oft gesagt, Oma Elise sei eine böse, machthungrige, alte Hexe. Aber die beiden konnten sich ja nicht leiden. Rosi war das egal. Aber ich wollte ja gut gelitten werden. Wie ich dann so still geworden bin nach der Geschichte mit dem vielen Blut, hat sich die Omama Sorgen gemacht, aber Oma Elise hat mich dafür gelobt. Ich höre sie noch ganz deutlich sagen: "Du bist ein gutes Kind Ruth. Du ziehst nicht mit Jungs durch die Gegend.

Schau, wohin das Deine Tante Gisela und Deine Schwester gebracht hat. Es hat noch Zeit genug, mit Männern was zu haben, wenn man erwachsen ist und eine Ausbildung hat." Sie teilte immer wieder aus, aus heiterem Himmel und jeder konnte dran sein. Und es ist nicht nur Oma Elise, die mir im Kopf herumspukt, sondern es sind auch die Horrorgeschichten vom Kinderkriegen, die mir nicht mehr aus dem Sinn gehen. Wenn ich nur an eine der vielen Geschichten denke, wird mir leicht übel und ich spüre ein Ziehen im Unterleib. Manchmal ist es so stark wie ein Periodenschmerz."

Ruth hielt an dieser Stelle inne und stellte verwundert fest, dass sie immer besser über die "Unterleibsthemen", wie sie sie nannte, sprechen konnte.

"So fühlen sich Eröffnungswehen vor einer Geburt an, Frau Beck." Frau Leitgeb sprach leise, aber bestimmt.

"Frau Leitgeb, selbst wenn ich eine Geburt gehabt hätte, dann würde ich mich doch daran erinnern! Es kann doch gar nicht sein, dass man so etwas Heftiges wie eine Geburt nicht mitkriegt oder vergisst oder beides! Das kann es doch gar nicht geben!" Ruths Stimme wurde laut und ziemlich heftig. Frau Leitgeb blieb ruhig, blickte aber sehr ernst.

"Doch, Frau Beck, das kann es geben und es geschieht sogar häufiger als man denkt."

"Aber dann müsste ich doch gemerkt haben, dass ich schwanger war!" entgegnete Ruth.

"Auch das geschieht, Frau Beck. Manchen Frauen gelingt es eine ganze Schwangerschaft lang deren Zeichen nicht zu erkennen. Und die Umgebung kann oder will sie auch nicht wahrnehmen." Die Therapeutin sprach ganz ruhig, aber so sicher, dass Ruth begann, ihr zu glauben.

"Sie meinen also, ich war schwanger?"

Statt eine Antwort zu geben, sagte Frau Leitgeb: "Bitte sprechen Sie weiter."

"Und sie meinen, das war als ich diese starke Blutung mit sechzehn Jahren hatte?" Ruth machte eine kurz Pause. Als sie sah, dass Frau Leitgeb nichts sagte, sprach sie weiter.

"Aber das heißt doch, dass ich in der Scheune, als es so heftig geregnet hat damals, also wo ich mich untergestellt habe" hier konnte Ruth kaum weitersprechen, aber Frau Leitgeb nickte ihr ermutigend zu, "ein Kind entbunden habe? Ohne Hilfe? Mit sechzehn? Und wo ist es? Es muss doch jemand gefunden haben? Tante Gundel und ihre Familie hatten doch immer wieder in der Scheune zu tun! Ich verstehe das nicht, Frau Leitgeb. Wie kann das sein?"

Die Therapeutin zuckte mit ernster Miene mit den Achseln. "Das weiß ich nicht, Frau Beck. Wir können es heute nicht mehr klären, unsere Stunde ist um. Aber gleichgültig, was Ihnen an Erinnerungen kommen mag, bleiben Sie in der Realität. Benutzen Sie ihre Skills, damit sie nicht wegdriften. Sie schaffen das! Wir sehen uns aber diese Woche noch einmal. Können Sie am Donnerstagabend um 18.00 Uhr?

Ruth nickte.

So bestimmt war Tom noch nie in seinem Ton gewesen. Als ob er sich mit Frau Leitgeb abgesprochen hätte. Dass es nun Zeit werde. Dass sie wollten, dass ich endlich klärte, was da los gewesen war. Was genau damals passiert war. Beide bestanden darauf, dass ich mir Klarheit verschaffen musste. Und beide waren der Überzeugung, dass es absolut notwendig war, wenn ich gesund werden wollte. Ich bekam fürchterliche Angst, als er es sagte.

"Ruth, Du musst die Sache jetzt klären. Unbedingt. Ich gehe mit Dir. Ich helfe Dir. Aber Du musst es wollen!"

Welch ein Widerspruch in sich! Wollen müssen! Wollte ich es? Nein, ich musste! Ich wusste, es musste endlich sein. Was war wirklich geschehen? Damals, als ich sechzehn war. In der Scheune. Während es draußen schüttete. Und ich danach in meinem Blut stand. Blut, das kein Menstruationsblut war. Langsam konnte ich es mir auch vorstellen, dass das Blut, das mir die Innenseite meiner Beine rot färbte, das Gegenteil bedeutet hatte. Bei dem Gedanken schüttelte es mich und ich wollte abdriften, dissoziieren, wie mir Frau Leitgeb erklärt hatte. Die Hilfe, die uns die Abspaltung gibt, wenn eine Erkenntnis unsere Psyche gefühlsmäßig überfordern würde. Ich wollte nicht mehr abspalten. Ich wollte nun auch erfahren, was damals passiert ist. Was mit dem Kind geschehen ist, das ich auf die Welt gebracht habe. Ja, ich wollte es wissen. Und ich war nun stark genug, es wissen zu wollen. Und ich hatte Hilfe: Frau Leitgeb, die mich so aufgebaut hatte, dass ich es mir zutraute und Tom, der da war und der so viel Vertrauen in mich hatte, dass ich es mir zumuten wollte.

"Nur Mut, Ruth", hatte er mir gesagt.

Ich begann nun ernsthaft zu überlegen, was ich tun könnte, um herauszubekommen, was an jenem Nachmittag im Oberdorf geschehen war. Oma Elise konnte ich nicht mehr fragen, sie war vor sieben Jahren mit 76 gestorben. Aber Gundel lebte noch und sie war, soweit ich es wusste, trotz ihrer 79 noch wach und fit im Kopf. Ich hatte sie lange nicht gesehen. Erstens war ich seit meinem zwanzigsten Lebensjahr kaum noch in Mahl gewesen und zweitens besuchte ich dann nur meine Eltern und drittens ging ich nicht mehr zu Familienfeiern, wo ich Gundel und ihre Kinder hätte treffen können. Ja, es stimmte, was mir meine Mutter immer wieder vorhielt. Ich mied Mahl und ich mied meine Familie. Bis sechzehn hatte ich unbedingt dazugehören wollen. Von sechzehn bis neunzehn war eine wattige Zeit, an die ich kaum Erinnerungen hatte und ab achtzehn hatte ich wegwollen, unbedingt weg.

Also, wie sollte ich vorgehen, um mir Gewissheit zu verschaffen? Eine Realitätsprüfung durchzuführen, würde Frau Leitgeb sagen. Und was und wen brauchte ich dazu?

Meine Entscheidung traf ich mit Toms Hilfe. Ich wollte nach Mahl zum Ort des Geschehens und ich wollte Menschen befragen, die mich in der Zeit erlebt hatten.

Also meldete ich mich in Mahl bei meinen Eltern an. Ich würde ein paar Tage zu Besuch kommen, sagte ich meiner Mutter und zeitweise wäre Tom auch dabei. Als ich es ihr sagte, war es am anderen Ende der Leitung erstmal still. Meiner Mutter hatte es die Sprache verschlagen. Dann hörte ich sie meinen Vater rufen, "Du, Robert, die Ruth will kommen und gleich für mehrere Tage und der Tom kommt auch mit!"

"Das ist doch wunderbar", hörte ich Papa antworten, "dann haben wir das Kind mal wieder für länger hier bei uns."

Dann war die Stimme meiner Mutter wieder direkt an meinem Ohr: "Also, dann kommst Du. Und wann? Dass ich die Betten richten kann."

"Übermorgen" antwortete ich und hörte sie ein wenig japsen und es Papa weitersagen.

"Ja, schön", antwortete er, "sage ihr, wir freuen uns."

Nun wieder die Mutter am Ohr: "Hast Du gehört?"

"Was?" entgegnete ich, obwohl ich es sehr wohl verstanden hatte.

"Dass Ihr kommen sollt!" fasste sie Papas Worte zusammen

Zwei Tage später kamen wir in Mahl an. Tom fuhr mich mit dem Auto morgens hin, nach dem Mittagessen würde er zurück nach Mannheim fahren, weil er viel zu tun hatte und am Tag darauf wieder kommen.

Die Nachbarn wussten schon über unser Kommen Bescheid und hatten alle zufällig im Garten zu tun. Es war Juni und schönes Wetter. Sie begrüßten mich mit: "Schön, dass man Dich mal wieder sieht. Wie geht es Dir in der Stadt?" Mit der Stadt war Mannheim gemeint. "Gut" sagte ich. "Das sieht man, Du bist immer noch so schlank wie früher", war der Kommentar. Was man von ihnen nicht sagen konnte. Die meisten der Nachbarinnen waren auseinander gegangen, ihre Männer auch.

Papa umarmte uns herzlich, auch Mutter drückte uns. Beide freuten sich ganz offensichtlich. Wir tranken Kaffee und aßen Mamas unvergleichlich guten Hefezopf. Dann ein Moment der Stille. Bevor eine verkrampfte Stimmung aufkommen konnte, ergriff Tom meine rechte Hand und sagte: "Es hat einen Grund, weshalb wir hier sind."

Die Eltern schauten auf, nicht überrascht. "Das dachten wir uns." Papas Worte waren, wie immer freundlich gesprochen, offen, interessiert. Mama saß dabei, abwartend, eher misstrauisch: "Worum geht es?"

Nun war es an mir, zu erklären, was ich wollte. "Mit Euch reden möchte ich. Und zwar über die Zeit zwischen Rosis Auszug, da war ich sechzehn und meinem Auszug mit neunzehn. Seit ich fortgegangen bin, geht es mir immer wieder schlecht. Ich habe Depressionen, die manchmal so stark sind, dass ich morgens nicht aufstehen kann. Es gab Momente, in denen ich mich nicht mehr gespürt habe. Und es gab Zeiten, in denen ich nicht mehr leben wollte. Seit ein paar Jahren mache ich eine Psychotherapie. Und in der Arbeit mit meiner Therapeutin habe ich herausgefunden, dass meine Probleme mit dieser Zeit zu tun haben müssen." Es gelang mir, fest und sicher zu sprechen. Ich hätte es nie gedacht, dass ich das so hinkriegen würde. Tom nickte mir ermutigend zu. "Und deshalb möchte ich euch bitten, mir zu berichten, an was Ihr Euch aus dieser Zeit erinnern könnt. Wie war ich da? Und was habe ich da erlebt?"

Papa sah sehr traurig aus, als er zu sprechen begann. "Erst glaubten wir, es hinge mit Rosis Auszug zusammen. Und wir dachten, Du würdest sie vermissen und dass es mit der Zeit vorbeigehen würde, wenn Du mehr mit Deinen Freundinnen unternehmen würdest oder einen Freund hättest. Aber es wurde immer ärger. Du wurdest immer stiller, in Dich gekehrt. Mit sechzehn hattest Du eine Phase, in der Du ein wenig molliger geworden bist und das haben wir als Kummerspeck gedeutet. Wenn ich Dich morgens mit nach Offenburg genommen habe, bist Du wie ein Häufchen Elend neben mir gesessen und hast nichts gesagt. Nur einsilbig "Ja" oder "Nein". Wir haben uns Sorgen gemacht. Omama war oft verzweifelt. "Wenn sich eine meiner Schülerinnen so in sich zurückziehen würde, ich würde sie zur Schulpsychologin schicken!" Aber wir trauten uns nicht, es Dir vorzuschlagen. Wir hatten ständig das Gefühl, bei Dir etwas falsch zu machen. Dass es noch schlimmer werden könnte, wenn wir Dich unter Druck setzen würden. Wir hofften, es würde sich mit der Zeit wieder geben und Du würdest Deine Fröhlichkeit wieder erlangen. Wir konnten Dir ja nichts vorhalten. Du warst in der Schule fleißig, bist jeden Tag zur Arbeit. Dort war man mit Dir sehr zufrieden - kein Grund zur Klage gab es. "Die Ruth ist halt eine Stille. Aber korrekt und fleißig." hieß es. Ja, aber sollte so ein junges Mädchen sein?" Nun hatte Papa Tränen in den Augen und Mama blickte zu Boden. "Dann kam der Tag, an dem Du Dein Zeugnis der Oma Elise und der Gundel gezeigt hast und diese starke Blutung hattest. Ab da hatten wir das Gefühl, wir haben dich endgültig verloren."

Dann begann die Mutter zu sprechen. "Weißt Du Ruth, wenn wir nicht genau gewusst hätten, dass Du keinen Freund damals hattest - wir hätten gedacht, Du wärest schwanger gewesen und hättest eine Fehlgeburt gehabt. Aber es gab ja keinen Jungen mit dem Du Dich getroffen hast. Und der kleine Flirt mit dem jungen Kerl vom Rummel war ja schon ein dreiviertel Jahr her gewesen und wo hätte da etwas passieren sollen. Etwa im Boxauto, vor aller Augen?

Tom schaltete sich an dieser Stelle ein. "Aber Selma, wenn Ruth doch so stark geblutet hat, warum habt Ihr sie nicht ins Krankenhaus oder zum Frauenarzt gebracht und untersuchen lassen?"

Mutters Augen begannen zu flattern, sie rang die Hände und blickte zu Papa, der sagte: "Selma wollte es, aber Oma Elise hat es ihr verboten. Ihr könnt Euch nicht vorstellen, wie vehement Elise sein konnte, wenn sie etwas partout nicht wollte. Sie hat Selma so lange zugesetzt und davon überzeugt, dass es einem jungen Mädchen schaden würde, so früh vaginal untersucht zu werden, dass Selma aufgegeben hat. Ruth," hier blickte mich Papa resigniert an und sagte mit großer Bitterkeit in der Stimme, "Ruth, es tut uns so leid. Denn wir haben danach natürlich bemerkt, dass wir einen großen Fehler begangen haben." Er seufzte.

"Ach Papa", brachte ich nur heraus und nahm seine Hand, "ich weiß doch auch nicht, was in der Zeit war. Aber es muss etwas sehr Gruseliges gewesen sein, sonst könnte ich mich daran erinnern. Mama, ich glaube, Du warst schon auf der richtigen Fährte. Ich hatte nämlich etwas mit dem jungen Kerl - er hieß Mark - vom Autoscooter. Falls ich davon schwanger geworden bin, habe ich es nicht gemerkt oder nicht wahrhaben wollen. Was weiß ich. Dass ich in der Zeit zugenommen habe, das würde dazu passen, oder? Denn nach der Blutung wurde ich ja wieder rappeldürr.“

"Schlank“, verbesserte mich meine Mutter, "die Figur hast Du von den Schlesiern. Sei froh. Aber Ruth, was willst Du jetzt tun?“

"Ach, Mama, vorerst nichts. Mit war es zuerst mal wichtig mit Euch zu reden. Es tut mir gut zu wissen, dass Ihr mich zu einem Arzt hattet bringen wollen. Und dass Ihr gemerkt habt, dass etwas nicht stimmt. Und dass Ihr Euch Sorgen gemacht habt. Das zu hören, tut auch gut. Denn damals war ich so zu, dass ich das gar nicht bemerkt habe. Oma Elise kann ich ja nicht mehr fragen, aber zu Tante Gundel möchte ich heute Nachmittag. Ich habe sie schon lange nicht mehr gesehen. Wie ist sie denn beieinander? Glaubt Ihr, sie erinnert sich und kann mir etwas dazu sagen, was an dem Nachmittag passiert ist?“

Papa nickte. "Sie ist fit im Kopf und noch recht flink auf den Beinen. Nur ihre Gelenke machen ihr ziemlich zu schaffen. Aber sie ist zäh. Sie lebt alleine und macht noch den ganzen Garten selber. Wir sollten sie anrufen und fragen, ob sie heute Nachmittag oder Morgen Zeit hat.“

Mutter war blass geworden. "Meinst du, wir können sie einfach so überfallen?“

Vater schaute erstaunt. "Was hat ein Besuch mit einem Überfall zu tun? Ich denke, sie wird sich freuen, wenn Ruth mal wieder vorbei kommt."

Mutter schien nicht sehr überzeugt, bequemte sich aber in den Flur, wo das Telefon stand. "Hallo Gundel", hörte ich sie sagen, "Ruth ist zu Besuch da. Ja, hier bei uns, hier in Mahl. Sie würde Dich gern besuchen. Heute Nachmittag oder Morgen. Gleich heute Nachmittag soll sie kommen? Du hast eine Linzertorte gebacken? Du freust Dich? Ja, ich richte es ihr aus." Das tat Mutter dann auch, fast wortwörtlich.

"Sollen wir mitgehen, Ruth?" Vater fragte es ernst und meinte es auch so. Er hatte begriffen, dass es für mich um etwas ganz Wichtiges ging, worin er mich unterstützen wollte. Die Mutter erbleichte wieder, straffte sich aber und sagte: "ich begleite Dich auch, Ruth. Ich möchte auch endlich wissen, was damals dazu geführt hat, dass Dir so geschadet wurde und Dich so arg von uns entfernt hat."

Tom nickte beruhigt. "Ich bin froh, dass Ihr Ruth nicht alleine lasst, wenn sie Dinge erfahren wird, die sicherlich schwer zu verkraften sein werden!"

Langsam kroch eine kalte Angst in mir hoch und ich spürte, wie kalter Schweiß ausbrach. Ich griff in meine rechte Jackentasche und tastete nach meiner stacheligen Kugel, deren kleine schmerzhaften Pikser mich in der Realität halten sollten. Die Dissoziation griff nach mir und am liebsten hätte ich ihr nachgeben wollen. Wegdriften und nichts mehr spüren! Aber ich dachte an Frau Leitgeb, die sagen würde: "Frau Beck, bleiben Sie hier.

Orientieren Sie sich in der Realität. Nehmen sie wahr, was jetzt gerade ist und halten Sie die Spannung aus. Sie schaffen das!" Also drückte ich diesen Stachelball ganz fest in meiner rechten Hand und zählte mir innerlich all die Dinge auf, die ich gerade sah, hörte und roch. Ich musste richtig grinsen. Tatsächlich hatte mich ein besonderer Bratenduft im Hier und Jetzt gehalten, und zwar Mutters Sauerbraten, der vor sich hin schmurgelte und von dem plötzlich ein ganz leichter angebrannter Geruch ausging. "Mama, Dein Braten", rief ich und sie stürzte in die Küche, ihn zu retten. Der plötzliche Fokuswechsel half dann sofort, der Situation die Schwere zu nehmen. Der Braten war fast fertig, Mama schabte die Spätzle und ich bereitete den Salat zu und deckte den Tisch, während sich die beiden Männer mit einem Glas Rotwein in der Hand in den Garten gesetzt hatten und über geänderte Bauvorschriften für Photovoltaik-Dächer fachsimpelten. Am gedeckten Tisch mit dampfendem Teller fühlte ich mich wohl wie schon lange nicht mehr während eines Besuches in Mahl bei den Eltern. Und das erste Mal hatte ich das Gefühl, eine erwachsene Tochter zu sein, die in einem guten Verhältnis auf Augenhöhe zu ihrem Vater und zu ihrer Mutter steht. Der Sauerbraten mit den Spätzle schmeckte göttlich. Auch Tom genoss das Essen und ich spürte, wie schwer es ihm fiel, sich danach ins Auto zu setzen und nachhause zu fahren. Er drückte mich fest, gab mir einen Kuss auf den Kopf und sagte: "mach es gut, Ruth und ruf mich heute Abend an, Morgen komme ich ja wieder." Dann stieg er ins Auto.

Kurz vor drei gingen wir los, wir würden zu Fuß gerade zehn Minuten brauchen. Natürlich hatte ich meinen Pieksball dabei und eine Packung Papiertaschentücher eingesteckt, für alle Fälle. Mir schien, dass wir immer langsamer wurden, je mehr wir uns dem Oberdorf näherten. Vor Tante Gundels Haus blieben wir stehen, keiner von uns dreien wollte klingeln. Doch da öffnete sie schon und mir schien, dass sich Gundel in den siebzehn Jahren, die ich nun von Mahl weg war, überhaupt nicht verändert hatte. Sie war im Gegensatz zu ihren Schwestern nur mittelgroß, mollig, aber fest und immer noch kräftig und agil.

"Wie schön, dass Ihr kommt. Das ist eine Überraschung! begrüßte sie uns mit freudiger Stimme und bat uns in die Stube, die auch noch aussah wir früher, wo sie den Tisch schon gedeckt hatte. Wir setzten uns und Gundel holte die Kaffeekanne aus der Küche. Zuerst sprachen wir über alles Mögliche. Es ging etwa eine Stunde bis das Geplänkel verebbte, der Kaffee getrunken und die Linzertorte gegessen war.

Dann übernahm dieses Mal mein Vater die Initiative. "Gundel, unser Kommen heute hat einen besonderen Grund. Ruth hat einige Fragen an Dich. Wir hoffen, Du kannst und willst ihr, wenn es möglich ist, helfen, die Antworten darauf zu finden."

Gundel seufzte und sackte deutlich in sich zusammen. "Ach Ruth, die ganzen Jahre habe ich gewusst, dass Du kommen wirst. Und dass Du danach fragen wirst, was im September 79 geschehen ist. Seither habe ich fast jeden Tag daran gedacht und habe gehofft, Du würdest fragen, solange Elise noch lebt. Sie hat sich aber aus dem Staub gemacht und mir das Versprechen abgerungen, dass ich niemandem etwas sage. Ich bin froh, dass Ihr jetzt hier seid, das Geheimnis möchte ich nämlich nicht mit ins Grab nehmen."

Wir saßen schreckensstarr da, bis Vater mit der Faust auf den Tisch schlug und rief: "Und jetzt wollen wir wissen, was Ihr beide gemacht habt. Ruth muss endlich erfahren, was damals mit ihr geschehen ist!"

Gundel seufzte wieder." Ach Ruth, eigentlich war es ein ganz normaler Donnerstag. Am Donnerstagnachmittag kam Elise immer zum Kaffee vorbei. Ich backte einen Kuchen und sie brachte alle paar Wochen ein Pfund Kaffee mit. Milch hatte ich ja von unseren Kühen. Und wie immer erzählten wir uns, was wir von dem, was es Neues im Dorf gab, wussten. Dann klingelte es und Du, Ruth, standest in Deiner roten Strickjacke vor der Tür mit Deiner Tasche, aus der Du Dein Zeugnis gezogen hast. Du hast es aufgeschlagen und uns gezeigt, welch gute Noten Du hattest. Dann hat Dich Elise in den Flur geschickt, ihre Tasche mit dem Geldbeutel zu holen. Daraus hat sie zwanzig D-Mark geholt und Dir gegeben und ich habe auch zwanzig D-Mark drauf gelegt. Du hast Dich bedankt und ich glaube, Du hast Dich auch gefreut. Aber es war damals schwer, dir Freude anzumerken. Du warst in der Zeit sehr verschlossen, dabei blickte mich Tante Gundel traurig an. Dann hast Du ein Stück Marmorkuchen gegessen und eine Tasse Milch getrunken. Sehr gesprächig warst Du nicht und dann bist Du bald wieder gegangen. Kaum warst Du zur Tür hinaus, hat es draußen angefangen zu schütten.

Elise hat gesagt: "Oh je, da wird das Kind aber arg nass. Hoffentlich kann sie sich wo unterstellen. Sie gefällt mir gar nicht in der letzten Zeit, die Ruth. So still, so abwesend, so in sich gekehrt. Und so muksch. Und zugenommen hat sie. Das passt doch gar nicht zu ihr. Sie gerät doch nach den Schlesiern, die sind alle so schlank. Wenn ich nicht wüsste, dass sie keinen Freund hat, würde sie mir fast schwanger vorkommen. So hat Gisela ausgesehen, als sie mit sechzehn schwanger geworden war. Oh Gott, das wird sich doch nicht wiederholen. Nicht bei Ruth, sie ist doch noch ein Kind!"

Und ich sagte ihr, sie solle den Teufel nicht an die Wand malen und wenn, wäre es auch kein Weltuntergang und bislang hätten wir noch alle Kinder großbekommen. Sie solle sich doch den kleinen Mats anschauen, der ihr erklärter Liebling geworden war. Aber Elise wollte nichts davon wissen und sagte, dass man eine uneheliche Schwangerschaft auf jeden Fall verhindern müsse. Und ich sagte ihr, dass sie alles so eng sehen würde. Wenn es passiert sei, dann sei es eben passiert und dann müsse man das Beste daraus machen.

Und dann sagte sie: "Aber die Schande!"

Anschließend sprachen wir noch über das eine und das andere. Als Elise dann ging, es hatte aufgehört zu regnen, sahen wir, dass die Tür zur Scheuer offenstand. "Was ist denn da los?" fragte Elise, "die hat doch wohl nicht der Wind aufgeschlagen?" und wir liefen beide hin, um nach dem Rechten zu schauen. Da sahen wir Dich auf dem

Boden neben Deinem Fahrrad sitzen. Schweißüberströmt und voller Blut."

An dieser Stelle dachte ich eigentlich, dass ich umfallen und ohnmächtig werden würde. Oder dass irgendwas mit meinem Körper passieren würde. Zum Beispiel, dass ich wieder eine Blutung bekäme oder mich übergeben müsste oder einen Migräneanfall hätte. Aber es geschah nichts dergleichen. Das einzige, was ich tat, war Tante Gundel anzustarren und meine Piekskugel zu kneten.

Meine Mutter begann zu zittern und mein Vater japste nach Luft. "Und da habt Ihr nicht sofort den Rettungswagen gerufen?" Seine Stimme überschlug sich fast.

Gundel wurde ganz kleinlaut. "Ich wollte ja, aber Elise sagte, wir sollten erst mal schauen, was mit Ruth ist. Und dann haben wir sie aufgeweckt, sie ins Haus gebracht und sie versorgt."

Das wollte ich nun genau wissen, denn meine Erinnerung kam noch immer nicht zurück. "Wie habt Ihr mich versorgt? Was hatte ich denn, dass ich so geblutet habe?"

Die alte Frau mir gegenüber seufzte wieder. "Ruth, Du hast in der Scheune ein Kind bekommen. Als wir Dich gefunden haben hast Du in Deinem Geburtsblut gelegen und warst total erschöpft. Wir dachten zwar, dass Du gerade eine Geburt hinter Dir hast, aber wir haben kein Kind gesehen. Deshalb schien es so, als ob es eine Fehlgeburt gewesen war oder eine Frühgeburt. Doch davon war nichts zu sehen gewesen, ich habe ja am nächsten Tag alles geputzt. Die Blutung hat bei Dir dann bald aufgehört.

Du hast uns gefragt, was denn geschehen sei und Elise hat Dir gesagt: "Du bist umgekippt, Ruthchen. Das gibt es manchmal, wenn Frauen eine starke Periodenblutung haben. Du bist jetzt in einem Alter, wo sich alles erst einspielen muss. Es geht schnell vorbei, Du musst Dich jetzt ein paar Tage erholen und dann ist wieder gut." Wie immer wusste Elise, was zu sagen war und ich brachte keinen Ton heraus. Dann rief sie Dich an, Selma", an dieser Stelle schaute sie zu meiner Mutter, "und hat Dir ausgeredet, dass Du Ruth untersuchen lässt. Und alles wegen der Schande, dass ihre Lieblingsenkelin sich mit einem Kerl eingelassen hat und schwanger geworden ist. Ich hatte dann noch ein paar Wochen Angst, aber Du" nun ging der Blick zu mir, "hast Dich ja wieder erholt und Elise hat sich darin bestätigt gefühlt, dass Dir keine gynäkologische Untersuchung zugemutet worden war: "Das hätte das Kind nur durcheinander gebracht".

Das war natürlich Blödsinn, das war mir klar. Die Gisela lag in diesem Alter im Kreissaal und hat entbunden und dann sollte Dich mit sechzehn eine Untersuchung beim Frauenarzt durcheinanderbringen! Aber ich konnte sie nicht überzeugen. Ich wisst ja, wie Elise sein konnte."

Meine Mutter senkte bei diesem Satz den Kopf und mein Vater schäumte vor Wut. Seine Augäpfel traten ihm fast aus dem Gesicht, als er Tante Gundel, die nun schuldbewusst zu Boden blickte, anschnauzte: "Ihr beiden alten Hexen. Vertuscht habt Ihr! Ruth hätte sterben können und sie trägt seither etwas mit sich herum, was sie nicht verkraften kann und ist krank davon geworden. Nur weil Elise nicht über ihren "Keine-Schande-machen-Tick" hinweggekommen ist. Und Du, Gundel, weil Du zu feige warst, dich ihr entgegen zu stellen - wider besseren Wissens! Wie konntet Ihr nur! Wir lebten da ja nicht mehr im Mittelalter, sondern in den Achtziger Jahren des Zwanzigsten Jahrhunderts. Und dann noch alles unter den Teppich kehren und verschweigen auf die Gefahr hin, dass unser Kind das Vertrauen in sich und die Welt verliert und," hier machte Vater eine Pause, holte wieder Luft und stoppte wieder. Es brach aus mir heraus "ja Papa, sag es, sag es ganz laut, weil es wahr ist: und dass ich fast verrückt geworden bin!"

Gundel hielt den Kopf immer noch gesenkt. Dann richtete sie sich auf, atmete tief durch, schaute alle, vornehmlich Ruth offen an und sagte in lautem, deutlichen Ton, so als wäre sie nun zu allem entschlossen. "Wie gesagt, an jenem Morgen habe ich nur Blut und Reste einer Nachgeburt gesehen. Ein Kind haben wir nicht gefunden. Und langsam ist Gras über die Sache gewachsen. Elise und ich haben uns dann eingeredet, es müsse halt sehr früh passiert sein, so dass sich noch kein Embryo gebildet hatte. Bis wir dann vor 10 Jahren die Scheune umgebaut haben." Nun schnellten unsere drei Köpfe nach oben und drei Augenpaare richteten sich wie Pfeilspitzen auf die alte Frau. Die Stille war gespenstisch. Wieder streckte sich Gundel, bevor sie weitersprach. "Wir räumten die Scheuer aus. Ganz hinten hatten wir einen alten Schrank stehen, in dem Krempel lag, der jahrelang nicht benutzt worden war. Was bin ich froh, dass ich es war, die den Schrank leeren wollte und dass niemand dabei war, der mir geholfen hat. Sofort sah ich etwas Rotes, das nicht hineingehörte. Es war eine rote Strickjacke." Dabei blickte sie mich direkt an, "Deine rote Weste, die Du so lange gesucht hast, erinnerst Du Dich? Die lag da in dem Schrank. Mich beschlich gleich ein merkwürdiges Gefühl. Ich konnte nicht nachschauen, was mit der Weste war, so habe ich gezittert. Dann habe ich die Schranktür schnell zugemacht, abgeschlossen und habe den Schlüssel abgezogen." Wir starrten sie an, sprachlos, atemlos, fassungslos.

"Na ja, dann habe ich Elise angerufen und sie ist gleich gekommen. Und dann sind wir zusammen in die Scheune und haben den Schrank wieder aufgeschlossen. Elise ist auch erschrocken, sie hat Deine rote Weste gleich erkannt. Dann hat sie das Bündel rausgeholt und aufgemacht. Wir haben uns kaum getraut, hineinzuschauen, aber als Elise die Weste aufgewickelt hat, war es uns klar, dass darin ein kleines Kind ist. Oder besser, war, denn es war schon fast verwest." Gundel rutschte unruhig hin und her. Mutter hatte ihre rechte Hand vor den Mund geschlagen, Papa sein Gesicht in die Hände versenkt, ich saß mit aufgerissenen Augen, kaltschweißig da. "Und was habt Ihr dann mit Eurem Fund gemacht?" brachte Papa endlich heraus.

"Wir haben einen Karton geholt und die Jacke hineingetan. Und dann haben wir den Karton vergraben."

Mein Vater stöhnte, als ob er gefoltert werden würde. Mutter hatte begonnen zu weinen und ich versuchte mithilfe des Pieksballs nicht zu dissoziieren. Aber es gelang mir nur schwer, in der Realität zu bleiben. Minutenlang, es kam mir stundenlang vor, war ich in einem weißen Kokon, wo ich nichts sah, nichts hörte, nichts fühlte. Aber zeitweise war ich auch da. Und ich stellte fest, dass ich mich an einzelne Dinge erinnerte, die Schmerzen, das Blut, die Strickjacke, den Schrank. Ich fragte "gibt es den Schrank noch?" Gundel schüttelte den Kopf ,"den haben wir verbrannt." Ich setzte nach. "Wie sah er aus?" Gundel musste nachdenken. "Dunkelbraun gestrichen, zwei Türen, innen Holzregale, ein Meter zwanzig breit. Wieso?" Leise antwortete ich, "ich glaube, dass ich mich beginne, zu erinnern. Lag die Weste im mittleren Regalfach auf der rechten Seite?" Gundel nickte. "Wisst Ihr, Elise hat gesagt, die Sache nach zehn Jahren aufzurühren, wäre für alle ein Schaden und das Kindchen werde davon auch nicht wieder lebendig. Und sie hat auch gleich einen guten Platz für das Kind gewusst."

Wieder ein Stöhnen von meinem Vater. "Und wo habt Ihr es vergraben?" Meiner Mutter liefen die Tränen über die Wangen und sie konnte nur noch flüstern.

Gundel schien zu wachsen, als sie antwortete. "Wir haben die Schachtel zum großen Wegekreuz gebracht, das in der Nähe von unserem Maisfeld liegt. Wir haben ein ganz tiefes Loch ausgegraben und das Kindchen dort bestattet. Die Grassode haben wir sorgfältig ausgestochen und wieder draufgesetzt. Hat niemand sehen können, dass drunter was ist. Natürlich haben wir dann zum Herrgott am Kreuz gebetet, dass er die kleine unschuldige Seele zu sich in den Himmel nehmen soll, auch wenn sie nicht getauft ist. Außerdem haben wir zwei Rosenbüsche dort gepflanzt, ein Licht aufgestellt und haben das Beet um das Wegekreuz seitdem gepflegt und mindestens einmal die Woche sind wir dorthin und haben gebetet."

Ich konnte nur ganz leise sagen: "Das war nicht recht, was ihr da gemacht habt, Gundel! Was habt Ihr Euch dabei gedacht? Ich könnt Euch doch nicht über das Gesetz stellen! Und habt Ihr überhaupt an mich gedacht? Wie dachtet Ihr denn, dass ich damit hätte klar kommen sollen? Ich war ein Mädchen mit sechzehn Jahren!"

Gundel antwortete ebenso leise: "Wir wollten für Dich doch nur das Beste!"

38 - Klärung

Frau Leitgeb schien nicht überrascht, als Ruth ihr berichtete, was sie von Gundel erfahren hatte. Und sie blieb verständnisvoll und behutsam allen Beteiligten gegenüber, wobei bei Ruth die blanke Wut spürbar war. Die Therapeutin nickte, als Ruth herausspie, dass das Gespräch mit Gundel der blanke Horror gewesen war, dass aber nun endlich heraus gekommen sei, was damals passiert war. Nun wusste sie nicht, was sie damit machen sollte. Auch ihre Eltern waren ratlos gewesen, als sie vor dem Kreuz standen, an dem eine Holzfigur von Jesus hing, dessen Gesicht vor Schmerz verzerrt zum Himmel schaute. Zwei große Rosenbüsche rechts und links vom Kreuz blühten blutrot, wie es nicht hätte schöner sein können und schienen die Szenerie zu bewachen. Sie hatten wie gebannt auf den Rasen vor dem Kreuz geblickt unter dem das kleine Wesen begraben worden war.

Ruths Mutter weinte, der Vater stand stumm und konnte nur den Kopf schütteln, Ruth war ruhig und spürte nur tiefe Trauer und Sehnsucht. Und eine gewisse Erleichterung begann sie zu erfüllen, denn endlich begann sie zu begreifen, wohin all die schweren Gefühle der vergangenen zwanzig Jahre gehörten. Als Frau Leitgeb fragte, ob Ruth wisse, wie sie auf das Geschehen reagieren wolle, zuckte Ruth mit den Achseln: "Ich weiß es nicht, Frau Leitgeb. Die ganze Zeit überlege ich schon, was ich tun soll. Ich muss etwas tun, um mit dem, was passiert ist, fertig zu werden. Im wahrsten Sinne des Wortes meine ich das: fertig zu werden! Seit ich sechzehn Jahre alt bin, ringe ich mit diesen alten Geistern. Alle Geburten, von denen ich höre, lösen seitdem in mir Horror aus. Alle Berichte über Geburtskomplikationen und Kinder, die dabei gestorben sind, haben mich in Höllenqualen gebracht und ich werde weiter innerlich verzweifeln, dass mein Kind, von dem ich nichts wusste, gestorben ist. Und das ist geschehen, weil ich ihm nicht ins Leben habe helfen können. Ich weiß nicht einmal, ob es überhaupt gelebt hat. Oder, ob es, in die Jacke gewickelt, jämmerlich erstickt ist. Und wenn ich von einer Frau gehört habe, die bei der Geburt gestorben ist, dann hatte ich so eine Ahnung, dass mir das auch hätte geschehen können, aber ich habe mich zwanzig Jahre lang nicht daran erinnern können!" Nun weinte Ruth bitterlich und Frau Leitgeb legte ihr die linke Hand auf die Schulter und setzte sich neben sie. Langsam beruhigte sich Ruth und sie sprach weiter: "Jede Nacht träume ich, seit wir bei Gundel waren. Und es sind Träume, die traurig sind, mir aber keine Angst machen. Was gut in diesen Träumen ist, ich weiß über alles Bescheid, was mir geschieht. Nachdem ich im Traum mit Mark Sex hatte, ist meine Periode ausgeblieben, da hab ich im Traum schon geahnt, dass ich schwanger sein könnte. Nach dem dritten Monat habe ich im Traum einen Schwangerschaftstest gemacht. Der war positiv. Davon habe ich niemandem was erzählt, aber Mutter und Papa haben es bemerkt, weil mein Bauch immer größer geworden ist. Sie haben mich im Traum zum Frauenarzt geschleppt. Es hat ein bisschen Ärger gegeben, aber nicht arg. Im Traum habe ich Geburten, die anstrengend sind, aber nicht schlimm. Doch jedes Mal drücke ich ein Baby auf die Welt, das nicht schreit. Manchmal ist es schon tot, die anderen Male stirbt es kurz nach der Geburt. In keinem Traum überlebt es. Die Träume scheinen verschiedene Versionen durchzuprobieren, wie es hätte geschehen können."

"Kommen denn tagsüber Erinnerungen dazu?" fragte Frau Leitgeb.

"Selten. Manchmal ein Fetzen. Aber es kommen nur einzelne Bilder. Zum Beispiel, wie das rote Strickjackenbündel im mittleren Schrankfach liegt. Dann taucht Oma Elise auf und sagt: "Mein Gott". Dann sehe ich blutigen Boden. Aber alles nur stehende Bilder." Ruth war jetzt ganz konzentriert. "Und mir kommt immer wieder der Satz in den Sinn, den ich zu Gundel gesagt habe: "Wie könnt Ihr Euch über das Gesetz stellen?" Diese Frage fällt mir immer wieder ein. Wie konnten die beiden tun, als ob es nicht den Tod eines Menschen gegeben hat! Als ob man einen kleinen Leichnam einfach verschwinden lassen könnte. Nein, sie haben so getan, als ob man das dürfte. Man darf das aber nicht! Es ist keine Privatsache, wenn ein Säugling stirbt. Er hätte untersucht werden müssen. Mich hätte man auch untersuchen müssen! Und man hätte feststellen müssen, weshalb das Kind gestorben ist. Ob ich schuld daran war! Man hätte feststellen müssen, ob das Kind gestorben ist, weil ich es erstickt habe, ob ich es getötet habe!

Ruth lag in Toms Arm, als sie nach einem der wiederkehrenden Träume, indem sie zum wiederholten Mal ein

Kind entband, das kurz nach der Geburt starb, auf-
schreckte und feststellte, wie durchgeschwitzt ihr
Nachthemd wieder war. Sie stand auf, duschte und zog
sich um. Dann schlüpfte sie wieder zu Tom ins Bett und
kuschelte sich an ihn.

"Hast Du wieder schlimm geträumt?" murmelte er und
nahm sie in den Arm.

"Tom, wenn ein Kind bei der Geburt stirbt oder tot auf
die Welt kommt, was passiert dann?" Ruth war wach.

Tom antwortete schlaftrunken: "Dann wird die Polizei
informiert, die meldet es der Staatsanwaltschaft und die
lässt untersuchen, woran das Kind gestorben ist. Ob es
ein Verschulden des Arztes oder der Hebamme war oder
ein natürlicher Tod. Das letztere muss ein Arzt feststellen. Wieso?"

"Als ich mit sechzehn das Kind in der Scheune entbunden habe, hätten Oma und Gundel auf jeden Fall einen
Arzt rufen müssen. Dann hätte er die Entbindung festgestellt, mich ins Krankenhaus eingewiesen und hätte von
der Polizei alles auf den Kopf stellen lassen in der
Scheune, bis das Kind gefunden worden wäre. Wenn es
tot gewesen wäre, wäre es in die Gerichtsmedizin zur Au-
topsie gekommen, wenn es noch gelebt hätte, wäre es mit
der Rettung ins Krankenhaus gebracht worden."

Tom stöhnte. "Worauf willst Du denn hinaus?"

Ruth saß jetzt kerzengerade im Bett: "Ich muss mich selber anzeigen, Tom. Nur damit kann ich aufklären, was
vor zwanzig Jahren war."

Tom war nun hellwach. "Aber Ruth, was soll denn nach zwanzig Jahren noch herausgefunden werden. Außerdem ist es sicher schon verjährt."

Ruth widersprach: "Mord und Totschlag verjähren vielleicht für die Rechtsprechung, aber nicht für mich!"

"Ruth", Toms Stimme klang jetzt verzweifelt, "es war kein Mord und kein Totschlag. Du warst so jung, so überfordert und in einem Ausnahmezustand. Wer würde Dich denn dafür verurteilen?"

"Ich verurteile mich dafür, Tom. Ich fühle mich schuldig. Ich habe da etwas ganz arg falsch gemacht. Die vielen letzten Jahre hat genau das in mir rumort und mich krank gemacht. Auch wenn ich weiß, dass Du recht hast, Mutter und Papa sagen das auch, kann ich es nicht auf sich beruhen lassen, dass ich Schuld am Tod des Kindes habe, das ich auf die Welt gebracht habe. Du, Ihr und auch ich selber, wir können mich nicht von dieser Schuld freisprechen. Das kann nur ein Gericht, das untersucht, was damals wirklich geschehen ist. Und sollte es zu einem anderen Urteil kommen, werde ich es annehmen."

Tom sah Ruth lange an, seufzte und nickte. Ich verstehe, was Du meinst, Ruth. Vielleicht hast Du recht."

Als Ruth ihre Entscheidung, sich selbst bei der Polizei anzuzeigen, weil sie vor zwanzig Jahren wahrscheinlich den Tod ihres neugeborenen Kindes verursacht hatte, ihrer Therapeutin mitteilte, seufzte diese schwer. "Ach, Frau Beck! Es wird ein schwerer Weg, für den Sie viel Kraft brauchen werden. Aber ich traue Ihnen zu, dass Sie ihn schaffen werden. Und ich finde Sie haben ein Recht darauf, Erleichterung zu bekommen. Eine solche Last sollte niemand ein Leben lang mit sich herumtragen müssen. zwanzig Jahre sind genug."

39 - Die Anzeige

Am nächsten Tag setzte Ruth ihre Entscheidung in die Tat um. Wie meist stand sie um acht Uhr auf, trank eine große Tasse Kaffee und zog sich an. Sie wählte eine dunkelblaue Hose, eine helle Bluse, zog einen Blazer in der gleichen Farbe der Hose drüber. Dann legte sie sich ihre Perlenkette um den Hals, strich sich einen goldenen Ring, auf dem eine große Perle saß, über den linken Mittelfinger und schlüpfte in ihre dunkelblauen Pumps. Tom, der sich für diesen Tag freigenommen hatte und schon bereitstand, sagte. "Du siehst aus, als ob Du zu einem Bewerbungsgespräch gehen würdest." Ruth sah ihn müde lächelnd an: "Genau so komme ich mir vor. Als ob ich mich für ein neues Leben bewerben würde, in dem mich meine alte Last nicht mehr drücken soll. Und ich hoffe, die Polizei und ein Gericht nehmen meine Bewerbung an. Komm Tom, lass uns gehen."
Sie fuhren mit dem Auto in die Innenstadt, parkten in einem nahegelegenen Parkhaus in den Quadraten. Ruths Füße wurden mit jedem Schritt, den sie in Richtung Polizeipräsidium ging, schwerer und schwerer. Tom, der es merkte, sagte leise: "Ruth, Du kannst immer noch umkehren. Du musst das nicht machen!"
"Doch Tom, ich muss und ich will das machen. Ich danke Dir, dass Du mit mir gehst."
Tom drückte leicht ihre Hand und die restliche Strecke gingen sie schweigend, bis sie an der zweiflügeligen kupfernen, grünspan gealterten Eingangstür der größten Mannheimer Dienststelle standen. Tom öffnete die Tür

und trat hinter Ruth in die große Empfangshalle, dann stellte er sich neben sie an den Empfangstresen, der durch eine dicke Glasscheibe gesichert war. Dahinter saß eine freundlich blickende Polizeibeamtin, die sie begrüßte und sie nach ihrem Anliegen fragte.

Ruth räusperte sich, bevor es ihr gelang zu sprechen. "Ich möchte eine Selbstanzeige machen. Vor zwanzig Jahren habe ich wahrscheinlich den Tod meines neugeborenen Kindes verschuldet."

Es war so still, dass man eine Stecknadel hätte fallen hören. Der Polizistin war das Lächeln aus dem Gesicht gewichen. Sie sagte nichts, sie schaute nur. Erst lange zu Ruth, die mit ernstem, festen Blick den ihren erwiderte, dann zu Tom, der leicht nickte. Dann gab sich die Frau einen Ruck, griff zum Telefon, tippte zweimal auf eine Nummer, sagte dann in klarem Ton: "Grüß dich, Peter. Hier ist eine Frau, die eine Selbstanzeige machen möchte. Ja, eine ernste Angelegenheit. Ich möchte, dass Du das machst. Und ich rufe die Polizeipsychologin dazu, wenn es Dir recht ist. Ja, ich danke Dir." Dann wandte sie sich wieder an Ruth. "Ich werde Sie zum diensthabenden Beamten bringen, er ist ein erfahrener, freundlicher Polizist." Und zu Tom "Möchten Sie mitkommen?" Tom nickte. "Dann folgen Sie mir bitte." Zu dritt gingen sie einen langen dunklen Gang entlang bis zu einem Zimmer, dessen Tür weit offen stand. Die Polizistin ging vor und wandte sich an den korpulenten großen Mann, der trotz seines Alters mit mindestens sechzig Jahren noch volles, braunes Haupthaar hatte und freundliche braune Augen, aus denen er Ruth und Tom erwartungsvoll anblickte. "Peter, das sind Ruth Beck und ihr Lebenspartner. Es geht um eine Selbstanzeige in einem Kapitalverbrechen. Bitte führe die Vernehmung durch. Frau Becks Partner möchte gerne dabei bleiben, wenn es möglich ist." Und zu Ruth und Tom: "Das ist Hauptkommissar Kurth, er wird die Vernehmung leiten. Im Lauf der nächsten halben Stunde kommt noch Frau Greten, die Polizeipsychologin zum Vernehmungsgespräch dazu." Dann verließ sie den Raum.

Der Polizist in Zivil wies Ruth und Tom einen Platz vor seinem Schreibtisch zu, sah beide abwechselnd an und fragte: "Worum geht es?"

Ruth berichtete: Von ihrer Therapie, den Symptomen, die aufgetaucht waren, sobald Sexualitäts- oder Geburtsthemen zur Sprache kamen, die Schwangerschaft, die diagnostiziert worden war und an die sie sich nicht erinnern konnte, ihre Depressionen ab sechzehn, nachdem sie mit einer schweren Blutung zusammengebrochen war. Dass sie an jenem Tag ein Kind auf die Welt gebracht hatte, sich daran aber nicht erinnern könne. Aufgrund des Berichts ihrer Großtante, habe sie das Kind in eine Strickjacke gewickelt in einem Schrank versteckt. Zehn Jahre später sei die Leiche des Säuglings gefunden und von ihrer Großmutter und der Großtante an einem Feldkreuz begraben und der ganze Fund verschwiegen worden... Ruth redete und redete. Herr Kurth hörte zu und ließ sie reden. Schließlich fragte er: "Woher wissen Sie, dass das Kind gelebt hat?"

Ruth wurde starr. "Sie glauben mir also?"

Herr Kurth lächelte. "Bis jetzt habe ich keinen Grund, Ihnen nicht zu glauben. Sie machen doch einen ganz vernünftigen Eindruck. Also bitte beantworten Sie mir die Frage, woher wissen sie, ob das Kind gelebt hat?"

Ruth schluckte. "Das weiß ich nicht. Ich erinnere mich nicht daran, wie es auf die Welt gekommen ist. Wie es ausgesehen hat. Ob es geatmet hat oder geschrien. ich weiß nur noch, wie ich ein Bündel, umwickelt mit einer roten Strickjacke in den Schrank ins mittlere Fach gelegt habe. Dieses Bild habe ich als Erinnerung vor Augen. Und Tante Gundel hat bestätigt, dass sie und meine Großmutter es von dort weggenommen haben."

Und nun ließ sich Herr Kurth vernehmen: "Warum zeigen Sie sich an? In einer so schwerwiegenden Tat? Es hätte doch niemand erfahren. Die Tante hat nichts erzählt, sie erinnern sich nicht. Es ist so lange her..."

Ruth blickte ihm direkt in die Augen. "Weil ich meinen Seelenfrieden finden will."

Herr Kurth nickte.

Die Vernehmung durch Herrn Kurth verlief präzise, freundlich und immer wieder aufmunternd. Aber er schonte Ruth nicht. Er fragte genau und hinterfragte immer wieder, um Ruth zur sorgfältigen Erinnerung anzuhalten. Es war anstrengend für sie und zeitweise regte die Psychologin, die dazugekommen war, an, eine kurze Pause zu machen. Der Kommissar legte es indes darauf an, Ruth unter Druck zu setzen. Vielleicht war das seine Strategie, zu stimmigen Aussagen zu kommen. Und er stellte einzelne Fragten immer wieder, von jeweils anderen Seiten beleuchtet, vermutlich um zu prüfen, ob die

Antworten sich nicht jedes Mal absolut glichen, aber auch nicht zu verschieden voneinander waren. Ruth blieb stabil, es wurde ihr immer leichter ums Herz. Endlich war es raus. Und zwar an der Stelle, wo es hingehörte.

Drei Stunden lang hatte die Vernehmung gedauert. Ruth war erschöpft vom Berichten. Tom war erschöpft vom Zuhören, die Psychologin war erschöpft, weil sie eine solche Geschichte noch nie in echt gehört, sondern immer nur von ähnlichen Fällen gelesen hatte. Einzig Kommissar Kurth war in seinem Element und hellwach. Er druckte das Protokoll, das er in seinen Computer gehämmert hatte, aus, und schob es Ruth hin, bat sie es zu lesen und zu unterschreiben. Danach war sie vollends ausgelaugt. Tom fragte, wie es nun weitergehe. Sie sollten nachmittags um drei wiederkommen, dann sei die Staatsanwältin da, sie würde ihnen alles erklären. Der Kommissar lächelte Ruth, die sich kaum noch auf den Beinen halten konnte, zu und drückte ihr zum Abschied fest die Hand.

Tom bat Ruth, sich am Eingang des Präsidiums auf die Bank zu setzen, er würde das Auto holen. Als er sie bei der Rückkehr klein, schwach und in sich gesunken mit geschlossenen Augen auf der Bank kauern sah, beobachtet von den besorgten Blicken der Polizistin am Empfang, brach ihm fast das Herz. Was hatte diese kleine, zähe Person alles mit sich alleine ausgemacht! Was musste es sie Kraft gekostet haben, diese Last zu tragen, ohne verrückt oder ernsthaft krank zu werden. Und in diesem Augenblick spürte der große, kräftige Mann, der sich immer ein wenig einfach und grobschnitzig vorkam, dass er diese komplizierte, in sich gekehrte Frau von Herzen lieb hatte und dass sie ihn nun brauchte, mehr denn je.

Er ging zu ihr, hob sie wie ein Kind auf seine Arme und ging zur großen Tür, die ihm die Beamtin aufhielt. Draußen öffnete sie noch die Beifahrertür von Toms Auto, das er direkt vor dem Präsidium geparkt hatte. Tom setzte Ruth behutsam auf den Sitz und schloss die Tür. Bei der Beamtin bedankte er sich mit einem Nicken, sie rief ihm vor der großen Tür aus noch "Alles Gute" zu und verschwand wieder in dem großen, imposanten Gebäude.

Ruth war schon im Auto eingeschlafen und wurde von Tom, wie sie war, sorgfältig ins Bett gelegt und zugedeckt. Um vierzehn Uhr weckte er sie, half ihr, sich zu duschen und bestand darauf, dass sie von der heißen Hühnerbrühe aß, in die er zwei Eigelb gekleppert hatte. Danach hatte sie noch Appetit auf ein Stück Marmorkuchen, wozu Tom einen Milchkaffee gekocht hatte.

Ruth lachte. "Tom, Du verwöhnst mich! Noch ist es nicht soweit, dass ich eine Henkersmahlzeit brauche!"

Auch dafür liebte er sie. Für ihren Humor und ihre Selbstironie und ihre Sachlichkeit, mit der sie ihr Leben lebte und kommentierte. Von Weinerlichkeit keine Spur.

Gestärkt machte sich Ruth für den Nachmittagstermin bei der Staatsanwältin zurecht. Sie empfing sie in einem peinlich aufgeräumten sauberen Büro, dessen einziger Schmuck ein großer Blumenstrauß war, der auf einem der halbhohen Aktenschränken stand. Die große, schlanke, streng und erfahren wirkende Frau, Tom schätzte sie auf Anfang sechzig, kam ihnen entgegen, lächelte beide an und wies ihnen ihren Platz an dem runden Besprechungstisch zu. "Tee, Kaffee? Oder ein Wasser?" Die Antwort wartete sie nicht ab, sondern bestellte alles bei dem Beamten im Vorzimmer, der zusätzlich eine Keksdose hereinbrachte, sowie ein großes belegtes Brot, das er vor seine Chefin stellte. Sie hatte bis kurz vor dem Termin noch Verhandlung gehabt und noch keine Zeit zum Mittagessen gefunden. Er sagte mit einem Lächeln: "Frau Schneider, Sie sollen uns doch bei Kräften bleiben, nicht wahr?" Die Staatsanwältin dankte ihm mit einem freundlichen Grinsen und bat Tom und Ruth, sich zu bedienen. In ihr Brot beißend und kauend sagte sie: "Frau Beck, auch wenn der Tod ihres Neugeborenen schon zwanzig Jahre zurück liegt, müssen wir den Vorfall untersuchen. Denn schließlich hat ein schutzloser Säugling sein Leben verloren. Ob sie daran maßgeblich schuld waren oder ob es andere Todesursachen gab, werden die polizeilichen Ermittlungen versuchen, heraus zu finden. Wir bitten Sie hierbei um größtmögliche Mithilfe. Außerdem wird ein psychologisches Gutachten gemacht werden, das untersucht, ob Sie zum Zeitpunkt der Tat in Ihrer Einsichts- und Steuerungsfähigkeit beeinträchtigt waren. Auch hier bitte ich Sie um größtmögliche Offenheit. Da Sie sich selbst gestellt haben, einen festen Wohnsitz vorweisen und in geordneten Verhältnissen leben, sehen wir von einer Inhaftierung ab. Sie müssen sich aber jederzeit zur Verfügung halten und dürfen Mannheim nicht verlassen. Außerdem müssen Sie sich zweimal die Woche persönlich im Polizeipräsidium vorstellen. Bedenken Sie bitte, dass Sie emotional in schwierige Phasen kommen könnten. Dann wenden Sie sich verstärkt an Ihre behandelnde Psychotherapeutin. Sie brauchen einen Rechtsbeistand. Entweder suchen Sie sich selber eine Anwältin, die Erfahrung mit Delikten hat, bei denen ein Kind getötet wurde oder wir weisen Ihnen eine Pflichtverteidigung zu.

Ach ja, wir werden Ihren Fall der Staatsanwaltschaft Offenburg übergeben, weil die Straftat in deren Zuständigkeitsbereich liegt. Die Ermittlungen werden dort weitergeführt. Haben Sie noch Fragen, Frau Beck?"

Ruth schluckte: "Ja. Wird meine Tante Gundel auch vernommen? Ich meine, sie ist so alt und ich möchte nicht, dass sie sich noch mehr aufregt. Sie war, nachdem sie meinen Eltern und mir alles erzählt hat, sehr niedergeschlagen."

Frau Schneider blickte ernst: "Ich glaube nicht, dass das Gericht auf ihre Aussage wird verzichten können. Sie und ihre verstorbene Großmutter haben doch beachtlichen Anteil am Gesamtverlauf gehabt."

Wieder zuhause bat Ruth Tom, die nötigen Anrufe in Mahl und in Freiburg zu machen. Zuerst rief er Ruths Eltern an, sein Schwiegervater war am Apparat.

"Robert, Ruth war heute bei der Polizei und hat ihre Aussage gemacht.

Doch, es geht ihr ganz ordentlich. Ich glaube, sie ist sehr erleichtert.

Ja, das Verfahren geht nach Offenburg zum Landgericht. Ihr müsst Euch darauf vorbereiten, dass Ihr befragt werdet.

Ja, Gundel sicher auch. Weiß sie, dass da etwas auf sie zukommt?

Ach, Ihr habt mit ihr darüber gesprochen. Wie hat sie es aufgenommen?

Ja, das stimmt, sie muss es ausbaden, Elise kann ja dazu nichts mehr sagen. Wie geht es Selma?

Ach, sie wird etwas kritischer ihrer Mutter gegenüber.

Na ja, was werden sie Euch fragen? Ich denke, das Gleiche, was Euch Ruth auch gefragt hat.

Und kümmerst Du Dich um Gundel?

Ja, das kann ich mir denken, dass die Sache die Runde machen wird in Mahl.

Ach, das macht sie schon? Na, dann kann ich mir denken, wer mit dem Erzählen begonnen hat. Gundel hat es wohl nicht mehr für sich behalten können. Die ganzen Jahre dicht zu halten, war für sie sicherlich auch eine wahnsinnige Belastung.

Gundels Familie ist sauer auf Ruth? Tja, das kann ich mir gut vorstellen, sie haben jetzt halt Angst um ihre Mutter, sie ist ja auch nicht mehr die Jüngste. Und auf ihre alten Tage so eine Aufregung, das wünscht man wirklich keinem.

Du meinst, das sei gar nicht der Grund, sondern es gehe um die Schande im Dorf? Na, denen ist wirklich nicht zu helfen.

Nein, Omama weiß noch nicht Bescheid, Ruth ruft sie im Laufe des Tages an. Meine Leute und die Schausteller informiere ich, wenn Du alle anderen übernehmen würdest?

Gut, Robert, ich danke Dir. Grüße Selma. Wir melden uns, wenn wir erfahren, wie es weitergeht."

Damit legte Tom auf und blickte zu Ruth. Sie lächelte, setzte sich vor ihn auf den Boden, lehnte sich an den Sessel und legte ihren Kopf auf seine Knie. "Ach, Tom, was glaubst du, was in Mahl los sein wird. Die werden sich die Mäuler zerreißen!"

Tom zuckte mit den Schultern. "Na, und? Sollen sie doch. Du weißt doch "Wer ohne Schuld ist, der werfe den ersten Stein!" Deine Omama hatte ihre Gründe, dass sie vom Dorf weggezogen ist. Und Dein Vater ist so souverän, der steht über der Sache. Und Selma wird die wichtige Erfahrung machen, dass zur Wahrheit und Gerechtigkeit zu stehen, wichtiger ist, als um jeden Preis eine Fassade aufrecht zu erhalten. Und sie wird es überleben."

Ruth seufzte. "Du hast recht Tom. Und inzwischen ist es mir gleichgültig, was die Mahler über mich denken. Mir tut nur das arme Kindchen leid. Ich hoffe, es hat nicht so arg gelitten. Wenn ich daran denke, dass mir das passiert ist, kann ich es immer noch nicht glauben. Es gruselt mich so sehr!" Dann weinte Ruth, ihre Tränen nässten Toms Knie und er strich ihr zärtlich über den Kopf, sah und hörte ein sechzehnjähriges Mädchen schluchzen und klagen, bis sie erschöpft auf seinen Knien einschlief. Tom weinte selten, aber nun rannten ihm die Tränen über die Wangen. Die Vorstellung, wie diese zierliche Frau, mit

sechzehn sicherlich noch einem Kind näher als einer Erwachsenen, an einem so unwirtlichen Ort von Wehen
überrascht, auf dem schmutzigen Scheunenboden in
Nässe und Blut ein Kind auf die Welt brachte und es völlig überfordert entbunden und in ihre Jacke gepackt
hatte, ließ ihm vor Schmerz fast den Brustkorb zersprin-
gen. Er wischte sich seine Tränen ab, damit sie nicht auf
Ruths Kopf fielen und sie weckten. Wie erschöpft sie aussah! Und wie erschöpft musste sie nach der Geburt gewesen sein, nachdem sie das Bündel in den Schrank gepackt
hatte, unfähig zu begreifen, was geschehen war und was
zu tun gewesen wäre. Im Blut aufgewacht und von den
beiden alten Frauen in die Irre geführt. Ruth hätte an einer Blutvergiftung sterben können! Das hätten die beiden
in Kauf genommen, was für Menschen! Er schüttelte den
Kopf und fühlte Wut, Groll, aber auch großes Unver-
ständnis in sich hochsteigen, was sich in mehreren
Schluchzern entlud. Danach stellte sich eine grimmige
Ruhe bei ihm ein. Ruth hatte das einzig Richtige getan,
die Geschehnisse ans Licht zu holen und die dunklen,
gruseligen Keller, aus denen ihr so viele Jahre die alten
Geister nachgestellt hatten, endlich auszuräumen. Bei
dem Gedanken atmete er tief durch, nahm Ruth in seine
Arme und trug sie ins Schlafzimmer, bettete sie und
deckte sie liebevoll zu.

So eine Geschichte war in Mahl schon lange nicht mehr herumgegangen. Der letzte Ächzer war vor zehn Jahren der Suizid einer depressiven Frau gewesen, die eine Tochter im Alter von vierzehn Jahren bei einem Autounfall verloren hatte und deren Sohn sich 8 Jahre später umbrachte. Vorher war es ein Mord gewesen, den der Torwart der ersten Fußballmannschaft an seiner Frau begangen hatte, der das Dorf aufrüttelte. Was war noch passiert in den vergangenen Jahrzehnten? Der älteste Sohn vom Schreiner war verschwunden, angeblich nach Israel und nicht wieder aufgetaucht. Vier Jugendliche waren nach Indien gereist und drogenabhängig wieder zurückgekommen, sie sollten nie wieder in ihr Leben zurückfinden. Eine Frau hatte sich in der Scheune aufgehängt, andernfalls hätte sie ihr Mann früher oder später zu Tode geprügelt. Solche Dinge waren es, die Mahl Gelegenheit gaben, sich ausgiebig zu gruseln, zu reden und natürlich sich gegenseitig zu versichern, dass so etwas bei einem selber nie passieren würde. Bis es den nächsten traf.

Und so traf es nun die Familien Basler, Eber und Beck. Das Raunen ging durch Mahl wie ein modrig stinkendes Abwasserrinnsal. "Hast Du schon gehört? Die Jüngste vom Beck Robert, ja, dem Flüchtling, der die Eber Selma geheiratet hat, soll vor zwanzig Jahren in Baslers Scheune ihr Neugeborenes umgebracht haben. Ja, die, die dann mit den Schaustellern durch die Gegend gezogen ist. Da hat ja jeder gedacht, dass da etwas nicht stimmt. Geht einfach fort und fährt mit dem Rummel. Und die Basler Gundel und die Basler Elise sollen das verweste Kind gefunden und am Wegekreuz begraben haben. Jetzt ist auch klar, weshalb die beiden das Beet davor so gepflegt haben." So in der Art ging es. Vom Unterdorf ins Oberdorf, in die Siedlung, ins Oberlohr.

Es gab aber auch Stimmen, die darauf bestanden, dass der Pfarrer des Ortes für die arme Kinderseele Gottesdienste und Rosenkränze abhalten sollte. Damit die arme Kinderseele, da ungetauft, nicht im Fegefeuer verbleiben sollte. Da sich Robert und Selma Beck dagegen verwahrten, unterließ der Pfarrer jegliche Aktionen in der Richtung. Es gab aber auch Menschen, die mit Mitgefühl und Bedauern reagierten und den Becks signalisierten, dass sie in diesem menschlichen Drama nicht allein waren. Ruths Eltern hatten beschlossen, dass sie ihre Tage, ihre Wege, ihre Arbeit so gestalten würden wie immer. Sie grüßten wie immer und sie standen Rede und Antwort, wenn jemand sie fragte, was an den Gerüchten dran sei. Dies aber taten die wenigsten.

So gingen die Wellen von Neuem und Alten durch den Ort und nahmen Fahrt auf, nachdem Gundel im Oberdorf und Ruths Eltern von der Kriminalpolizei vernommen worden waren und als die Erde vor dem Wegekreuz vorsichtig umgegraben, gesiebt und Teile davon mitgenommen wurden. Da die Scheune von Gundel völlig umgebaut und der alte Schrank verbrannt worden war, gab es im Oberdorf für die Spurensicherung nichts mehr zu untersuchen.

Natürlich berichteten die Zeitungen. Die Blitzzeitung Süd-West hatte den Säuglingstod von vor zwanzig Jahren auf der Titelseite.

Ruths Familie ging ganz unterschiedlich mit der Lage um. Gundels Kinder und Enkel grollten und brachen jeglichen Kontakt zu Ruths Eltern ab. Über Ruth, Rosi, die Großmama und Helga sprachen sie schlecht. Elises Kinder verhielten sich wie ihre Verwandtschaft im Oberdorf, lediglich Gerhard war vernünftig und sachlich wie immer er unterstützte Ruth, Selma und Robert und zeigte sich mit ihnen im Ort. Robert machte seine Vereins- und Gemeindearbeit weiter. Wissend, dass bald nach der Verhandlung eine andere Geiß durchs Dorf getrieben werden würde. Selma wuchs über sich hinaus. Als eines Morgens die Kassiererin im Supermarkt, immerhin ihre Schulkameradin, nicht mit ihr sprach, als sie die Einkäufe bei ihr bezahlte, sagte sie zu ihrem Mann: "Robert, wenn es uns in Mahl zu blöd wird, dann verkaufen wir das Haus und ziehen in den Schwarzwald in die Nähe von Rosi, Helga und Omama. Wir sind doch auf diese Dörfler nicht angewiesen!" Empörung sprang aus ihren Augen.

Herr Beck musste an dieser Stelle doch sehr staunen. Grinsend antwortete er: "Oh, Selma, diese Worte aus deinem Mund! Aber wir wollen nichts übereilen und in die Flucht schlagen lassen wir uns schon gar nicht. Nach einer Wohnung im Schwarzwald schauen wir, wenn hier alles rum ist und die Wogen sich geglättet haben."

Selma war nun sehr ruhig geworden. "Ich schäme mich so, dass ich damals unserem Kind nicht geholfen habe. Vielleicht hätte auch das Baby überlebt. Wie konnte ich mich von Elise so überreden lassen! Ich war damals doch auch schon eine erwachsene Frau. Statt auf sie zu hören, hätte ich als Mutter meiner Ruth helfen müssen, egal was Elise sagte. Und das Kind hätten wir auch groß gekriegt, es wäre ja nicht das einzige Teenagerkind in Mahl gewesen. Und wenn es tot gewesen wäre, hätten wir es anständig beerdigen können und hätten dann unserem Kind geholfen, alles zu verarbeiten. Oh, Robert, wir haben damals große Fehler gemacht!" Nun weinte Selma, dass es ihr fast den Atem nahm. Robert hatte sie in den Arm genommen und sagte leise, aber deutlich: "Ja, Selma, das haben wir. Wir haben damals große Fehler gemacht!"

41 - Ruth und die Verhandlung

Ruth befand sich in einer Art Zwischenraum. Nicht ganz in der Realität, aber auch nicht mehr abgespalten hinter ihrer Milchglasscheibe. Sie ging mindestens einmal in der Woche zu Frau Leitgeb, um mit allem, was auf sie hereinprasseln würde, zurecht zu kommen und sich auf die Verhandlung vorzubereiten. Sie hoffte, zu besserer Erinnerung zu gelangen, um die Vorgänge um die Geburt zu erhellen. Sie wollte wissen, ob das Baby bei der Geburt noch gelebt hatte. Ob sie es lebend oder tot in den Schrank getan hatte, oder ob sie ihm etwas angetan hatte, dass es sterben sollte. Aber dieses Wissen mochte sich nicht einstellen. Frau Leitgeb warnte sie eindringlich davor, sich weiter Druck zu machen, sondern bat sie, zu akzeptieren, wie es im Moment sei. Je mehr Stress sie sich mache, desto mehr würden ihre unbewussten Speicherungen dicht machen. Und im Hinblick auf die Verhandlung sei auch keine Entspannung zu erwarten.

Ruths größte Stütze waren Tom und ihre Arbeit im Betrieb. Es war ihr, als ob sie an Kraft und Konzentration gewonnen hätte, trotz der Anspannung und der Angst, wie die Verhandlung ausgehen würde. Ihre Stimmungsschwankungen, die schweren, lähmenden Depressionen und die Dissoziationen hatten sich gelegt. Sie bearbeitete Kostenvoranschläge, Badpläne, Rechnungen, Bestellungen und ihre Buchhaltung in einer Geschwindigkeit und Genauigkeit, dass Tom nur so staunte. "Wird es Dir nicht zu viel, Ruth? Du schaffst ja wie eine Besessene?"

Sie blickte ihn aufmerksam an: "Ich weiß, was Du meinst, Tom. Aber es ist nicht so, wie Du denkst. Im Gegenteil, die Arbeit gibt mir Ruhe und Zufriedenheit und das Gefühl, dass ich hier am richtigen Platz bin!"

Die Begutachtung, die vom Gericht angeordnet wurde, verlief angstfreier, als von Ruth befürchtet. Der Psychiater im Zentralinstitut für Seelische Gesundheit war ein freundlicher, erfahrener alter Herr. Er nickte oft, während Ruth seine Fragen beantwortete, manchmal fragte er kritisch, besonders interessierten ihn die Amnesie, die Ruth bei der Tatzeit hatte und die Fragen, die die Symptome während der Therapie ausgelöst hatten.

Gut tat Ruth auch der Besuch bei Sonja und Axel auf der Mannemer Mess. Sie freuten sich sehr, sie zu sehen und scherzten, dass sie es Tom immer noch übelnehmen würden, dass er sie ihnen entführt hatte. Als sie von Ruths Geständnis und der bevorstehenden Verhandlung erfuhren, waren beide sehr betroffen und aus Sonja brach es heraus: "Das war es als, was Dich so geplagt hat! Wusste ich es doch, dass Dich etwas ganz Schlimmes bedrückt. Endlich weißt Du, was es ist und kannst Dich davon befreien!" Dann drückte sie Ruth fest und sagte. "Wir kommen alle zur Verhandlung und unterstützen Dich. Hoffentlich hat das Gericht ein Einsehen und erkennt an, was Du in all den Jahren durchgemacht hast!" Die beiden Frauen blieben in enger Umarmung noch eine ganze Weile so stehen, fest umfasst von Axel, der feuchte Augen hatte und immer wieder den Kopf schüttelte.

Sechs Monate, nachdem Ruth auf dem Mannheimer Polizeipräsidium ihre Aussage gemacht hatte, wurde die Hauptverhandlung anberaumt. Die Offenburger Staatsanwältin hatte über Ruths Verteidigerin angeboten, das Verfahren einzustellen, da nur eine geringe Wahrscheinlichkeit bestand, dass eine Verurteilung erfolgen würde.

Ruth hatte abgelehnt. Sie wollte, dass eine größtmögliche Klärung des Geschehens von vor über zwanzig Jahren stattfinden sollte und sie wollte dabei sein, während es geschah. Das Urteil würde sie annehmen, gleichgültig wie es ausfallen würde. Ja, es ging ihr dabei wirklich darum, zu sühnen, zu büßen, bestraft zu werden, wenn es das Gericht so beschließen würde. Ja, sie war noch sehr jung gewesen, ja! Aber sie hatte es versäumt, aus ihrem Kokon mit den kindlichen Ansprüchen, es allen recht machen zu wollen, ins Erwachsenwerden zu treten. Sie hatte keine Verantwortung übernommen. Sie hatte Sex mit einem fremden Mann gehabt, ohne zu verhüten. Anschließend hatte sie sich geweigert, die Schwangerschaft, die daraus entstanden war, wahrzunehmen. Sie hatte die Augen zugemacht und hatte das Pech, dass alle um sie herum das gleiche taten. Ruth wusste nicht, ob diese unreife Verdrängung bedeutete, dass sie schuldig war. Doch sie fühlte sich verantwortlich dafür, dass ein Neugeborenes nicht ins Leben durfte. Das größte Versäumnis, was Ruth sich selber anlastete, war ihre Weigerung, sich zu einer eigenständigen Person zu entwickeln. Dies hätte bedeutet, ihre Autoritäten, allen voran Oma Elise und ihre

Mutter in Frage zu stellen, sie zu kritisieren, zu widersprechen, anzuecken. Sie hatte nicht ertragen wollen, dass der Weg, der zu einer erwachsenen Ruth geführt hätte, zuerst einmal ein einsamer gewesen wäre. Dass es auf diesem Weg Strecken gegeben hätte, auf denen sie vielleicht die Orientierung verloren hätte. Davor hatte sie Angst gehabt. Mit dieser Angst hatte sie sich davor bewahrt, Fehler zu machen, Dinge auszuprobieren, zu versagen. Sie hatte sich daran gehindert, zu lernen und hatte sich feige vor dem Leben versteckt. Dies bereute Ruth, inzwischen 38 Jahre alt, nun zutiefst. Wie viele Jahre hätte sie schon lebendig und eigenständig sein können, wäre sie tapferer und mutiger gewesen? Und das kleine Bündel, was in einem alten Schrank hatte verwesen müssen, wäre wahrscheinlich Selmas Augenstern geworden und heute zwanzig Jahre alt. Mit der ganzen Trauer und dem tiefen Bedauern über ihr Versagen kamen immer mehr Fantasien und Bilder, wie es mit dem Kind geworden wäre. Und Ruth betrachtete nun Kinder, Jugendliche und junge Erwachsene mit ganz anderen Augen.

Am Verhandlungstag hatte sich Ruth ihren dunkelblauen Hosenanzug angezogen, sie war sogfältig frisiert und dezent geschminkt. Als sie mit ihrer Anwältin und den übrigen Vertretern des Gerichts in den Gerichtssaal trat, standen die Anwesenden auf. Ruth sah in den ersten Reihen Tom, Rosi mit Ehemann, Omama, Helga und Gerhard mit Familien, alle zehn Kolleginnen und Kollegen vom Schaustellergeschäft und tatsächlich auch Frau

Leitgeb, die gekommen war und Ruth, wie alle anderen, ermunternd zunickte.

Der Saal war voll. Gerichtsverhandlungen von Kindesmörderinnen bargen Sensationslust und Bestrafungswahn. In vielen Gesichtern war das eine oder das andere zu erkennen. Es waren viele Vertreter der Presse da, auch sie gespannt und erwartungsvoll. Die Eltern und Gundel mussten draußen warten, sie würden als Zeugen aufgerufen werden. Für Ruth verschwammen die Menschen in den hinteren Reihen zu einem farbigen Flickenteppich. Überklar waren ihr die Gesichter vorne. Besonders an Tom hielt sie sich fest und spürte deutlich wie nie seine Liebe, die zu ihr herüberfloss und sie umhüllte wie ein Mantel, der sie vor dem, was die kommenden Stunden auf sie einprasseln würde, schützen wollte.

Die Richterin wies die Zuhörer an, sich zu setzen und erteilte der Staatsanwältin das Wort. Diese verlas die Anklageschrift. Ruth bebte innerlich vor Aufregung und bekam davon nur Bruchstücke mit. Kindstötung ohne Vorsatz, Verdacht auf Bestehen einer schweren psychischen Beeinträchtigung, Zustand stark eingeschränkter Steuerungsfähigkeit, Tat vor zwanzig Jahren, Selbstanzeige durch Angeklagte.

Dann wurden die Zeugen gerufen: Selma, Robert, Gundel. Außerdem die Gynäkologin, die Ruth im Krankenhaus nach ihrem Blutsturz behandelt hatte und Frau Leitgeb, die von den Symptomen während der Therapie berichtete.

Anschließen traten die Sachverständigen auf. Ein Gerichtsmediziner bestätigte, dass in der Erde vor dem Wegekreuz Reste eines Skeletts gefunden wurden, dessen DNA sicherstellte, das das Mädchen Tochter der Angeklagten war. Hier ging ein Raunen durch den Saal. Darüber hinaus konnten noch Gewebeteile gesichert werden, die vermutlich von der Strickjacke der damals Sechzehnjährigen stammten. Aufgrund des stark fortgeschrittenen Verwesungszustandes der Kindsleiche konnten keine Aussagen darüber gemacht werden, ob der Säugling eines natürlichen oder eines gewaltsamen Todes gestorben war.

Der Gutachter, der Ruth untersucht hatte, beschrieb sie als seinerzeit reifungsverzögerte Sechzehnjährige mit kindlich-abhängigen Zügen und unvollständiger Ablösung von elterlichen Werten und Ansprüchen. Sie sei ängstlich-vermeidend, unfähig gewesen, ihre Handlungen realistisch einzuordnen. Überfordert durch das Geburtsgeschehen, was schwer traumatisierend eine Amnesie und vermutlich eine Panikreaktion auslöste. Zustand verminderter Schuldfähigkeit während Tatzeitpunkt, schwere seelische Störung in Form eines dissoziativen Zustandes. Die Aussagen der Angeklagten seien glaubhaft und nachvollziehbar gewesen.

Dies bestätigte auch der Mannheimer Kriminalkommissar Kurth, der seinen Eindruck von Ruths Vernehmung schilderte.

Weder die Staatsanwältin, noch Ruths Rechtsanwältin hatten Fragen an die Zeugen und Sachverständigen. In ihren Plädoyers schlossen beide aus der Tatsache der

Selbstanzeige auf die Tateinsicht der Angeklagten, auf ihre Reue, auf ihre psychotherapeutischen Bemühungen, die Amnesie und die Verdrängung zu überwinden. Beide schlossen sich der Einschätzung des psychiatrischen Gutachters an. Die Rechtsanwältin betonte, dass die Todesursache nicht festgestellt werden konnte und die Angeklagte eine glaubhafte Amnesie habe, die ihr nicht erlauben würde, sich zu erinnern, ob das geborene Kind gelebt habe. Sie forderte, im Zweifel an der Schuld, den Freispruch für die Angeklagte.

Die Staatsanwältin plädierte ebenfalls auf Freispruch, regte aber die Auflage der Therapiefortsetzung an.

Dann zog sich das Gericht zurück.

Die Urteilsbegründung war knapp gehalten. Auch davon bekam Ruth nur Bruchstücke mit. Selbstanzeige, zwanzig Jahre straffrei, Tat im Zustand von unreifem jugendlichen Entwicklungsstadium, in Verbindung von Schuldunfähigkeit wegen schweren psychischen Beeinträchtigungen, die die Steuerungsfähigkeit beeinträchtigten. Keine Entscheidung möglich, ob tatsächlich eine Tötungshandlung stattgefunden hat. Totgeburt nicht gänzlich auszuschließen. Deshalb Freispruch in dubio pro reo für die Angeklagte.

Im Saal kam Murren, aber auch zustimmende Laute. Die Staatsanwältin nickte Ruth zu, die Richterin ging mit den Schöffen aus dem Saal. Ruths Anwältin umarmte sie.

Dann war Tom bei ihr, die Eltern, Rosi, Omama und alle anderen. Frau Leitgeb hatte ihr gewunken und schnell den Gerichtssaal verlassen.

Ruth war zwar erschöpft, aber sie war voll da. Und sie fühlte sich erleichtert. Sie hatte sich befreit, endlich!
Und es war ihr egal, was die Zeitungen schreiben würden. Und was die Mahler denken würden. Und wer von der Verwandtschaft noch etwas mit ihr zu tun haben wollte und welche Kunden in Mannheim abspringen würden. Es war ihr vollkommen gleichgültig. Sie sah nur die Gesichter der Menschen, deren Liebe, Unterstützung und Verständnis sie sicher war, allen voran Tom, ihre Eltern, Omama, Rosi, die Schausteller und natürlich Frau Leitgeb.

42 - Ruth

Liebe Frau Leitgeb,

drei Jahre sind es nun her, dass ich das letzte Mal bei Ihnen war. Fünf Jahre sind es her, seit ich meine Verhandlung hatte. In dem Urteil wurde ich davon freigesprochen, dass ich mein Kind vorsätzlich umgebracht habe. Sie wissen, wie sehr mich das entlastet hat. Aber trotzdem war das Urteil nicht der große Befreiungsschlag für mich.

Die beiden Jahre, die ich danach noch bei Ihnen war, habe ich ja daran gearbeitet, wie es zu allem kommen konnte. Heute noch kommt mir mein Leben manchmal wie ein böser Traum vor. In den Gesprächen bei Ihnen habe ich gelernt, zu begreifen, wie es hat passieren können, dass ich schwanger war, ohne es zu bemerken. Wie ich in einer Scheune ein Kind auf die Welt gebracht habe und so panisch geworden bin, dass ich zu nichts anderem in der Lage war, als das Baby so schnell wie möglich los zu werden, es einzupacken und in den Schrank zu legen. Ich wollte damit buchstäblich nichts zu tun haben. Und ebenso schlimm war, dass alle wichtigen Menschen um mich herum bei der ganzen Verdrängung mitgemacht haben! Man stelle sich das vor! Bis heute schockiert es mich, wie die Erwachsenen damals auch nicht sehen wollten, was los ist. Es hat halt nicht in ihr Weltbild gepasst. Heute denke ich, dass meine Mutter und Großmutter wahrscheinlich unsichere Frauen waren. Früher habe ich es nicht bemerkt, habe gedacht, wenn jemand so feste und strenge Moralvorstellungen hat, muss er ein starker Mensch sein. Dass wahrscheinlich das Gegenteil richtig ist, und solche Menschen ebenso unsicher und schwach sein können, wie ich es als Jugendliche war, habe ich erst mit Ihrer Hilfe verstehen gelernt. Manchmal denke ich, dass eine strenge Moral Menschen vielleicht eine Art Sicherheit geben kann, aber die ist fragwürdig, nicht wahr? Ich habe diese Moral früher so erlebt, dass sie Frauen große Lasten und Verantwortung zugeteilt hat. Sie hat es auch zugelassen, dass die Frauen, wenn sie Verständnis und Unterstützung gebraucht hätten, schlecht behandelt und nicht geschützt worden sind. Es ist doch eine große Leistung, wozu Frauen fähig sind, nämlich Kinder auszutragen und auf die Welt zu bringen, oder? Dass sie dafür anerkannt wurden, das war in Mahl nicht üblich. Je mehr ich mit Ihnen, Frau Leitgeb, gesprochen habe, desto mehr ist mir aufgefallen, wie wenig und wenn dann recht streng und grob darüber geredet wurde, was einigen Frauen in der Familie beim Kinderkriegen geschehen ist. Als ob es keine große Sache wäre, ein Kind zu verlieren oder sogar das eigene Leben bei einer Geburt oder bei einer Abtreibung. Das Leid dieser Frauen anzuerkennen, war die Sache meiner Familie nicht, auch nicht der Menschen im Dorf. Ist es nicht merkwürdig, dass Frauen sich gegenseitig nicht mehr stützen und helfen? Dass sie nicht mehr Trost, Mitgefühl und Fürsorge füreinander haben? Denn es kann doch jede von uns treffen! Davon bin ich inzwischen überzeugt: wirklich jede Frau kann es treffen.

Das Vertrauen, geholfen zu bekommen, wenn es nötig ist, das hätte ich als Kind und junge Frau gebraucht, Frau Leitgeb! Die Gewissheit hätte ich gebraucht, dass Frauen in einer Familie Verständnis füreinander haben und füreinander da sind, sich gegenseitig helfen, egal, was passiert ist. Vielleicht ist das in einigen Familien so, aber ich habe es anders erlebt. Ich glaube, das hat mir eine solche Angst gemacht, dass ich mir unbewusst vorgenommen habe, eine frühe Schwangerschaft, eine Abtreibung oder eine schwere Geburt, das dürfe mir nie passieren!

Bei der Breslauer Familie, in der es, wenn ich den Erzählungen von Omama glauben kann, viel Warmherzigkeit und gegenseitige Hilfe gegeben hat, war es der Krieg, der es schwer gemacht hat, zusammen zu stehen, als Kinder gestorben sind. Sie sind durch Flucht und Vertreibung auseinander gerissen worden. Deshalb war es auch bei den Breslauern schwer, sich gegenseitig zu helfen, als die kleinen Kinder gestorben sind und ihre Trauer zu teilen. Weil es ums Überleben ging und ums Weitermachen. Omama hat es mir ohne Groll und Selbstmitleid so erklärt, sie hat aber auch gesagt, dass es sie bis heute traurig macht, dass ihr kleiner Sohn ohne sie hat sterben müssen.

Langsam werde ich erwachsen, langsam kann ich solche Lebensgeschichten nachvollziehen und lerne, niemanden dafür anzuklagen.
Als Kind aber war es entsetzlich, bei Erzählungen zuzuhören, die das Leid von Frauen und wehrlosen Kindern

zum Thema hatten. Hätte ich damals nur dieses Entsetzen spüren und zeigen können! Stattdessen bin ich in die Schockstarre gegangen und habe vor lauter Angst nichts gesagt und nichts gefragt. Ich laste mir heute noch manchmal an, dass ich stumm geblieben bin und alles in mich hineingefressen habe. Aber ich war zu schwach und zu feige, kritisch Dinge zu hinterfragen, die mir nicht gut vorkamen. Ich wollte gefallen und Oma Elises Liebling sein. Ich wollte eine Sicherheit, in der ich keine Verantwortung tragen musste.

Doch, Frau Leitgeb, ich war verantwortungslos, habe mich wie ein unwissendes kleines Kind verhalten. Das hat meinem damaligen Alter von sechzehn Jahren nicht entsprochen. Damit habe ich mich schuldig gemacht. Frau Leitgeb, ich weiß, Sie mögen dieses Wort nicht. Sie sprechen lieber von Verantwortung. Damit haben Sie vielleicht *auch* recht. Es stimmt, dass ich als Jugendliche die Verantwortung für mein Handeln nicht übernommen habe, aber genau *deshalb* bin ich wahrscheinlich schuld daran, dass mein Kind gestorben ist. Darüber hinaus hatte ich Sex mit einem wildfremden Mann, ohne zu verhüten, ohne nachzudenken, ohne mich selber zu schützen. Es hätte weiß was passieren können. Nun werden Sie mir sagen, ich konnte das damals halt noch nicht. Das ist richtig, Frau Leitgeb, aber es macht meine Schuld nicht kleiner. Ich wollte mich damals nicht mit den Themen einer Sechzehnjährigen beschäftigen, ich war eine Traumtänzerin und wollte in meiner Kinderwelt bleiben.

Sie hatten recht, als Sie mir gesagt haben, dass ich unabhängig von der Entscheidung des Gerichts, eine eigene Haltung zu der Tat entwickeln müsse. Und Sie haben mich darauf vorbereitet, dass nach der Verhandlung Erinnerungen und Einsichten kommen könnten, die zu einem eventuell anderen Urteil hätten führen können. Und sSe haben mir erklärt, dass das gesprochene Urteil rechtsgültig sei, keiner könne zweimal für das gleiche Delikt verurteilt werden. Das hat mich beruhigt. Tatsächlich habe ich mich dann an mehr erinnert als vor der Verhandlung. Wie die Geburt abgelaufen ist, ist bis heute aber weggeblieben. Die Wehen haben mich wohl so horrormäßig überrascht und geschockt, dass die Erinnerung daran abgespalten bleibt. Als Sie mir angeboten haben, über Tiefentrance Zugang zu dem Vorgang zu bekommen, war ich ja skeptisch. Aber dann ist ja das Unglaubliche passiert, dass ich wirklich ein paar Bilder gesehen habe: wie ich plötzlich ganz heftig geatmet habe, wie das blutige Baby neben mir gelegen hat, wie ich es mit der Strickjacke sauber gemacht habe, dass es blau war, dass ich es geschüttelt habe, dass ich das Kind in den Schrank getan habe. Wie etwas Glitschiges aus mir herauskam. Und dann die Dunkelheit. Danach Oma Elise und Gundel.

Heute denke ich, dass Ihre Einschätzung, dass das Kind ein Sauerstoffproblem hatte und in einer Klinik hätte gerettet werden können, richtig war. Und heute kann ich mir auch vorstellen, dass es an dem Luftmangel wahrscheinlich schnell gestorben ist. Es ist zwar ein gewisser

Trost, entbindet mich aber nicht davon, dass ich schuld an seinem Tod bin. Ich habe es nicht anders gekonnt, ich war so jung und total weggetreten. Das stimmt alles. Aber es enthebt mich nicht meiner Schuld. Ein kleines Menschlein hat sterben müssen. Damit muss ich leben und es wird mich mein Leben lang traurig machen.

Das haben Sie mir beigebracht, Frau Leitgeb. Aber viel wichtiger für mich war, dass Sie mich genau dorthin geführt haben, wohin ich auf keinen Fall wollte. Nämlich zu meinem Inneren, was ja wirklich ein ganz schlimmes Verließ beherbergt hat. Bis vor sieben Jahren, bevor ich zu Ihnen kam, habe ich alles dafür getan, es nicht aufschließen zu müssen. In der Therapie habe ich das ja auch lange versucht. Und zwischendurch habe ich probiert, auszusteigen und die Therapie abzubrechen. Aber Sie haben nicht locker gelassen. Nie! Sie haben mich dahin geführt, wohin ich nicht wollte!
Und Sie haben es so gemacht, dass ich gespürt habe, ja, genauso muss es sein. Nur so werde ich es schaffen, aus meiner Misere herauszukommen und wieder gesund zu werden. Ich war wirklich sehr krank. Umso glücklicher bin ich oft, wenn ich heute den Unterschied zu damals, zu der Zeit vor der Therapie sehe. Heute lebe ich gern und weiß, wohin ich gehöre. Meistens fühle ich mich leicht und bin frei. Meine Arbeit in Toms Firma macht mir Spaß. Das Leben mit Tom auch. Mit meiner Familie, d.h. denjenigen, zu denen ich Kontakt habe, verstehe ich mich gut und kann mit allen über alles reden. Auch über früher, aber noch mehr über heute. Und die Schausteller

sind mir lieb und teuer, manchmal helfe ich noch bei ihnen aus.

Wissen Sie eigentlich, wie dankbar ich Ihnen bin? Ich hoffe, Sie wissen es!

Ihre Ruth Beck

P.S. Von Tom soll ich Sie ganz herzlich grüßen

.

Familie von Ruth Beck

Mahl (kleine Gemeinde in Mittelbaden)

von Mutters Seite:
August und Cäcilie Basler (Urgroßeltern)
Elise Basler, verh. Eber (Großmutter)
Ria, Gundel, Franka Basler (Großtanten)

von Vaters Seite:
Paul und Karoline Eber (Urgroßeltern)
Karl Eber (Großvater)
Fritz Eber (Großonkel)
Hanne und Alma Eber (Großtanten)

Elise und Karl Eber (Großeltern)
Selma Eber (Mutter)
Gerhard und Erich Eber (Onkel)
Gisela Eber (Tante)
Rosi (Schwester)

Breslau (früh. Niederschlesien, heute Polen)

Erich Neumann und Emma Neumann, geb. Liepelt
(Urgroßeltern)
Elfriede und Gesine Liepelt (Großtanten)
Friedrich und Gustav Liepelt (Großonkel)
Klara (Katinka) Liepelt (deren Kusine)
Robert Beck sen. und Ilse Liepelt-Beck (Großeltern)
Helga Beck (Tante)
Hubert Beck (Onkel)
Robert Beck (Vater)

Schaustellerfamilie Deister:

Sonja und Axel Deister (Inhaber)
Timo, Sarah, Dennis (Kinder)
John, Eric (Helfer)

Tom (Partner von Ruth, seit sie 30 Jahre alt ist)

Danken möchte ich

Hilde und Bernhard Wipfler für ihr Korrekturlesen

Conny Antoni für seine Hilfe beim Korrektorat und der Manuskripterstellung, für seine kritischen und hilfreichen Verbesserungen, seine Ermutigung und sein Interesse.